唐宋诗词名家精品类编

宋代合集

云中谁寄锦书来

陈祖美　主编

王国钦　编著

河南文艺出版社

图书在版编目（CIP）数据

云中谁寄锦书来：宋代合集/王国钦编著. —郑州：
河南文艺出版社，2015.7（2017.1 重印）
（唐宋诗词名家精品类编）
ISBN 978-7-5559-0195-2

Ⅰ.①云… Ⅱ.①王… Ⅲ.①宋诗–诗集②宋词–
选集 Ⅳ.①I222

中国版本图书馆 CIP 数据核字（2014）第 295693 号

出版发行　河南文艺出版社
本社地址　郑州市鑫苑路 18 号 11 栋
邮政编码　450011
售书热线　0371-65379196
承印单位　河北鹏润印刷有限公司
经销单位　新华书店
纸张规格　700 毫米×1000 毫米　1/16
印　　张　23.25
字　　数　376 000
版　　次　2015 年 7 月第 1 版
印　　次　2017 年 1 月第 2 次印刷
定　　价　46.00 元

总　序

⊙陈祖美

"一树春风千万枝,嫩于金色软于丝。"白居易描绘春日柳条迎风摇曳之态的名句,无形中似乎也道出了唐宋诗词千姿百态的风姿。从公元第一个千年的中后期到第二个千年的末期,在这一千三四百年的历史长河中,唐宋诗词作为人类精神文明的乳汁,她哺育和熏陶过多少人,她的魅力又使多少人为之倾倒,恐怕谁也无法数计。

然而,有一个事实却为人熟知,这就是在唐宋诗词作家中,特别是其中的名家如李白、杜甫、李商隐、杜牧、温庭筠、李煜、柳永、苏轼、周邦彦、李清照、陆游、辛弃疾等,且不说在他们生前身后所担荷的痛苦或所受到的物议和攻讦"罄竹难书",更令人难以思议的是,在21世纪的钟声即将敲响之际,竟发生过这样一件事:

这得追溯到1998年的国庆佳节前夕。那是一个不似春光胜似春光的金秋时节,四五十位专家学者从四面八方来到河南——唐代诗人李商隐的家乡,出席李商隐学术研究会第四届年会。由于东道主把此事作为一种文化建设对待,更由于成果斐然的诸位李商隐研究专家的莅临,此次年会的成功和人们的热诚是不言而喻的。但作为本套丛书最初的编撰契机,却是出人意料的:由于对李商隐的全盘否定和极力攻伐所引发的一种怅触——那仿佛是一位挺面善的老人,他历数李商隐种种"罪愆"的具体词句一时想不起了,大意则说李商隐是"教唆犯"。他不但自己坚决不读李商隐,也严令其子女远离这个"教唆犯",因此他的孩子都很有出息。听了这番话,有位大学女教师娓娓道出了她心目中的李商隐,而她的话代表了在座多数人的心声。不必再对那位老人反唇相讥,听了这位女教师的一席话,是非曲直更加泾渭分明。尽管这样,上述那种离奇的话,还是值

1

得深思和认真对待的。

　　刚迈出这个会场的门槛，时任河南文艺出版社编辑的王国钦先生叫住了我，以商量的口气询问：能否尽快搞一本深入浅出而又雅俗共赏的李商隐诗歌类编，以消除由于其作品内容幽深和文字障碍等所造成的对其不应有的误解，甚至曲解……联想到上述那位老人莫名其妙的激愤情绪，王国钦先生的这一建议，显然既是出自编辑出版人员的职业敏感，更是一种难能可贵的社会责任心。人非木石，对这种公益之举岂有无动于衷之理！后来听说，王国钦还想约请那位堪称李商隐知音的女教师撰写一本《走近李商隐》。这更说明作为编辑出版者的良苦用心，并进而激发了笔者的积极性和应有的责任感。

　　当我回京后复函明确告知愿意参与此事时，随之得到了王国钦大致这样的回音：一两本书难成气候，出版社领导采纳了王国钦以及发行科同人的倡议，计划力争搞成一套丛书，并将之命名为"唐宋诗词名家精品类编"。而且，还随信寄来了较为详细的丛书策划方案。方案显示：丛书除包括唐代的大李杜、小李杜和宋代的柳、苏、李、辛八卷作品集以外，唐、宋各选一本其他著名诗家词人的精品合集。整套丛书一共十本，每本约三十万字。我当即表示很赞赏这一策划，除建议将李清照换成陆游外，无其他异议。而换掉李清照，并不是因为她的作品达不到精品的档次（相反她的各类作品中精品比例比谁都大），只是因为她在中、晚年遭逢乱世，流寓中大部分著作佚失得无影无踪。后人陆续辑得的十多首诗和比较可靠的约五十首词，即使都算作精品，也很难编撰成一本约三十万字的书稿。当然，要是将评析部分写成两三千言的长文，字数达标是不成问题的。但是这样做，一则太长的文字不尽符合丛书"点评"的体例，二则主要是担心不合乎当今和未来读者的口味与需求。而号称"六十年间万首诗"的陆游，人呼"小太白"，其作品总和万数有余，古今无双，选择的余地非常大，容易保质保量。

　　双方很快达成了共识。在这里，我愿意负责地告诉读者："唐宋诗词名家精品类编"丛书，以创意新颖、方便读者为宗旨。所谓创意新颖，是指本丛书既不排除"别裁"式的分类方法，更知难而进地在全面吃透作品内容的基础上，从"题材"方面分门别类。类似的分类，以往只在有关唐人绝句等方面的多人选集中见到过，像这样既兼顾体裁又着眼于题材的分类，尚属前所未有。本丛书还在每类相同题材的若干作品中，均以画龙点睛的诗句作为小标题，每本书则以该作家作品中的最为警策之句加以命名，于是就有了《黄河之水天上来·李白集》《每依北斗望京华·杜甫集》等一连串或气势不凡或动人情愫的书名。从每集作者作品中选取一句最恰如其分的诗句,用作该集的书名——这一创意本身,无形中体现了出版社对"唐宋诗词名家精品类编"丛书的一种极为独到而又相当可取的策划思路。对整套丛书来说,则力求做到"以其昭昭使人昭昭",也就是说,同类精品都有哪些可以一目了然。由此所派生的本丛书其他方面的特点和适用之处,则在每一本书中都不难发现。

原先没有想到的是,出版社嘱我担任整套丛书的主编并撰写总序。对此,我曾经再三谢辞。直到最后同意忝于此事,其间经历了一个不算短的过程,延缓了编撰时间,使出版社在策划之际尚得风气之先的这套丛书,耽搁了一段时间优势。为了顾及一定的时间效益,我于酷暑炎夏中攻苦食淡,最终亦可谓尽力而为了!

最重要的是选择和约请每一集作品的撰稿人。

丛书的第一本是大李(白),其编撰者林东海先生,早在20世纪七八十年代就沿着李白的足迹进行过考察。这对深入研究李白、了解其诗歌的写作背景及题旨等,洵为得天独厚之优势。20世纪80年代问世的《诗人李白》(日文版)及近期关于李白的新著,无不体现出林东海对这位"谪仙人"研究的深湛造诣。因而编撰"唐宋诗词名家精品类编"丛书中的李白集,对林东海来说是轻车熟路、手到擒来之事;而对读者来说,则将有幸读到一本质量上乘的好书!

至于小李(商隐)诗歌编撰者黄世中先生,我在20世纪90年代初于天涯海角与其谋面之前,已有多年的文笔之交,而且主要是谈及李商隐。仅我拜读过的黄世中有关玉溪生的论著已臻两位数。他对人们所感兴趣的李商隐无题诗尤其研究有素,对李商隐著作的每种版本乃至每一首诗几乎无不耳熟能详,其家传和经眼的有关李义山的典籍,几乎难有与之相埒者。因此由黄世中承担本丛书的李商隐集,可谓厚积薄发,定能如大家所预期的那样,以深入浅出之作,引导人们沿着正确的途径走近李商隐,从思想性和艺术性两方面,说明其独特的价值之所在,从而向广大读者奉献一餐美味而富含营养的精神食粮。

人们所称"小李杜"中的小杜,指的是《樊川文集》的作者杜牧。关于杜牧诗歌的精品类编,之所以约请胡可先先生编撰,是因为早在他到南京师范大学做博士后之前的1993年,就已有专著《杜牧研究丛稿》出版,可谓对杜牧研究有素。同时,笔者自然也联想到曾经拜读过的胡可先的一系列功力颇深的论文。如他提供给中国唐代文学学会第九届年会的关于"甘露之变"与晚唐文学的论文,其中既有惊心动魄之笔,亦有细致入微之文。特别是其中把"甘露之变"对文人心态的影响,以及晚唐诗歌之被目为"衰世之音"的原因所在,剖析得很有说服力。"甘露之变"时,杜牧刚过而立之年。稔悉这一政治和文学背景的胡可先,对杜牧诗歌进行注释和评点自然易近腠理,能于深邃之中探得其诗歌之内涵,弘扬其精华,同时也就消除了人们对杜牧的某种片面理解。

丛书的宋代名家中,柳永的年辈最高,但对其生平事迹和作品系年,后人都曾有重大误解。而浙江大学文学院的吴熊和先生,对此曾做过令人深信不疑的考证和厘定。柳永集的编撰者陶然先生,自然会承祧其业师的这些重大的学术成果,贯穿于自己的编著之中,从而撰成一本甄误出新之作。再者,陶然虽说是这套丛书十位编著者中最年轻的一位,但他有着相当机智精练的语言功底。无论其何种著作,行文中总是既以流丽多姿的现代语汇为主,又不时可见精粹的文言成分,其用语既富表现力,又令人颇感雅洁可读。同时,他作为年轻的文学博士,在其撰著中很善于运用新颖的科学论析方法,兼具宏观把握和微观剖析两方面的优长。表现在此著中,既有对词学源流的总体把握,又能对柳永诗词做出中肯可信的注释和评析。

苏轼是古往今来文学家中最具魅力的人物。选评苏轼诗词精品的陶文鹏先生,则是名声在外的多才多艺之辈。在他相继撰写、出版的多种论著中,有不少是关于苏轼诗词方面的,堪称是东坡难得的知音之一。以其不久前结项的"国家社会科学基金项目"——《中国古代山水诗史》一书为例,关于苏轼的章节就写得特别全面深透。其中不仅有定性分析,还有相当精确的定量分析。在其他各种论著中,陶文鹏不仅对两千六百余首苏轼诗中的精品有所论列,对三百余首东坡词的代表作亦时有画龙点睛之评。在这样的基础上所撰成的本丛书苏轼集,更不时可见出新之笔。比如,书中引述"苏轼诗词创作同步说",以及对《念奴娇·赤壁怀古》中的"故国神游"等句的新解,都体现了苏轼研究的最新学术成果。

从编著者的组成来看,这套丛书最突出的特点是较多女性编著者的参与。人数虽然只有宋红、高利华、邓红梅、陈祖美四位,男女编著者的比例只是三比二,与"半边天"的比例还有些距离。但是请君试想:迄今为止,在有关古典文学作品的类似规模的丛书中,有哪一套书的女编著者或作者能占到这样大的比重?

在这里需要说明的是,编撰本丛书的初衷和着眼点,绝不是单纯地追求女作者的人头优势,主要还是在不抱任何性别偏见的前提下,使每位撰著者的才华和实力得以平等展现!

不妨先从宋红先生说起。她从北大中文系毕业来到人民文学出版社古典文学编辑室不多久,就主持编辑了一本《〈诗经〉鉴赏集》。我在撰写其中《〈邶风·谷风〉绅绎》一文的过程中,宋红在关于泾渭孰清孰浊的问题上提出了很好的建议。后来这篇标题为《借荠菲之采,诉弃妇之怨》的拙文,竟得到一些读者的由衷鼓励,这与宋红的建议有着密不可分的联系。她的才华在相当大的学术范围内几乎是有口皆碑的,这自然也与她所处的学术环境有关。以 20 世纪 80 年代初在出版界出现的"鉴赏热"为例,她所在的古典文学编辑室及时推出了规模可观、社会效益甚好的《中国古典文学鉴赏丛刊》。特别是较早出版的关于唐宋词、汉魏六朝诗歌和《诗经》等鉴赏集,对这一持续了约二十年之久的"鉴赏热",起了很好的导向作用。这期间,宋红在编、撰结合中得到了很实际的锻炼。所以,此次她在编撰本丛书杜甫集这一难度颇大的书稿时,一直是胸有成竹,甚至发现和纠正了研治杜诗的权威仇兆鳌等人的不少疏误。这种学术勇气和责任心是极为难能可贵的。

生在绍兴、长在绍兴的高利华先生,她喝的不仅是当年陆游喝过的镜湖水,而且与这位"亘古男儿一放翁"还有一种特殊的缘分——在她从杭大毕业回到绍兴任教不久,即参与筹办纪念陆游八百六十周年诞辰大型学术活动。这是她逐步走近陆游的一个难得的良好开端。此后每五年举办一次的同类学术活动,自然都少不了她这位陆游研究者的热心参与。直到今天,在她担负着绍兴文理学院中文系极为繁重的教学任务和该校学报执行主编的同时,她的身影还不时出现在陆游的三山故里及沈氏名园之中,进行实地考察、拍照,仿佛仍在时时谛听着陆游的创作心声……这一切,对于高利华正确地解读陆游均有着难以替代的重要作用。体现在她所选评的本丛书陆游集中,尤其值得一提的是,在"灯暗无人说断肠"一类中,她是把《钗头凤》作为陆游与其前妻唐琬彼此唱和的爱情悲剧之章收入的。这一点是有争议的。假如她一味按照自己的观点解读此词,无疑是片面的。好在高利华把这首词的有关"本事"及关于女主人翁是唐琬还是蜀妓的历代不同见解,在简短的文字中胪述得清清爽爽,洵可作为有关《钗头凤》词的一篇作品接受史和学术研究史来读。仅就这一点,没有对陆游研究的相应功力和对这位爱国诗人的一颗赤诚之心,是难以做到的。

人们如果很欣赏哪位演员的表演才华,往往夸赞说某某浑身都是戏。我初次与邓红梅先生在一次学术会议上谋面时,就明显地感觉到她浑身都透着活力。等到听了她的发言、看了她关于辛弃疾的文章之后,便感到这种活力远不止表现在触目所见的外形上,更洋溢于其智能、业绩之中。所以在考虑辛弃疾集的编著者时,我便自然而然地想到了这位从江南来到辛弃疾故乡的、极富活力的女博士。当笔者与邓红梅在电话里初谈此事时,她二话没说,仿佛是不假思索地说:"我将写出一个与众不同的辛弃疾!"果然不负所望,她很快将辛弃疾六百余首词中的佳作按题材分为主战爱国词和政治感慨词等十一类,从而把人称"词中之龙"的辛弃疾,由人及词全面深刻地做了一番透视与解剖。这样,即使原先是"稼轩词"的陌路人,读了邓红梅的这一编著,沿着她所开辟的这十多条路径往前走,肯定会离辛弃疾其人其词越来越近,并从中获得自己所渴望的高品位的精神享受。

然而令人痛心的是应了那句"文章憎命达"的谶语,红梅竟在其春秋尚富的2012年离开了我们,我和不少熟悉她的文友都为之痛楚不堪!在她逝世两周年之际,"唐宋诗词名家精品类编"丛书(共十卷)得以重新修订出版。此系每位编撰者有所期待的良机,然而九泉之下的红梅对于她所编撰的辛弃疾集则无缘加以厘定。忝为这套丛书的主编,我有义务联手责编王国钦先生代替红梅料理她的这一学术后事。所以我在肠癌手术尚未痊愈的情况下,通校了辛弃疾集,从而深感红梅堪称辛稼轩的异代知音!她对每一首辛词的"点评"之深湛精到,令我不胜服膺。对于红梅出色"点评"的内容要旨,我未加任何改动。对于我在此次通校中所发现的问题,大致分以下两种情况:一是个别漏校或笔误,诸如"蛾眉"误作"娥眉","吟赏"误作"饮赏","疏"误为"书","金国"误为"全国","谕"误为"喻","询"误作"讯"等,径作改正。二是对于"惟"与"唯",想必红梅曾和我一样理解为此二字必须严格区分,就连"唯一"也必须写作"惟一";"唯"只用于"唯心""唯物"等少数哲学词汇,其他均写作"惟"。然而在红梅去世后问世的《通用规范汉字字典》(商务印书馆,2013 版)"惟"的第二义项与"唯"是相同的。所以我此次通校过的唐代合集和辛弃疾集中所用合乎《通用规范汉字字典》规定的"惟"字义项,都没有改动。

上述未经本人审阅的作者"小传",鉴于笔者了解情况不尽全面,表述又不见得很准确，所以不一定完全得到"传主们"的首肯。但是有一点，即使他们不予认可笔者也要坚持：这就是他们均为治学严谨的饱学或好学之士，对于唐宋诗词的研究尤为擅长。不具备这方面的优势，所撰书稿很容易误人子弟。因为不论是唐诗宋词或唐词宋诗，其老版本都曾存有各种谬误。即使一些很有影响、极受欢迎的选本，当初由于各种条件的限制，也都存在着种种不足之处。没有相应的学识，没有严谨的态度，不加深究，就很难发现问题，很容易以讹传讹。

本丛书的所有编撰者，在这方面都是可以信赖的。而他们的另一共同点是，大都具有与古代诗词名家发生共鸣的文学创作才能。仅就笔者经眼之作来说，比如林东海的《登戏马台》诗云：

> 当年戏马上高台，犹忆乌骓舞步开。
> 九里狂沙怜赤剑，八千热血恨黄埃。
> 时来竖子功名立，运去英雄霸业摧。
> 回首楚宫空胜迹，云龙山外鹤鸣哀。

此系诗人于彭城（今江苏徐州）凭吊项羽之作，其用事、用典何等妙合自然，感慨又何等遥深，早被旧体诗词的行家里手赞为"诗风沉郁，颇似杜少陵之抑扬顿挫"。笔者所拜读过的林东海的其他诗作还有七绝《过邯郸学步桥》、七律《吊白少傅坟》《马嵬坡怀古》等，也都是思覃律精，足见功力之深。

在黄世中只有十五六岁时，他就曾有感于一出南戏对陆游、唐琬爱情悲剧表现之不足，遂写了一个自己心目中的陆唐情深的南音剧本，且作词、谱曲一气呵成，后来又把陆唐之恋编成了电影文学剧本。当他将这一剧本寄到上海海燕电影制片厂后，不久就收到该厂回复的长信，希望他对剧本做一些加工修改以期拍摄。同时，黄世中还把剧本寄奉郭老（沫若）和朱东润先生求教，并很快收到了郭老和朱先生加以鼓励的亲笔回信。笔者不仅细读过黄世中所写的历史小说和颇具规模的散文集，还亲耳聆听过其具有南昆韵味的自弹、自唱、自度之曲，其文艺才能可见一斑。

陶文鹏是新诗、旧诗俱爱，而且几乎是张口就来，出口成章。例如他的一首七律《晚云》：

岁月催人近六旬，经霜瘦竹尚精神。

胸中故土青山秀，梦里童年琐事真。

伏枥犹思腾万里，挥毫最喜绘三春。

何须采菊东篱下，乐在凭栏对晚云。

此外，陶文鹏还有一副高亢嘹亮的歌喉，每次在学术会议上总是属于最为活跃的一族。多年来，他一肩双挑，编撰兼及，硕果累累。当然，这一次他将再度奉送给读者一个惊喜。

宋红谙悉音律，对旧体诗词的写作堪称得心应手。其长篇五古《咪咪歌》，把她的宠物猫咪写得活灵活现，想必谁读了都得为之捧腹不迭。此诗被识者誉为："神机流动，天真自露。猫犹人也，可恼亦复可爱，以其野性存焉。"

在20世纪60年代出生的那辈人中，旧体诗词的爱好者已不多见，擅长者更是凤毛麟角，而毕业于河南大学中文系的王国钦却对此情有独钟。20世纪90年代初，他曾写过一首题为《桂林赴上海机上偶得》的七律，诗云：

关山万里路何迢？鹏鸟腾飞上九霄。

云海涛惊心海广，航空技越悟空高。

却思尘世多喧扰，莫道洪荒不寂寥。

笑瞰人间藏碧水，乾坤一点画中瞧。

此诗为老一代著名诗人所看重并为之精心评点："……首联设问，引出壮志凌云；颔联设比，胸怀何其广大；颈联表现一种复杂的矛盾心理；尾联化大为小，小中见大，表现了作者对人间的无限依恋与热爱。作者融天上人间、喜乐忧烦、神话科技于一诗，别具情趣，也别有一种超乎时空的磅礴之气。"王国钦在诗词兼擅的基础上，还从1987年至今摸索、创造出一种新的诗歌形式——度词、新词，并得到当代诗词界人士的广泛称赏。当初他来京商谈丛书编选的诸项事宜时，我因为手上稿事过多等缘故，希望与他一同主编丛书。他诚恳地说：自己可以多承担一些具体的编辑工作，主编还是由社外专家担任，所以只承担了宋代合集的任务。之所以再三邀他负责宋代合集的编选，也正是由于他对宋词的偏爱和对词体发展的不懈努力。

20世纪90年代初,中州古籍出版社曾出版、再版过一本享誉海内外的《当代诗词点评》。在这本厚达六百七十多页的选集中,所有编著者均按长幼顺序排列。排头是何香凝,而高利华是其中最年轻的女编著者——在当时也是旧体诗词界最为年轻的新生代。此书选收了高利华的《浣溪沙·夜出遇雨》《菩萨蛮·雨过索溪向晚戏水》等篇,行家认为其词善于将"陈句融化,别出新意,既富造诣,又见慧心"。其《八声甘州·八月十八观钱江潮》有句云:"叹放翁、秋风铁马,误几回、报国占鳌头。休瞧我,凭栏杆处,欲看吴钩。"此作更被知音者推为:"上片写景,是何等气势!下片怀古,是何等襟期!山阴多奇女子,信哉!"

　　笔者之所以对丛书编著者们如此着意介绍,既不同于孟子所云"知人论世",也与胡仔所谓"知人料事"不尽相同。这里似乎略同于学术领域的"资格论证"和文化消费中的"品牌意识",或者说借重上述诸位的专长和才华,以增加读者对这套丛书的信任感,在假货无孔不入的情势下使精神消费者能够放心。虽说人们对某种"品牌"的喜爱和信任程度,最终要靠"品牌"本身的质量说话;虽然即使声势浩大的"广告",最终也不见能抵得过下自成蹊的"桃李"的魅力,但是还有一种"话不说不明,木不钻不透"的更为通俗和适用的道理——被埋在地下的夜明珠人们尚且看不到它的光芒,而一个新问世的"品牌",多少也需要自我"表白"一番的。

　　本套丛书初版于2002年8月,之后已陆续重印多次。随着时间的推移,虽然丛书在封面设计、版式设计及印刷质量等方面略显不尽人意之外,但在内容的编选和点评方面却依然值得肯定。因此,丛书的本次重印,除由编选者对内容进行了个别的修订、勘误之外,还由出版社对封面、版式进行了重新设计,将印刷质量进一步提高。同时,本着"把辛苦留给自己,把方便提供给读者"的编辑初衷,丛书又在一些体例方面做了进一步规范。比如对于词牌、词题在目录或引述时的表述方式,无论是在学术界或是在出版界,并无明确而统一的规范形式,所以不同的编选者就不可避免地出现了不同的表述。而这对于一套丛书来说,就出现了体例上不统一的问题。经过多方的交流、咨询和讨论,出版社在修订时提出了统一规范的建议,笔者认为十分必要。

　　具体来说,规范之前的一般表述形式大约分为三种情况:(一)原作既有词牌又有词题:"词牌·词题",如周邦彦《少年游·感旧》;(二)原作只有词牌却无词题:"词牌",如秦观《鹊桥仙》;(三)原作只有词牌却无词题:"词牌(本词首句)",如秦观《鹊桥仙》(纤云弄巧)。

本次规范之后,实际上是把第二、第三种无词题的情况合并为了一种形式,也就是说把原作无词题的情况统一都表述为"词牌(本词首句)",如姜夔《暗香》(旧时月色)。进行这样的规范,起码有这样两点好处:(一)对现在并不太了解古典诗词(尤其是词)表现格式的读者来说,能够将有无词题的作品进行一目了然的区分;(二)对于一般读者和研究者来说,方便对同一作者同一词牌的多首作品进行准确表述及辩识。而出版社的这些建议和规范,恰恰是丛书初衷的自觉践行。作为本套丛书的主编,笔者当然表示尊重和欢迎。

一言以蔽之,这套丛书的最大特点和长处是策划独到、思路新颖,它仿佛为每位编选者提供了一双崭新的"鞋子"。穿上这双"新鞋",是去"走世界"还是到唐宋诗词名人家里"串门子",抑或是像"脚著谢公屐"似的爬山登高,那就该是因编选者各自不同的"心气"而有所不同的事情了。但我可以夸口的是:他们全都没有"穿新鞋走老路"!

初稿于 1999 年 10 月,北京

改定于 1999 年 12 月,郑州—北京

厘定于 2015 年元月,北京

目　录

肠断离愁·为谁醉倒为谁醒

精忠报国·留取丹心照汗青

感慨人生·流水落花春去也

情怨深闺·断续寒砧断续风

酬唱揖别·目尽青天怀今古

风物歌吟·绿杨烟外晓寒轻

前　言

　　诗词是我国古代两种主要的诗歌文学形式。因为唐代偏重于诗的创作而宋代偏重于词的创作，所以就有了从体裁而言"唐诗宋词"的特定说法；因为唐代诗人也填词、宋代词家也写诗，所以又有了"唐宋诗词"的一般称谓。但无论哪种说法，都只说明一个道理："诗"与"词"是中国文学史上两座无与伦比的文学艺术高峰。

　　"唐宋诗词"浩如烟海，即便是权威的《全唐诗》《全宋词》两书，也只是相对而言在收录数量上的多，但绝对不是真正意义上的"全"。有关唐宋诗词的选本，习惯上多以"唐诗"与"宋词"两种体裁分别进行选编。所以，"唐宋诗词名家精品类编"丛书在策划之初，就有意回避了"体裁"而钟情于"题材"的角度进行分类选编。在中国社会科学院研究员、著名评论家陈祖美先生的领衔主编之下，这套丛书自问世以来受到了广大读者的广泛欢迎。其原因不仅在于各位分卷编著者本身的积极努力和学术号召力，也在于这种选编方式为读者所带来的种种研究、阅读之便。

　　本卷"宋代合集"的书名，选自于宋代著名女词人李清照的《一剪梅》："红藕香残玉簟秋。轻解罗裳，独上兰舟。云中谁寄锦书来？雁字回时，月满西楼。花自飘零水自流。一种相思，两处闲愁。此情无计可消除。才下眉头，却上心头。"本词虽然语言冲淡，但是表现细腻，造境温雅，其情甚浓，是宋词中具有代表性的一首经典作品。全词并无任何的刻意表达，纯粹是女主人公的心理活动和心境独白。其中"一种相思，两处闲愁""才下眉头，却上心头"的描写，自然、巧妙而真挚地宣泄出一种思念和无奈的情绪。词句"云中谁寄锦书来"，其实就是"云中无人寄书来"。这对于今天的读者来说，既可理解为作者个人情感方面的思念，亦可理解为家国感情方面的无奈。而这种设问句式的运用，恰恰符合了两宋时代在"个人情感"与"家国感情"两个方面"泪眼问花花不语"(欧阳修《蝶恋花》)、"云中无人寄书来"的实际内涵。

当然,"词"在宋代的兴盛以及所取得的文学成就,包括"词"在题材方面突破"艳科"的藩篱而发展为"大江东去"与"晓风残月"并存的多种风格,也是宋词独立于中国古代文学长廊的主要因素。自度曲在南宋晚期的出现,也为宋代词坛增添了一个不小的艺术亮点。晚清著名文论家王国维在《人间词话》中说:"古今成大事业、大学问者,必经过三种之境界。'昨夜西风凋碧树。独上高楼,望尽天涯路。'(晏殊《蝶恋花》)此第一境也。'衣带渐宽终不悔,为伊消得人憔悴。'(柳永《凤栖梧》)此第二境也。'众里寻他千百度,蓦然回首,那人却在灯火阑珊处。'(辛弃疾《青玉案·元夕》)此第三境也。此等语皆非大词人不能道。然遽以此意解释诸词,恐为晏欧诸公所不许也。"其实,如若晏欧诸公有知,未必不会会心一笑也。

彩袖殷勤捧玉盅:两情相悦的故事

词为"艳科",是人们对其自身在最初产生与成长过程中的理性定位。在20世纪的一段特定时期内,这种"艳词"曾被视为"资产阶级思想情调"而受到了批判。但是这些"艳词",不仅是词的基本传统和词的原始本色,而且也与现实生活中的饮食男女息息相关。如敦煌曲子词的主要作品和五代时期的《花间集》,就是我国"艳词"的早期标本。之所以取名《花间集》,正是因其多属描写妇女的容貌之妖娆、衣饰之华美、情态之娇羞等内容,而且主要由花花公子写在花笺之上,由歌妓举纤纤玉指按红牙拍板进行配曲演唱。这些词不仅色彩艳丽、辞藻雕琢、带有浓郁的脂粉气,而且题材上比较狭窄、内容上比较空虚、意境上比较贫乏。如南唐后主李煜早期的《一斛珠》,虽然不在《花间集》中,但也是一首典型的"花间"之作:"晓妆初过,沉檀轻注些儿个。向人微露丁香颗。一曲清歌,暂引樱桃破。 罗袖裹残殷色可,杯深旋被香醪涴。绣床无凭娇无那。烂嚼红茸,笑向檀郎唾。"全词只是对于一种夫妻调情现象的白描。

词至北宋之初,尽管仍然延续了这种"花间"传统,但在思想内容上已经有了一些相对的发展。如张先的《菩萨蛮》:"牡丹含露真珠颗,美人折向帘前过。含笑问檀郎:花强妾貌强? 檀郎故相恼,却道花枝好。花若胜如奴,花还解语无?"夫妻之间的"两情相悦",已经被表现得比较俏皮而典雅!再如欧阳修在他的《南歌子》中写道:"凤髻金泥带,龙纹玉掌梳。去来窗下笑相扶。爱道画眉深浅入时无? 弄笔偎人久,描花试手初。等闲妨了绣功夫。笑问双鸳鸯字怎生书?"虽然也是夫妻恩爱情景的描写,却能够写得如此通而不俗、俗中见雅——这与词的本色面貌相比,已经明显发生了很大程度的变化。

到了晏几道,更将"艳词"写到一种非常典雅的程度。如:

> 彩袖殷勤捧玉盅,当年拼却醉颜红。舞低杨柳楼心月,歌尽桃花扇底风。 从别后,忆相逢,几回魂梦与君同。今宵剩把银钲照,犹恐相逢是梦中。

这阕著名的《鹧鸪天》,上片写尽双方当年的欢娱之情和当时的场景之妙,造语精巧,情景温馨,令人有"如痴如醉"之感;下片尽写别后的相思之切和意外的相见之喜,感情真挚,激动异常,给人以"疑真疑幻"之思。又如:"梦后楼台高锁,酒醒帘幕低垂。去年春恨却来时。落花人独立,微雨燕双飞。 记得小蘋初见,两重心字罗衣。琵琶弦上说相思。当时明月在,曾照彩云归。"(晏几道《临江仙》)如果我们不去追寻小蘋究为何人的话,词人所写这种感情也可谓出神入化、感人至深了。

秦观有一首非常著名的《鹊桥仙》:"纤云弄巧,飞星传恨,银汉迢迢暗度。金风玉露一相逢,便胜却、人间无数。 柔情似水,佳期如梦,忍顾鹊桥归路。两情若是久长时,又岂在、朝朝暮暮?"在我国文学史上,牛郎织女的故事是一个被反复描写、可咏叹不尽的神话题材。而秦观的这首词,格调高雅,语言流丽,情真意切,气韵贯通,既是他自己作品中的一件妙品,也是宋词中的一阕绝唱。在对牛郎和织女"爱"与"怨"的情感描述中,在上、下片里"逢也多情,别也多情"的特殊体验中,作者理智地开掘其辩证内涵,发前人所未发,不经意间将这个古老故事的思想境界升华到一个前所未有的高度。他正是从这样一个家喻户晓的普通神话中,重新演绎了一段可歌可泣的爱情故事。同时也使"两情相悦"这一亘古不变的人之常情,提升到一个前无古人的历史阶段。

为谁醉倒为谁醒：肠断离愁的表达

"愁"是一种相当抽象的客观存在。它不仅没有形状、色彩、滋味、轻重之分，而且也没有年代、地区、远近、长短之别，许多时间都是些只能自己消解、无法与人言传的一种思想情感。"来时容易去时迟，半在心头半在眉。门掩落花春去后，窗涵残月酒醒时。柔如万顷连天草，乱似千寻匝地丝。除却五侯歌舞地，人间何处不相随？"（石象之《咏愁》）

作为与人类喜、怒、哀、乐同样重要的情感之一，古往今来之"愁"是有着各种各样区别的：如离乡之愁，去国之愁，多情之愁，无事之愁；如闺中哀怨之愁，行旅伤怀之愁，有家难回之愁，理想未践之愁，以及少年强说之愁、老来无奈之愁，等等。在今天的信息时代，交通发达，通信便利，不管是天涯海角或异国他乡，一个电话、一声问候、几个小时的车程或飞机，就能将双方紧紧地联系在一起。但在古代，一个人出外经商、谋官、求职、访友，多少年音信不通甚至一别永诀都是很有可能的。在家、在外的人互相思念，年长日久往往因此梦寐以求而不得。南朝江淹就在他的《别赋》中写道："黯然销魂者，惟别而已矣。"所以，"离愁"就成了那个时代无法排解的普遍情愫。

从心理学的角度来讲，"离愁"虽是一种说不清、道不明的个人情愫，却又切切实实、时时刻刻地存在于日常生活当中，有许多诗人词家为之吟出过无数有关"离愁"的佳句名篇。在宋代，这种情感似乎尤其强烈。如北宋著名史学家司马光的老父亲司马池，就在他的绝句《行色》中这样写道："冷于陂水淡于秋，远陌初穷见渡头。赖是丹青无画处，画成应遣一生愁。"司马池诗中所表现的"行色"，其实就是"离愁"。多么抽象、多么不可言状的一个问题，就这样被司马池有神无迹、轻而易举地解决了。梅圣俞有云："诗之工者，状难写之景如在目前，含不尽之意见于言外。"此诗有焉。

在生活实际中，由于时代的原因，离家外出者往往多为壮年男子，而青春女性大多只能在家独守空房。所以，同样的"离愁"却又有了"男性旅愁"与"女性闺愁"之分。

所谓"男性旅愁"，也就是人们常说的游子旅怀乡愁。"断肠声里无形影，画出无声亦断肠。想得阳关更西路，北风低草见牛羊。"我们从黄庭坚的这首绝句

《题阳关图》中,可以很清楚地阅读到一种非常无奈的游子心态:唐人王维"劝君更进一杯酒,西出阳关无故人"的诗句,在宋人心理上所留下的不仅是朋友之间的送别情谊,更是没有故人的孤独与异乡远游的荒凉。这正如曹组在《青玉案》中写的那样:"凄凉只恐乡心起。凤楼远,回头漫凝睇。何处今宵孤馆里?一声征雁,半窗残月,总是离人泪。"

于是,"酒"便成为古代游子们借以消愁解忧的最佳媒介。如吕本中在《踏莎行》中所写:"为谁醉倒为谁醒?到今犹恨轻离别。"柳永更在《雨霖铃》中写道:"今宵酒醒何处,杨柳岸、晓风残月。"虽然都是些七尺男儿,但那无尽旅愁的漫长折磨,使宋代的诗人词家们在感情上也一样是相当脆弱和容易受伤的。

"浊酒一杯家万里,燕然未勒归无计!羌管悠悠霜满地。人不寐,将军白发征夫泪。"范仲淹在《渔家傲》中所写,是戍边将军心中浓重乡愁和无法凯旋之苦闷心情的生动反映。本词所满满充溢的悲凉情调和人生感慨,至今犹能给读者以深深感染。"隔浦人家渔火外,满江愁思笛声中。云开休望飞鸿影,身即天涯一断鸿。"而真山民的这首《泊舟严滩》,也许能够给人一把解读"男性旅愁"的钥匙。秦观的《踏莎行·郴州旅舍》,则更是一阕成功表现羁旅愁思并感人千古的绝唱:"雾失楼台,月迷津渡。桃源望断无寻处。可堪孤馆闭春寒,杜鹃声里斜阳暮。   驿寄梅花,鱼传尺素。砌成此恨无重数。郴江幸自绕郴山,为谁流下潇湘去?"煞拍两句的言外之意是说:自己本来在家乡是多么好啊,却不知为什么还要到处宦游、伤心?词人的宦海失意,在此已转化为更多读者前途坎坷之时一种普遍的情绪表达。而蒋捷在《一剪梅·舟过吴江》中写道:"一片春愁待酒浇。江上舟摇。楼上帘招。秋娘渡与泰娘桥。风又飘飘。雨又潇潇。   何日归家洗客袍?银字笙调。心字香烧。流光容易把人抛。红了樱桃。绿了芭蕉。"这种尤为典雅的描写,其实更多的是词家在人造情景中的情绪发泄——从南朝的江淹到南宋的蒋捷,有关的"销魂"之"别"情,已几乎演绎到了一种艺术的极致之境。

在中国古代表现思念一类的诗词作品中,"女性闺愁"往往表现为闺中之怨。怨妇们常常成为"思念"的主体,远游的丈夫或者戍边的征人多会成为"被思念"的客体。如林逋的《长相思》:"吴山青。越山青。两岸青山相对迎。谁知离别情?   君泪盈。妾泪盈。罗带同心结未成。江头潮已平。"词人以一个女性的口吻,自述了一个凄婉得令人黯然神伤的故事。上下两阕互为比喻,不仅将情融进了景里,而且在景中饱含着真情。又如杜安世的《生查子》:"关山魂梦长,寒雁音书少。两鬓可怜青,只为相思老。　　归傍碧纱窗,说向人人道。真个别离难,不似相逢好。"全词用语简约而伤感,朴质而沉痛。词中"两鬓可怜青,只为相思老"的无奈与无情,就带着那个时代深深的历史烙印,对一个深闺怨妇念远思人的心境进行了真实写照。而"真个别离难,不似相逢好"两句,可以说是最朴质的白话,却表达了一种最复杂、最深刻的思想感情,读之令人唏嘘再三。

　　"深院静,小庭空,断续寒砧断续风。无奈夜长人不寐,数声和月到帘栊。"(李煜《捣练子》)所谓"捣练子",就是古代家庭生活中将由生丝织成的白绢在砧板上反复捶捣变软进而裁制衣服的一项重要内容。由于这种生活主要由妇女完成,也由于妇女常常需要为戍边的将士或客居的游子捣帛制衣,"捣练子"也便因此成为古代妇女思念良人的代名词。贺铸曾有一组本义《捣练子》,其中一首这样写道:"砧面莹,杵声齐。捣就征衣泪墨题。寄到玉关应万里,戍人犹在玉关西。"由此可见,古代妇女的闺愁,其实在很大程度上已深深地融进了她们对于常年戍边征战给丈夫和家庭所带来的无穷哀怨。

　　实际上,在"三从四德"礼教的长期约束之下,古代的良家妇女大多都是非常勤勉的。她们不仅要捣布洗衣、孝敬公婆、张罗农桑,而且还要飞梭织锦、市布持家。然而,"昨日入城市,归来泪满襟。遍身罗绮者,不是养蚕人。"(张俞《蚕妇》)尽管如此,一直生活在社会底层的她们,仍然需要"兰房夜永愁无寐",在"织梭光阴去如飞"中徒然叹息着"可怜未老头先白"(无名氏《九张机》)。至于"四张机,鸳鸯织就欲双飞……春波碧草,晓寒深处,相对浴红衣"中所写的,只是她们凄苦现实之中的一点梦想而已。无名氏的组词《九张机》,按照一、二、三……七、八、九的顺序和妇女织布时的先后程序,着意就每一"张机"的程序特点进行各不相同的艺术创造,从而形成了一系列栩栩如生的机上妇女织锦图。在集中展现一幅幅古代妇女生活画面的同时,也体现了她们闺中思夫、念夫、盼夫、怨夫的普遍情绪。

　　欧阳修在《玉楼春》词中,以一个"思念者"的角色写道:"别后不知君远近,触目凄凉多少闷。渐行渐远渐无书,水阔鱼沉何处问?　　夜深风竹敲秋韵,万叶千声皆是恨。故欹单枕梦中寻,梦又不成灯又烬。"可谓闺中女性愁苦生涯的真实写照。林景熙也在《商妇吟》中写道:"良人沧海上,孤帆渺何之?十年音信隔,安否不得知。"正是由于频繁的征战或者其他经商、宦游等原因,造成了非常普遍的闺中怨妇现象;又因为等待自己的丈夫,不少怨妇便长年累月地守望在自己的家门或村前。于是,更产生了一个又一个"望夫石""望夫山"的故事。"君行断音信,妾恨无终极。坚诚不磨灭,化作山上石……妾身为石良不惜,君心为石哪可得?"陈造的《望夫山》一诗,就是古代"望夫山"故事的一次艺术演绎。

相对而言,在宋代诗人笔下涉及闺房女性而没有直接表现闺怨的作品是较少的。如元淮的《春闺》:"杏花零落燕泥香,闲立东风看夕阳。倒把凤翘搔鬓影,一双蝴蝶过东墙。"在一片"杏花零落"的"燕泥香"中,一位"闲立东风看夕阳"的少妇,正把一支凤钗倒拿在手中烦闷地搔弄着鬓发,眼睛却直勾勾地盯着"一双蝴蝶过东墙"。当然,这位少妇并不是真正的没事"无聊",而是长期情锁深闺之中的"无奈",是那个社会大多数少妇闺中怨愤的另一种形式反映。这正如聂胜琼在《鹧鸪天·别情》中写的:"有谁知我此时情?枕前泪共阶前雨,隔个窗儿滴到明。"李清照在《声声慢》中写道:"寻寻觅觅,冷冷清清,凄凄惨惨戚戚……梧桐更兼细雨,到黄昏、点点滴滴。这次第,怎一个愁字了得?"更把这种闺愁表现提高到了一个新的艺术境界。

"愁"乃人类的一种共同情愫,只是在"愁"的对象、"愁"的内容、"愁"的程度上有着千差万别。"风月不供诗酒债,江山长管古今愁。"杨万里《宿池州齐山寺,即杜牧之九日登高处》诗中的两句话,应该是对这一情愫的恰切概括。

客观而言,除了以上所谈各种各样的"愁怨"之外,还有属于有闲阶层特有的一些"闲愁"。如作为北宋早期的一位太平丞相、词坛大家,晏殊在其《浣溪沙》中所表达的,无疑就是一种有着其非凡艺术魅力的"闲愁":"一曲新词酒一杯。去年天气旧亭台。夕阳西下几时回? 无可奈何花落去,似曾相识燕归来。小园香径独徘徊。"以眼前平常之景,道心中蕴藉之情。全词在不经意中表达出的情景,好像具有某种象征,也好像从生活中抽绎出来的情感符号,至今仍向读者进行着某种永远也"说不清,道不明"的情感暗示。

再如秦观的《浣溪沙》:"漠漠轻寒上小楼,晓阴无赖似穷秋。淡烟流水画屏幽。 自在飞花轻似梦,无边丝雨细如愁。宝帘闲挂小银钩。"这首小令就像一件十分精巧的工艺品,轻盈雅致而又剔透玲珑,似乎有着一种奇妙的魔力——当你拿在手上仔细地欣赏、把玩之时,就会不由自主地产生一种幽幽的伤感和淡淡的忧愁。玩赏之余,却又会爱不释手。本词正是通过作者轻浅的笔调、清幽的意境,描写了一种挥之不去、似有若无、去还复来的"闲愁"。而这种"闲愁",却又令人感到一些飘忽不定、渺然难寻和怅然若失。于是,这种落寞的"闲愁"才更给人一种"百无聊赖"的感觉。至于"少年不识愁滋味,爱上层楼。爱上层楼。为赋新词强说愁。   而今识尽愁滋味,欲说还休。欲说还休。却道天凉好个秋"(辛弃疾《丑奴儿·书博山道中》)的两种描写,则完全是以长辈的口吻对无知少年的善意劝说,"少年不识愁滋味"和"而今识尽愁滋味"的对比,鲜明而生动,语重而心长。

也许是那个时期的社会生活实在令人"愁"不可耐?无论是北宋或者南宋的诗词家们,有关的名篇佳句可谓层出不穷。而更多的名家们,则是将各种各样的"愁"置于一定的场景之下,再进行一种独出其类的艺术表现。如范仲淹把"愁"与"明月""高楼""酒"等意象联系起来,在《苏幕遮·怀旧》中写道:"明月楼高休独倚,酒入愁肠,化作相思泪。"可谓一唱三叹,令人哀绝。"若问闲情都几许? 一川烟草,满城风絮,梅子黄时雨。"贺铸在他的《横塘路》中即景生情,比兴兼用,博喻联珠,根据"烟草""风絮""梅雨"等意象,在生动地描绘出一幅江南暮春烟雨图的同时,更比拟出一种空前绝后的文人"闲愁"图——如此抽象的"闲愁",竟能写得如此丰富、生动而形象,无怪乎贺铸当时就被冠以"贺梅子"的雅称!

将"愁"或"恨"比喻为"柳""草"或者"水",是中国古代诗词中非常普遍的一种艺术手法——不仅取其数量之"多",而且取其"蓬勃"生长、不断"流动"之意。亡国之君李煜,由于一种特殊的生活经历,使他在初宋时期成了一位写愁圣手。如《虞美人》中的"问君能有几多愁,恰似一江春水向东流"——他把"愁"喻为"一江春水",从而使"愁"有了体积与长度。如《乌夜啼》中的"剪不断,理还乱,是离愁。别是一般滋味在心头"——简直"愁"得百般滋味、心乱如麻⋯⋯而在他写出"离恨恰如春草,更行更远还生"(《清平乐》)的名句之后,这种意象更是千变万化,层出不穷。如欧阳修的《踏莎行·相别》:"离愁渐远渐无穷,迢迢不断如春水⋯⋯平芜近处是春山,行人更在春山外。"——"离愁"随着主人公那缓缓而去的节奏愈远愈浓。

不仅如此,更为经典的还是秦观的《千秋岁》:"日边清梦断,镜里朱颜改。春去也,飞红万点愁如海。"词人将"飞红万点"的意象,赋予了一批政治家被集体贬谪之后惨痛和壮烈的寓意——"愁"在这里不仅有了"万点"的数量,而且有了"飞红"的色彩。"愁如海"之叹，则表现了一种政治失意之后的落寞和无奈。其他脍炙人口的写愁名句还有：

"伤高怀远几时穷？无物似情浓。离愁正引千丝乱，更东陌、飞絮濛濛。"（张先《一丛花令》）——"愁"在这里成了"千丝"和"飞絮"，突出了"愁"不可梳理的多而乱。

"黛蛾长敛，任是春风吹不展。困倚危楼，过尽飞鸿字字愁。"（秦观《减字木兰花》）——"愁"在这里成了过往不尽的飞鸿，使"飞鸿"也赋予了"愁"的情愫。

"别离滋味浓如酒。著人瘦。此情不及墙东柳。春色年年依旧。"（张耒《秋蕊香》）——"愁"在这里有了"酒"的浓度和"柳"的新旧，充分显示了"柔"而且"浓"的特点。

"生怕闲愁暗恨，多少事，欲说还休……凝眸处，从今又添，几段新愁。"（李清照《凤凰台上忆吹箫》）——"愁"在这里又有了一段一段的长度，表现了艺术家们对"愁"的最新理解。

"闻说双溪春尚好，也拟泛轻舟。只恐双溪舴艋舟，载不动，许多愁。"（李清照《武陵春》）——"愁"在这里被转化为"载不动"的重量，使读者心中也实实在在地感受到了沉甸甸的分量。

"天生百种愁，挂在斜阳树。"（徐俯《卜算子》）"至今染出怀乡恨，长挂行人望眼中。"（真山民《杜鹃花得红字》）——在他们这里，"愁"又成了可以悬挂起来的物体。

"都道无人愁似我，今夜雪，有梅花，似我愁。"（蒋捷《梅花引·荆溪阻雪》）——词人在这里将"夜雪"与"梅花"拟人化处理后与"我"进行反比，更使"愁"的表现显得尤为形象、生动而且更赋予了一定的文化色彩。

好山好水看不足：韵里江山的精彩

地以文名，地以诗传——古今无数的事例证明了这个真理。然而，在不同时期、不同人的眼里，即便是同样的江山、同样的祖国，也会激发出不一样的感情。

时当北宋，江山初定。对于诗人词家来说，可谓满目锦绣，满腔热情，因而他们笔下的祖国风光自然也充满了积极向上的感情色彩。如："长忆观潮，满郭人争江上望。来疑沧海尽成空，万面鼓声中。　弄潮儿向潮头立，手把红旗旗不湿。别来几向梦中看，梦觉尚心寒。"读潘阆的组词《忆余杭》，不禁使人想起唐代白居易那首著名的《忆江南》："江南好，风景旧曾谙。日出江花红胜火，春来江水绿如蓝。能不忆江南？"无论是这种小令的形式，或者吟咏的内容，二者似乎都有一定的传承借鉴关系。特别是"弄潮儿向潮头立，手把红旗旗不湿"两句，因其生动的形象、豪迈的气概而成了脍炙人口的名句。

著名词人欧阳修，晚年退居颍州时一气写了十首《采桑子》。正如他在组词前边的《西湖念语》中所写："虽良辰美景，固多于商会；而清风明月，幸属于闲人。并游或结于良朋，乘兴有时而独往。鸣蛙暂听，安问属官而属私；曲水临流，自可一觞而一咏。至欢然而会意，亦旁若无人。"于是，"轻舟短棹西湖好""画船载酒西湖好""群芳过后西湖好""天容水色西湖好"……本来景色已经非常迷人的西湖，在词人的笔下尤其显得千姿而百态，更是增添了无比的文化魅力。梅尧臣的诗句"霜落熊升树，林空鹿饮溪。人家何许在？云外一声鸡"（《鲁山山行》），则表现出诗人在一个特定情景之下的专注神态和意外喜悦，也更使全诗显出其无穷的韵味。而这"云外一声鸡"，也是如此的嘹亮。至今读来，犹觉具有一种召唤性的魅力。

最有代表性的，应该是曾公亮的绝句《宿甘露僧舍》："枕中云气千峰近，床底松声万壑哀。要看银山拍天浪，开窗放入大江来。"诗人要将"大江""放入"僧舍中来，可见其想象之奇妙、气魄之宏大、胸怀之宽广——这与北宋初期开拓进取的时代精神是多么的谐和一致！奇思壮怀，可谓独得山水之妙！

作为有宋一代的文坛大家，王安石的绝句《泊船瓜洲》历来是脍炙人口的："京口瓜洲一水间，钟山只隔数重山。春风又绿江南岸，明月何时照我还？""明月何时照我还"一句，于诗人的一路轻快之中更流露出对于"江南"大地的钟情与留恋。"茅檐长扫静无苔，花木成畦手自栽。一水护田将绿绕，两山排闼送青来。"（《书湖阴先生壁》）而他的这首绝句，既是对湖阴先生田园居舍的一种风光素描，又是诗人自己一种超然精神的委婉表达。

"松间药白竹间衣。水穷行到处，云起坐看时。"（晁补之《临江仙·信州作》）这里的一阵松涛来，一阵竹风寒，一声药白响，一角衣衫影，在词人的眼中无不成为一种诗情画意的美感和一种惆怅、清雅的象征。"水穷行到处，云起坐看时"两句，尽管是对王维《终南别业》中"行到水穷处，坐看云起时"诗句化用，但由于将句子成分进行了微妙处理，则已被赋予更为生动深刻的思想内容。

"投荒万死鬓毛斑，生出瞿塘滟滪关。未到江南先一笑，岳阳楼上对君山。"黄庭坚的这首《雨中登岳阳楼望君山》，虽乃诗人被贬召还途中所作，仍然洋溢着一种旷达的豪情和一股难以抑制的喜悦。政治上的挫折，并未影响到诗人对祖国美好河山、美丽风景的赞颂。

到了南宋，由于国破家亡的政治因素，诗人笔下的"韵里江山"却已成为借以抒发感慨、表达心声的媒介。如《鹧鸪天·西都作》："我是清都山水郎，天教分付与疏狂。曾批给露支风券，累上留云借月章。　诗万首，酒千觞，几曾着眼看侯王？玉楼金阙慵归去，且插梅花醉洛阳。"朱敦儒这首蕴藉奇崛的短章，产生于离乱的北宋末期，不仅十分生动地刻画了词人"头插梅花""啸傲王侯"的疏狂个性，而且已经非常明显地反映了词人看透时世、逃避现实的情绪。

张孝祥与朱敦儒有着基本相同的心理倾向。"洞庭青草，近中秋、更无一点风色。玉鉴琼田三万顷，著我扁舟一叶。素月分辉，明河共影，表里俱澄澈。悠然心会，妙处难与君说。　应念岭表经年，孤光自照，肝胆皆冰雪。短发萧骚襟袖冷，稳泛沧溟空阔。尽吸西江，细斟北斗，万象为宾客。扣舷独笑，不知今夕何夕？"（《念奴娇·过洞庭》）从表面上看，词人通过"尽吸西江，细斟北斗"的奇思妙想、"万象为宾客"的宏大气魄和"扣舷独笑，不知今夕何夕"的哲理思考，将情与景进行了妙不可言的水乳交融。而张孝祥的作品在给人提供物我两忘的阅读愉悦和崇高精神体验的同时，又何尝不是他万般无奈之下的情操自养？

姜夔有一首长调《扬州慢》，更为直接地表现了词人此时此地的悠悠思绪："淮左名都，竹西佳处，解鞍少驻初程。过春风十里，尽荠麦青青。自胡马窥江去后，废池乔木，犹厌言兵。渐黄昏、清角吹寒，都在空城。　杜郎俊赏，算而今、重到须惊。纵豆蔻词工，青楼梦好，难赋深情。二十四桥仍在，波心荡、冷月无声。念桥边红药，年年知为谁生？"全词虚实结合，情景交融，主要运用对比描写的艺术手法，使作品主题表达出一种凄美超凡的艺术境界。"推篷四望水连空，一片蒲帆正饱风。山际白云云际月，子规声在白云中。"戴昺的这首《夜过鉴湖》，通过着意的词汇重叠使用，于全诗节奏的轻快、旋律的回环往复中又增加了一种难得的音乐美感。尾句的"子规声在白云中"，则流露出诗人虽然遥远但却深切的故国之思。

正是在这些基本相同的时代背景之下，民族英雄岳飞也写过一首七绝《池洲翠微亭》：

经年尘土满征衣，特特寻芳上翠微。

好山好水看不足，马蹄催趁月明归。

诗中所表现的难得寻芳、月夜而归，绝不是诗人悠闲心境下的游览和欣赏，而是他面对河山破碎现实的痛心与怜爱，同时也正是他精忠报国、恢复中原决心的力量源泉。

林升在绝句《题临安邸》中这样写道："山外青山楼外楼，西湖歌舞几时休？暖风熏得游人醉，直把杭州作汴州。"最后两句是诗人在极度愤慨之下的反讽警句，深刻地表现了他理智清醒的时事认识和非常可贵的忧患意识。而范成大的绝句《州桥》，则已经是对南宋小朝廷苟且偏安、不思恢复北国河山的血泪控诉："州桥南北是天街，父老年年等驾回。忍泪失声询使者：几时真有六军来？"于是，"莫开帘，怕见飞花，怕听啼鹃"（张炎《高阳台·西湖春感》）词句中的意味深长，就成了南宋主战人士万般无奈之下真正的心灵写照。

时至南宋末年，文及翁笔下的《贺新郎·西湖》与北宋时期潘阆、欧阳修们《忆余杭》《采桑子》笔下的西湖相比，在情感上已经发生了本质性的变化。后者对于前者而言，更恰似黑色幽默一般具有着相当残酷的讽刺意义。

南宋覆灭以后，诗人谢枋得仍然以江东提刑、江西招谕使知信州的身份在浙赣边界率军抗元。信州失守之后，他不得不更名换姓地在武夷山地区隐居十多年。在此期间，元军一直到处搜捕他。《庆全庵桃花》一诗，就是他这个时期复杂心理的最好反映："寻得桃源好避秦，桃红又见一年春。花飞莫遣随流水，怕有渔郎来问津。"诗中这"避秦"二字的真正含义是"避元"。其实，诗人何尝不想从这样的"桃源"之中出来透透气呢？他无时无刻不在想着回到自己的家乡，回到自己的故国。不过，严酷的现实岂能容许他轻易出山？十年之间，他连"还家之梦"都不敢做，可见他在这"桃源"之中的无奈与寂寞是如何之多、之大。十余年后，诗人最终还是被捕并押往大都，坚贞不屈的诗人于是便绝食而逝——"渔郎"的"问津"终究还是给诗人带来了杀身之祸，不知这"渔郎"比那"桃花源"中的"渔人"险恶多少倍？

留取丹心照汗青:精忠报国的标本

南宋是一个特殊的历史时期。从一定的意义来说,那个时期的时代精神或者说"先进文化",就是御侮抗敌、恢复中原。如《贺新郎·寄李伯纪丞相》,就是张元干写于南宋初期的一首著名词作:"十年一梦扬州路。倚高寒、愁生故国,气吞骄虏。要斩楼兰三尺剑,遗恨琵琶旧语。"情感上有些悲愤沉郁,格调上却能慷慨激昂,是张元干词风特色和爱国思想的代表之作。

著名民族英雄岳飞的《满江红·写怀》,是一首振聋发聩的爱国绝唱:

> 怒发冲冠,凭栏处、潇潇雨歇。抬望眼、仰天长啸,壮怀激烈。三十功名尘与土,八千里路云和月。莫等闲、白了少年头,空悲切。　靖康耻,犹未雪;臣子恨,何时灭? 驾长车、踏破贺兰山缺。壮志饥餐胡虏肉,笑谈渴饮匈奴血。待从头、收拾旧山河,朝天阙!

岳飞建功立业、报效祖国的强烈愿望,在本阕词中得到了淋漓尽致的诗意表达与形象描写。

自岳飞而后,有关的爱国诗词作品更是层出不穷。如张孝祥的《水调歌头·闻采石矶战胜》:"雪洗虏尘静,风约楚云留。何人为写悲壮? 吹角古城楼。湖海平生豪气,关塞如今风景,剪烛看吴钩……赤壁矶头落照,肥水桥边衰草,渺渺唤人愁。我欲乘风去,击楫誓中流。"这是一首欢庆抗金胜利的高亢祝捷之歌。此情此景,不禁令人想起后来者辛弃疾《破阵子》中"醉里挑灯看剑,梦回吹角连营"的著名词句,二者同样表达了随时准备为国杀敌的壮志雄心。

文天祥的《过零丁洋》是南宋最为著名的爱国篇章之一:

> 辛苦遭逢起一经,干戈寥落四周星。
> 山河破碎风飘絮,身世浮沉雨打萍。
> 惶恐滩头说惶恐,零丁洋里叹零丁。
> 人生自古谁无死? 留取丹心照汗青。

当时，身为宰相但已经兵败被俘的文天祥，被叛徒、金军统帅张弘范威逼劝说另一位正在崖山御敌勤王的将领张世杰弃城投降，他便用这首诗给张弘范以坚决的回击。"人生自古谁无死？留取丹心照汗青"两句，其气节之高亢、气度之从容，已化作一曲誓死不屈、千古不朽的英雄壮歌。

《正气歌》可谓一首真正的浩然正气之歌。作者文天祥不仅以其本身惊天地、泣鬼神的生命实践，奠定了创作本诗深厚的精神基础，而且以其无比崇高的思想情怀，展示了我国历史上无数仁人志士坚贞的民族气节和爱国节操。全诗大气包举，正气磅礴，真气弥漫，志气昂扬，充分表现了诗人追慕古贤、报效祖国、视死如归的大无畏英雄气概。

"花开不并百花丛，独立疏篱趣未穷。宁可枝头抱香死，何曾吹落北风中？"郑思肖这首绝句《寒菊》的真正含义是：在经历国家灭亡、山河破碎之后，我就像一朵经受寒霜凋残的菊花一样，宁愿自己抱香而死，怎么能为寒风吹落、随着寒风飘零呢？诗中的"北风"二字，表面上是指从北方吹来的寒风，实际上是指从北国入侵而来的金人。诗人借用"北方"和"北国"在地理方位上的相同，将"北国"指斥为萧杀的"北风"，巧妙地表达了自己坚决保全个人气节的爱国情怀。

流水落花春去也：感慨人生的深刻

所谓"感慨人生"，也就是诗家对人生各种场景、各种情形所发出的各种感慨。对于两宋而言，北宋繁荣而南宋衰败，前者升平而后者离乱，因而对于人生的感慨自然也有极大的不同。作为南唐后主的李煜和北宋末期皇帝的宋徽宗赵佶，则是本书身份比较特殊的两位帝王作者。

李煜在其《虞美人》中写道："春花秋月何时了？往事知多少。小楼昨夜又东风，故国不堪回首月明中。　　雕栏玉砌应犹在，只是朱颜改。问君能有几多愁，恰似一江春水向东流。"起句自问自答，正是作者感慨万千的自言自语——一句"往事知多少"，省略了过去那无限的荣华与繁华。过片承上启下，写今日的物是人非终使自己换来无穷无尽的故国之愁。而尾句之所以成为传诵不衰的名句，既因为它比喻新警、恰切生动，也因为它水到渠成地承载了全词那哀痛不已的家国之愁——"国家不幸词家幸"，可喜乎？可悲乎？又如《浪淘沙》："独自莫凭栏。无限江山。别时容易见时难。流水落花春去也，天上人间。"再如《乌夜啼》:"林花谢了春红,太匆匆! 常恨朝来寒雨晚来风。　　胭脂泪,留人醉,几时重? 自是人生常恨水长东。"李煜在亡国之后的词作,不仅用语极白、韵味极浓,而且充满了切肤之痛。从严格的历史意义上说,李煜并不属于北宋;但是,从一定的文学意义而言,他真正的佳作却产生在沦为北宋阶下囚之后的三年。所以,权衡身当南唐与北宋之际这位历史人物跨越时代的特殊性,本书认为还是将其部分作品列入北宋时期更为合理一些。

特别具有讽刺意味的是:当年把李后主北掳到开封的是宋太祖,而北宋的徽、钦二帝却又被掳往更远的北羌——真不知这是不是历史的玩笑?"玉京曾忆昔繁华,万里帝王家。琼林玉殿,朝喧弦管,暮列笙琶。　　花城人去今萧索,春梦绕胡沙。家山何处? 忍听羌笛,吹彻梅花。"(赵佶《眼儿媚》)这个北宋的末期皇帝赵徽宗和南唐的李后主一样,也是在国破家亡之后才知道"国"与"家"的可爱。尽管他无论如何也没有李后主那样的艺术创作才华,不过本词却也写得非常悲伤惨痛。

作为丞相寇准的一名侍妾,蒨桃的《呈寇公》显得特别难能可贵:"一曲清歌一束绫,美人犹自意嫌轻。不知织女萤窗下,几度抛梭织得成?"无论是其勇气或者识见,都堪为封建时代的一位女性典范。与蒨桃这首七绝并有异曲同工之妙的,还有张俞的五绝《蚕妇》:"昨日入城市,归来泪满襟。遍身罗绮者,不是养蚕人。"这些作品说明了这样一个道理:正是因为社会的不公,才产生了如此之多的同情或歌颂下层劳动者的作品。同样,诗人只有站在最广大的人民群众一边,其作品才真正具有不朽的社会艺术价值。

正是因为如此,范仲淹和梅尧臣的五绝也才尤其脍炙人口:"江上往来人,但爱鲈鱼美。君看一叶舟,出没风波里。"(《江上渔者》)"陶尽门前土,屋上无片瓦。十指不沾泥,鳞鳞居大厦。"(《陶者》)当然,"安得广厦千万间,大庇天下寒士俱欢颜"是诗圣杜甫的美好愿望,而且也是我们今日全面走向小康社会的条件之一。不过,尽管梅尧臣诗中"陶者"与"居者"的关系已经发生了根本性的质的变化,但是二者因为地位所造成的某些差异,却仍然存在于我们的现实生活之中。因此,作为"居者"是任何时候也不应该忘记"陶者"之辛勤劳动的。

"岁晚身何托? 灯前客未空。半生忧患里,一梦有无中。发短愁催白,颜衰酒借红。我歌君起舞,潦倒略相同。"陈师道的这首《除夜对酒赠少章》,是直接抒发个人感慨之作。诗写于除夕之夜与客人的对酒之际,写出了一个特殊场景中的一种特殊感受。尤其颔联的"发"因"愁催"而"白","颜"因"酒借"而"红",如无自己的切身体验是难以写得如此深刻的。

对于人生伴侣之失的咏叹,两宋时期出现了两首经典的悼亡杰作。一首是贺铸的《鹧鸪天》:"重过阊门万事非,同来何事不同归?梧桐半死清霜后,头白鸳鸯失伴飞。　　原上草,露初晞,旧栖新垄两依依。空床卧听南窗雨,谁复挑灯夜补衣?"这首著名的悼亡之作,连用"梧桐半死"和"鸳鸯失伴"两个比喻,生动而深刻地表达了他的丧妻之痛。尤其煞拍的"谁复挑灯夜补衣"之叹,使得词中的凄凉之景、寂寞之状以及词人心中的痛苦之情已难以复加矣!另一首是苏轼的《江城子·乙卯正月二十日夜记梦》:"十年生死两茫茫。不思量,自难忘。千里孤坟,无处话凄凉。纵使相逢应不识,尘满面,鬓如霜。　　夜来幽梦忽还乡。小轩窗,正梳妆。相顾无言,惟有泪千行。料得年年肠断处,明月夜,短松冈。"两词在内容上皆为悼念亡妻之作,只是苏作通过记梦来表现自己的无限凄凉、此情不堪,而贺作则是通过眼前的现实来表现生活如梦、问天不语。但在艺术上,两作可谓并冠于北宋乃至历代词坛。

元好问是宋金并峙时期北方文学的重要人物。他的名作《摸鱼儿》,则是通过对一只失侣孤雁的描写,寄寓了词人太多的感慨:"问世间、情为何物?直教生死相许!天南地北双飞客,老翅几回寒暑?欢乐趣,离别苦,是中更有痴儿女。君应有语。渺万里云层,千山暮景,只影为谁去?　　横汾路,寂寞当年箫鼓。荒烟依旧平楚。招魂楚些何嗟及,山鬼自啼风雨。天也妒,未信与,莺儿燕子俱黄土。千秋万古,为留待骚人,狂歌痛饮,来访雁丘处。"——全词通过作者的伤情、美情、赞情、悲情、悼情,终于谱就了一曲至真至纯的情殇之歌。

"金陵城上西楼,倚清秋。万里夕阳垂地、大江流。　　中原乱,簪缨散,几时收?试倩悲风吹泪、过扬州。"朱敦儒的这首《相见欢》,气魄宏大,寄慨遥深。上片与杜甫的名句"星垂平野阔,月涌大江流"相比,更显现出一种凄清、萧瑟、没落的气象。下片重在抒情,高度概括了南宋政权因不思真正抗金而造成中原大地生灵涂炭、国破家亡的混乱局面。如果说"散"字状画出江山沦丧之际宋王朝达官贵人们的一幅狼狈逃逸图的话,那么"收"字则凝聚着广大老百姓血泪难收的惨痛以及词人立志收复失地的呼声。

目尽青天怀今古：酬唱揖别的场景

从某种意义来说，"揖别"与"离愁"好像一对孪生兄妹：不可避免的"揖别"导致了随之而来的"离愁"；而"离愁"的直接根源则无疑就是"揖别"。不过，在各种各样的"揖别"过程中，却又包含着种种不同的情感。如王观的《卜算子·送鲍浩然之浙东》：

> 水是眼波横，山是眉峰聚。欲问行人去哪边？眉峰盈盈处。　　才始送春归，又送君归去。若到江南赶上春，千万和春住。

词中"眼波横""眉峰聚"两个新巧、奇妙的拟人化比喻，生动而形象。下阕突出写一个"送"字，词人将"春"与"君"同样视为自己的朋友来送，不仅使朋友顿生亲切温暖之感，而且更给朋友一种前程似锦、光明灿烂的祝愿。而杨万里的绝句《晓出净慈寺送林子方》，从极为柔美的意象之中表现出一种十分壮观景象："毕竟西湖六月中，风光不与四时同。接天莲叶无穷碧，映日荷花别样红。"本诗题目虽是送别，但全诗却描绘出一幅绝妙的西湖风景图，不愧是宋代脍炙人口的代表作之一。

又如张元干的《贺新郎·送胡邦衡侍制赴新州》：

> 梦绕神州路。怅秋风、连营画角，故宫离黍。底事昆仑倾砥柱，九地黄流乱注？聚万落千村狐兔。天意从来高难问，况人情老易悲难诉！更南浦，送君去。　　凉生岸柳催残暑。耿斜河、疏星淡月，断云微度。万里江山知何处？回首对床夜语。雁不到、书成谁与？目尽青天怀今古，肯儿曹恩怨相尔汝？举大白，听金缕。

俗话说："患难见真情。"这首词写于胡铨（邦衡）获罪遭贬、许多人避之犹恐不及之际，可谓古往今来极为少见的真情流露。上片先从大处着笔，起句即表现了词人高度关注家国安危的胸襟与情怀，并为全词奠定了一个刚正不阿、悲愤深沉的精神基调。词人将心中的疑问直接指向最高的统治阶层，说明他在当时那样复杂局面之下仍十分难得地保持着自己清醒的头脑。结拍的"举大白,听金缕"六字,使全词达到感情上的最高潮——来,让我们共同举杯痛饮,让我们共同高歌一曲,让我们的情谊地久天长! 曲终之后,人将握别,然而情何以堪?

陈亮的《水调歌头·送章德茂大卿使虏》,则是另外一种特殊情况之下的特殊揖别之章:"自笑堂堂汉使,得似洋洋河水,依旧只流东……尧之都,舜之壤,禹之封。于中应有,一个半个耻臣戎。万里腥膻如许,千古英灵安在,磅礴几时通? 胡运何须问,赫日自当中。"当朋友不愿为而又不得不为地前往敌国通好请和之时,朋友该是一种什么心情,自己又是一种什么心情? 当为朋友送行之时,该为朋友说些什么呢? 本词以议论胜,并以一种非常得体的方式,在对祖国悠久历史的自豪之中,将自己的满腔悲愤化为一种堂堂的英雄气概。"胡运何须问,赫日自当中"这鼓励性告白,既使朋友的屈辱使命获得了一种精神上的慰藉,为自己找到了继续生存与坚持奋斗的希望,也表现了词人非凡的胆识与高超的艺术功力。

在《玉楼春·戏林推》一词中,刘克庄如此写道:"年年跃马长安市,客舍似家家似寄……男儿西北有神州,莫滴水西桥畔泪。"所谓"莫滴水西桥畔泪",其实不知已经流了多少的亡国之泪。再细味词题上的一个"戏"字,原来是作者有意地正话反说:"戏"中不仅有苦,"戏"中尤其有泪啊!

另外如"明发又为千里别,相思应尽一生期"(严羽《临川逢郑退之之云梦》),如"纵凭高、不见天涯。更消他,几度东风,几度飞花"(王沂孙《高阳台·和〈周草窗寄越中诸友〉韵》),如"短长亭。古今情。楼外凉蝉一晕生。雨余秋更清。 暮云平。暮山横。几叶秋声和雁声。行人不要听"(万俟咏《长相思·山驿》)等,也各有千秋地表达了作者在他们揖别之时的真挚情谊。

不同的诗人在不同的揖别场景中,根据各自不同的生活背景和文化素质而产生不同的艺术作品。但作为诗人很难回避的一个创作现实是:酬唱之作不仅在古今诗词创作中占有很大的比重,而且产生了很多的优秀作品。在当代诗词的创作中,有人认为酬唱之作不好写、写不好、没意义,我看未必。就艺术创作而言,问题不在诗人写什么而在怎么写。如唐代诗人王维的《送元二使安西》、李白的《闻王昌龄左迁龙标遥有此寄》、杜甫的《江南逢李龟年》、刘禹锡的《酬乐天扬州初逢席上见赠》等,再如本卷所收的以上诸作,不都是脍炙人口的优秀之作吗?

绿杨烟外晓寒轻:风物歌吟的感觉

"风物"历来是一个比较宽泛的概念,"歌吟"之作当然是代有佳章,而宋人的咏物佳什也可谓枚不胜数。尤其是有关四时风俗、风物的歌咏之作,更是脍炙人口、广为流传。

"爆竹声中一岁除,春风送暖入屠苏。千门万户曈曈日,总把新桃换旧符。"王安石的《元日》绝句基本上家喻户晓,寄寓了诗人对新年新气象、新感觉、新希望的无限向往。每当一元复始、万象更新之际,中国的老百姓便口诵这首绝句步入了新的一年。元日过后十五天,就是传统的元宵佳节。辛弃疾在他的《青玉案·元夕》中,正面表现了正月十五闹花灯的精彩场景:"东风夜放花千树。更吹落,星如雨。宝马雕车香满路。凤箫声动,玉壶光转,一夜鱼龙舞。"而欧阳修在《生查子·元夕》中,则有一种绝妙的侧面描写:"去年元夜时,花市灯如昼。月上柳梢头,人约黄昏后。 今年元夜时,月与灯依旧。不见去年人,泪满春衫袖。"可是读这首词,又不禁使人想起唐人崔护的绝句《题都城南庄》:"去年今日此门中,人面桃花相映红。人面不知何处去,桃花依旧笑春风。"两个不同的时代,两种不同的体裁,两个不同的场景,在艺术家的笔下却被表现得如此相似,可见人类的基本情感是如此的相似、相通!

俗话说:"一年之计在于春。"春天不仅是一年的肇始,而且也是美丽的代称、希望的象征,所以宋代表现春天的诗词作品也是车载斗量。如秦观的《春日》绝句:"一夕轻雷落万丝,霁光浮瓦碧参差。有情芍药含春泪,无力蔷薇卧晓枝。"这首咏物小诗很富有人情味:在"含泪"之间加一"春"字,充分地表达了"芍药"的脉脉"有情";而在"卧枝"之间加一"晓"字,则传达出蔷薇"无力"的娇柔之态——细腻入微地描写,一种怜爱之情便油然而生,几缕画意诗情更随之涌上心间。而朱熹的《春日》,则是一首许多人耳熟能详的绝句:"胜日寻芳泗水滨,无边光景一时新。等闲识得东风面,万紫千红总是春。"全诗带给读者的,不仅是通晓流畅的语言、春意盎然的景象,而且是一个哲理寓于生动之中的春天形象。尤其"等闲识得东风面,万紫千红总是春"两句,更是具有无比巨大的艺术魅力。

杨柳历来是春天的象征,所以"咏柳"之作实际上也是"咏春"之作。如"庭院深深深几许？杨柳堆烟，帘幕无重数。玉勒雕鞍游冶处，楼高不见章台路"（欧阳修《蝶恋花》），如"杨柳丝丝弄轻柔，烟缕织成愁。海棠未雨，梨花先雪，一半春休"（王雱《眼儿媚》），如"柳条百尺拂银塘，且莫深青只浅黄。未必柳条能蘸水，水中柳影引他长"（杨万里《新柳》），如"春雨断桥人不度，小舟撑出柳阴来"（徐俯《春游湖》）等。在我国古代，杨柳又是"别离"的象征。一般而言，在唐人王维"渭城朝雨浥轻尘，客舍青青柳色新。劝君更进一杯酒，西出阳关无故人"（《送元二使安西》）的绝句之后，宋人的咏柳之作并未超越这一意义。如王十朋的《咏柳》："萦牵别恨丝千尺，断送春光絮一亭。"如秦观的《江城子》："西城杨柳弄春柔。动离忧，泪难收。犹记多情，曾为系归舟。碧野朱桥当日事，人不见，水空流。"如孙觌的《吴门道中》："数间茅屋水边村，杨柳依依绿映门。渡口唤船人独立，一蓑烟雨湿黄昏。"如张炎在《朝中措》所写"折得一枝杨柳，归来插向谁家"等，许多情景都有杨柳意象的出现，正说明了杨柳在诗人笔下艺术地位的重要。

在中国古代农村，立春后第五个戊日为春社，立秋后第五个戊日为秋社。这两个非常重要的传统节日，特别是春社日，宋代的诗人词家都曾给予充分的表现。"燕子来时新社，梨花落后清明。池上碧苔三四点，叶底黄鹂一两声。日长飞絮轻。　巧笑东邻女伴，采桑径里逢迎。疑怪昨宵春梦好，原是今朝斗草赢。笑从双脸生。"晏殊的这首《破阵子》，通过"巧笑""逢迎""疑怪""斗草赢""笑从双脸生"等一连串喜庆动作的描写，使她们充分释放出女性特有但平时难得一见的欢乐气息。与其他反映妇女承受重重精神压抑和种种礼教约束的作品相比，本词更具有一种极为难得的精神解放意义。

"清明时节雨纷纷，路上行人欲断魂。借问酒家何处有？牧童遥指杏花村。"——这是唐人杜牧非常著名的一首《清明》绝句。而宋人有关的清明佳作也很多，如吴文英的《风入松》："听风听雨过清明，愁草瘗花铭。楼前绿暗分携路，一丝柳、一寸柔情。料峭春寒中酒，交加晓梦啼莺。　西园日日扫林亭，依旧赏新晴。黄蜂频扑秋千索，有当时、纤手香凝。惆怅双鸳不到，幽阶一夜苔生。"起拍就用两个"听"字制造出风雨交加的气氛，比杜牧笔下的清明尤为凄切。而"料峭春寒中酒，交加晓梦啼莺"两句，与杜牧诗中的"借问酒家何处有，牧童遥指杏花村"相比，"醉酒"情节的设置也具有某些境界上的相通之处。但是，由于煞拍"惆怅双鸳不到，幽阶一夜苔生"的出现，则使本词从"悼自然之红过渡到"伤伊人之春"。细腻的笔触,淡雅的语言,婉丽的情调,生动的描写,使本词成为一首至情至纯的经典之作。

《题春晚》是周敦颐描写晚春景象的一首绝句:"花落柴门掩夕晖,昏鸦数点傍林飞。吟余小立栏杆外,遥见樵渔一路归。"一、二两句在纯然乡村景色的着意描画中,点明其时正是傍晚;而"花落"二字,却又表明季节已经接近"晚春"。在静谧、安详的暮春、春晚景色中,却又有"柴门"在"掩""昏鸦"在"飞""樵渔"在"归"——好一幅动中寓静、静中又动的田园景象,给人一种十分亲切温馨的感觉!

对于春天的表现,是古今诗人一个共同的话题。但每年的春天毕竟是短暂的,因而对于春天的呼唤便也成为一个永恒的主题。如黄庭坚的《清平乐》:"春归何处?寂寞无行路。若有人知春去处,唤取归来同住。　　春无踪迹谁知?除非问取黄鹂。百啭无人能解,因风飞过蔷薇。"发调的"春归何处"之问,初感无理,复觉幼稚。仔细品味,才知道问得极妙。"人间四月芳菲尽,山寺桃花始盛开。长恨春归无觅处,不知转入此中来。"其实,唐代大诗人白居易在他的《大林寺桃花》一诗中,曾有过内容类似的疑问和探询。也许黄庭坚对此答案不甚满意,所以才又有了"春归何处"之问。

"雨"是春夏之季十分常见的自然现象,但在宋代诗人词家的笔下也被写得丰富而多彩。如"耕人扶耒语林丘,花外时时落一鸥。欲验春来多少雨,野塘漫水可回舟",周邦彦的这首《春雨》非常富有情趣。如万俟咏的《长相思·雨》:"一声声。一更更。窗外芭蕉窗内灯。此时无限情。　　梦难成。恨难平。不道愁人不喜听。空阶滴到明。"在这里,"雨"被赋予了"愁"与"恨"的感情。又如陈与义的《观雨》,虽云观雨却未见雨的直接描写:"不嫌屋漏无干处,正要群龙洗甲兵。"上句基本全用杜甫《茅屋为秋风所破歌》原句:"床头屋漏无干处,雨脚如麻未断绝。"下句基本全用杜甫《洗兵马》原意:"安得壮士挽天河,尽洗甲兵长不用。"其实,诗人之所以"不嫌屋漏无干处",就是通过"观雨"的过程,来表达诗人心中对于"正要群龙洗甲兵"的愿望——这里的甲兵,是天下所有的兵马?或者仅仅是金人南来的非正义入侵之兵?已经不是那么重要了。

蒋捷的《虞美人·听雨》,是一阕通过"听雨"而表达词人诸多感慨的名作:

少年听雨歌楼上,红烛昏罗帐。壮年听雨客舟中。江阔云低、断雁叫西风。　　　而今听雨僧庐下,鬓已星星也! 悲欢离合总无情。一任阶前、点滴到天明。

本词上、下片对比写雨,并将"雨"分为浪漫轻狂的"少年"、逆旅奔波的"壮年"和寄寓僧庐的"而今"三个年龄段,也把词人三个人生阶段的不同际遇分别给予了生动而深刻的表现,具有非常突出的个性艺术特点。

"蓑衣"是古代一种很常用的雨具,但在诗人笔下出现的概率是比较少的。尽管唐人柳宗元"千山鸟飞绝,万径人踪灭。孤舟蓑笠翁,独钓寒江雪"的《江雪》绝句脍炙人口,但诗中的"蓑笠"与"蓑衣"毕竟不是一种雨具。"软绿柔蓝着胜衣,倚船吟钓正相宜。蒹葭影里和烟卧,菡萏香中带雨披。狂脱酒家春醉后,乱堆渔舍晚晴时。直饶紫绶金章贵,未肯轻轻博换伊。"杨朴的这首《蓑衣》诗,主要以"渔人"为形象依托,赋"蓑衣"在种种场合之下以象征意义——如"和烟卧""带雨披",虚中有实,实中有虚;而"狂脱酒家"和"乱堆渔舍",形象而生动,随意而洒脱,可谓一曲名副其实的"蓑衣颂"。

春夏以后,随之而来的就是"悲哉秋之为气也,草木摇落而变衰"的秋天。自宋玉在《风赋》中为秋天定下这个萧瑟悲戚的基调以来,欧阳修也在一篇《秋声赋》中,将秋天之声写得肃杀惊心、寒气逼人,给读者留下了极为深刻的印象。而蒋捷的《声声慢·秋声》,全词紧扣"秋声"之题,通篇每韵同用"声"字,更演绎出一个"蒋捷版"的词体《秋声赋》,可谓奇哉:"黄花深巷,红叶低窗,凄凉一片秋声。豆雨声来,中间夹带风声。疏疏二十五点,丽谯门、不锁更声。故人远,问谁摇玉佩? 檐底铃声。　　　彩角声吹月坠,渐连营马动,四起笳声。闪烁邻灯,灯前尚有砧声。知他诉愁到晓,碎哝哝、多少蛩声! 诉未了,把一半、分与雁声。"上片开篇描写词人当时所处的环境,色彩虽然鲜艳,却因为巷深、窗低而一片凄凉。其中的"雨声""风声""更声""铃声",也似乎全都带上了"凄凉"的情感。下片继续采集"角声""笳声""砧声""蛩声"为一体,组成了一曲旋律生动、内容丰富的交响乐,也可谓是"凄凄惨惨戚戚"矣。煞拍的"诉未了,把一半、分与雁声",更是把嘹唳的"雁声"引入曲中,使全词又加深了愁苦、凄凉、悲切、思念的色彩。

作为与人类生活密切相关的候鸟,"鱼雁"传书的故事在我国民间曾经广为流传,而诗人词家的"咏雁"之作也是代有名篇。晚宋张炎的《解连环·孤雁》,运用拟人化的艺术手法,紧扣"孤雁"二字进行充分阐发,并使之成了一首表现离群"孤雁"的著名词章:"楚江空晚。怅离群万里,恍然惊散。自顾影欲下寒塘,正沙净草枯,水平天远。写不成书,只寄得相思一点。料因循误了,残毡拥雪,故人心眼。　　　　谁怜旅愁荏苒。漫长门夜悄,锦筝弹怨。想伴侣犹宿芦花,也曾念春前,去程应转。暮雨相呼,怕蓦地玉关重见。未羞它、双燕归来,画帘半卷。"整篇作品描写了这只"孤雁"从"恍然惊散""旅愁荏苒"到"暮雨相呼"的全部坎坷旅途与心路历程——本词既形象生动而又不粘不滞,句句惟妙惟肖而又处处别有寄托,其间化用苏武、长门等典故了无痕迹。尤其是煞拍的"未羞它、双燕归来,画帘半卷"等句,以"画帘半卷"的"双燕"比喻屈节仕元而获得高官厚禄之辈,并为这些再筑新巢的权贵们感到无比的耻辱,也曲折地表现了词人面对抗元胜利无望而又不愿依附新贵的复杂心情。

田间风物以及农家风情,也是宋代诗人词家特别关注的题材之一。华岳在他的十首《田家》组诗中,就描写了一幅幅当时的农家风俗生活图。其中的一首这样写道:"鸡唱三声天欲明,安排饭碗与茶瓶。良人犹恐催耕早,自扯蓬窗看晓星。"写得朴真、生动而亲切。如果说王禹偁在《村行》中的诗句"万壑有声含晚籁,数峰无语立斜阳",是一个诗人对山村自然风光独特感受的话,那么曾几《苏秀道中自七月二十五日夜大雨三日,秋苗已苏,喜而有作》中的"无田似我犹欣舞,何况田间望岁心",就是一个善良官员对农民所思所想的深刻体验。而连文凤在《春日田园杂兴》中,则表现了他所代表的一种时代情怀:"老我无心出市朝,东风林壑自逍遥。一犁好雨秧初种,几道寒泉药旋浇。放犊晓登云外垄,听莺时立柳边桥。池塘见说生新草,已许吟魂入梦招。"本诗以飘逸超然的笔触,描写了诗人在"春日田园"间的点滴杂感。尾联巧妙借用谢灵运"池塘生春草,园柳变鸣禽"的诗意,在此情此景显得恰切适当,并将全诗推向魂也摇摇、梦也招招的境界,使人颇有一种如痴如醉的艺术享受。

宋代有两首著名的"咏牛"绝句无法令人忘怀。一首是孔平仲的《禾熟》:"百里西风禾黍香,鸣泉落窦谷登场。老牛粗了耕耘债,啮草坡头卧夕阳。"这样一幅朴野生动、自然传神的农村禾收图,使人想起诗人也要舒开郁气、放松心灵的强烈愿望。另一首是李纲的《病牛》:"耕犁千亩实千箱,力尽筋疲谁复伤?但愿众生皆得饱,不辞羸病卧残阳。"诗中这种完全忘我的境界,是许多人难以真正达到的。李纲这首诗的意义,正在于为读者树立了一个精神的典范。

"理趣"是宋代诗词的一种重要特点,朱熹的《观书有感》可称之为一首代表作:"半亩方塘一鉴开,天光云影共徘徊。问渠那得清如许?为有源头活水来。"诗人通过"为有源头活水来"的结论,解开了许多人"问渠那得清如许"的疑问,使"半亩方塘一鉴开,天光云影共徘徊"的生动形象有了可信、可靠、可贵的基础,并使之有了永不枯竭的源泉。赵师秀的绝句《约客》,则是诗人一个小小生活片段的生动表现:"黄梅时节家家雨,青草池塘处处蛙。有约不来过夜半,闲敲棋子落灯花。"首句和次句分写江南在黄梅时节的天气特点与环境特点——正是在这样淫雨连绵的天气里,诗人才有时间约请朋友到家中来。但不知为什么,客人却没有如约前来。夜已过半,诗人仔细地听着窗外的丝丝雨声和阵阵蛙声,唯恐忽略了应该响起的叩门之声。尾句一个"闲敲棋子落灯花"的细节描写,将他期待朋友的下意识焦虑表现得十分微妙而逼真。

"咏月"是我国古典诗词艺术中的一个永恒主题。无论是乐府民歌中的"月出东南隅",张九龄的"海上生明月,天涯共此时",王昌龄的"秦时明月汉时关",李白的"举杯邀明月,对影成三人",还是杜甫的"露从今夜白,月是故乡明",王建的"今夜月明人尽望,不知秋思落谁家",白居易的"惟见江心秋月白",杜牧的"烟笼寒水月笼沙",或者李商隐的"月中霜里斗婵娟",柳永的"杨柳岸晓风残月",苏轼的"但愿人长久,千里共婵娟",等等,无不寄予月亮以特殊的情思和诗人特殊的情感。

宋人吕本中的《采桑子》,通篇运用白描手法吟咏"月亮",却又表现出截然不同的意象。作品通过对月亮拟人化的"怀恨在心"来表现对丈夫的深切怀念,堪称词人运用超绝艺术手段的一首得意之作:"恨君不似江楼月,南北东西。南北东西,只有相逢无别离。 恨君却似江楼月,暂满还亏。暂满还亏,待得团圆是几时?"在这首词里,"月"就是"君","君"就是"月","月"与"君"已经成为一个不可离分的艺术形象。而所谓的"恨",则正是"爱之深恨之也深"的最佳注脚。从本质而言,词人"咏月"只是其艺术手段,而"肠断离愁"才是其最终的感情表达。

金人完颜亮的《鹊桥仙·待月》可谓别具一格:"停杯不举,停歌不发,等候银蟾出海。不知何处片云来,做许大、通天障碍。 虬髯捻断,星眸睁裂,惟恨剑锋不快。一挥截断紫云腰,仔细看、嫦娥体态。"古今"咏月",多咏新月、圆月、云月、残月,而本词写"待月",写到最终也未见月亮出来。虽说扣准了"待月"之题,但在给读者留下个人想象空间之余,也留下了不小的愉悦遗憾。又如蔡伸的

《苍梧谣》："天,休使圆蟾照客眠。人何在?桂影自婵娟。""休使"二字带有强烈的使动性,给人留下了很大的悬念:月亮圆缺本是自然现象,可作者为什么不想让月亮由缺变圆呢?"人何在"三字侧面回答了这个问题:我所思念的人还不知道在哪里呢,你这月亮还圆什么圆?

"咏花"之作在宋代诗词中也占了很大的分量。"泉眼无声惜细流,树阴照水爱晴柔。小荷才露尖尖角,早有蜻蜓立上头。"杨万里的绝句《小池》,虽非单一的直接咏花作品,但诗中的三、四两句,常常被人用来比喻幼年人才的才华初露,通俗而生动,形象而逼真,编者尤其愿意将之列为咏(荷)花佳作。而宋代的"咏杏""咏梅"之作,同样具有相当的文化分量与品位分量。

有关描写杏花的诗歌历来很多,仅宋诗中就有许多脍炙人口的名句。如王雱《绝句》中的"开遍杏花人不到,满庭春雨绿如烟",魏夫人《菩萨蛮》词中的"隔岸两三家,出墙红杏花",谢逸《江城子·黄州杏花村馆》词中的"杏花村馆酒旗风",陈与义的"杏花疏影里,吹笛到天明"(《临江仙》)、"客子光阴诗卷里,杏花消息雨声中"(《怀天经智老因访之》)等。再如宋祁的《玉楼春·春景》:"绿杨烟外晓寒轻,红杏枝头春意闹。"王国维在《人间词话》中说:"红杏枝头春意闹,着一'闹'字而境界全出。"而且,宋祁生前就曾因这一词句得到过"'红杏枝头春意闹'尚书"的雅称,可见这一词句受到读者欢迎的程度是如何之高。

叶绍翁有一首非常著名的绝句《游园不值》:"应怜屐齿印苍苔,小扣柴扉久不开。春色满园关不住,一枝红杏出墙来。"作品没有直接写人,而是从"印苍苔"的"屐齿"踪迹中判断园中有人,但又在"久不开"的"小扣"等待中产生了种种的疑惑:怎么回事儿?明明有人却为什么不开门?当诗人终于得到"春色满园关不住,一枝红杏出墙来"的诗句之后,立刻将小园的表象画面转换并上升到一个非常新的艺术境界——这位小园的主人,久不开门也未能掩饰得住他自身充满诱惑的声望。于是,便更增加了诗人对小园主人当面拜访的愿望。

陆游也曾有绝句《马上作》云:"平桥小陌雨初收,淡日穿云翠蔼浮。杨柳不遮春色断,一枝红杏出墙头。"很明显,《游园不值》和《马上作》在这个意象上极为相似。不过,叶绍翁的更为成功之处,不仅仅是将场景从"马上"移到了"小园",将行走风光的浏览变换为固定景色的欣赏,主要还是在纯粹的景象描写之外增加了丰富的精神内涵,进而取得了更为精彩的艺术效果。

我们从以上这些"咏杏"作品中可以发现,陆游、叶绍翁两位诗人,都在第四句把"墙"的意象引入到了诗中,而"杏"的意象无疑就是女性的代称。也许,这就是后来"红杏出墙"特殊含义的原始义根吧?

至于"咏梅"作品,也可以随时举出许多经典的诗例来。如"何须更探春消息?自有幽香梦里通"(张道《咏梅》),"多情也恨无人赏,故遣低枝拂面来"(杨万里《明发房溪》),"月又渐低霜又下。更阑,折得梅花独自看"(潘牥《南乡子》),"墙角数枝梅,凌寒独自开。遥知不是雪,为有暗香来"(王安石《梅花》),"雪似梅花,梅花似雪,似和不似都奇绝"(吕本中《踏莎行》),等等。而最为著名的,还是林逋的七律《山园小梅》:"众芳摇落独暄妍,占尽风情向小园。疏影横斜水清浅,暗香浮动月黄昏。霜禽欲下先偷眼,粉蝶如知合断魂。幸有微吟可相狎,不须檀板共金樽。"这是一首脍炙人口的绝唱,历代名家赏评极多。颔联"疏影横斜水清浅,暗香浮动月黄昏"两句,之所以最为受人欢迎,是因为它极其生动地表现了梅花神韵超绝的气质、神采丰逸的特点、神清气爽的俊雅和令人神魂颠倒的魅力。

刘克庄的七律《落梅》,也是一首经典的写梅之作:"一片能教一断肠,可堪平砌更堆墙。飘如迁客来过岭,坠似骚人去赴湘。乱点莓苔多莫数,偶沾衣袖久犹香。东风谬掌花权柄,却忌孤高不主张。"作品从一片一片的落梅开始写起,已为全诗烘托出一个凄凉哀伤的情感氛围。颔联直接将"落梅"比拟为南来北往的迁客骚人,具有高度的思想概括性,可使读者产生丰富的社会联想。颈联分写形体上的委顿和精神上的高洁,使"落梅"反差极大的外在境遇和内在气质均能得以恰当的表现。尾联点题,将梅花之所以获得这种落寞、飘零、凄切、悲惨景况的原因,一语中地归结为"东风谬掌花权柄,却忌孤高不主张",寄寓了诗人太多的思想感慨。仔细想来,标题"落梅"二字即不落俗套,不同寻常,回避了他人从正面描写的大量重复。其中通过对落梅"如迁客来过岭""似骚人去赴湘"遭遇的描写,表现了诗人深厚的艺术功力和深刻的精神同情。至今读来,犹觉精彩异常!

宋末郝经的一首《落花》很有些象征意味:"彩云红雨暗长门,翡翠枝余蕚绿痕。桃李东风蝴蝶梦,关山明月杜鹃魂。玉栏烟冷空千树,金谷香消漫一樽。狼藉满庭君莫扫,且留春色到黄昏。"本诗所写之花,是皇室宫廷之花而不是乡村野外之花或者一般庭院之花。首联暗示这种"落花"的华贵不再:上句的"暗"字分量很重,黯然地表达了诗人对"无可奈何花落去"的哀惋与叹息。颔联忆写

"落花"曾经有过的辉煌,分别将"桃李东风"与"关山明月""蝴蝶梦"与"杜鹃魂"两两相对,更反衬出今日"翡翠枝余蓂绿痕"的落寞和凄凉。颈联再将这种感觉扩展为"玉栏烟冷空千树",表明"落花"已去的不可挽回之势。尾联显得尤其悲壮:且任这满庭满院的落花一片狼藉,且让这曾经灿烂的春色暂留到黄昏的到来吧!诗人对"落花"的惋惜之情、留恋之意充溢纸外,简直令人不堪卒读。假如我们且把诗人这种对"落花"的惋惜,当作很多遗民对最终覆灭的南宋王朝的留恋,也许是不无道理的!

南宋的终结,从一定的意义而言是历史发展的趋势,但也代表着宋词这座艺术高峰的没落。不过,宋词所遗留给我们的艺术遗产却没有随之终结,而且永远也不会终结,并将会随着时光的流逝而越来越折射出不朽的艺术光辉。本书编者认为:中华民族是一个大家庭,而文学组成也是多元化的。因此,本书除主要选入汉族诗人作品之外,也适当选入了当时金人元好问、完颜亮等诗人的作品。如此,也才能更好地体现出这一时期文学成就的完整性。

由于本套丛书的特殊编选方式,宋代诗词已经将柳永、苏轼、陆游、辛弃疾独立分卷,因此本卷几乎容纳了除四位大家之外所有的名家名作。全书类选、注释、点评、录入两宋时期130多位诗人词家的300余首诗词,是一个"宋代诗词三百首"的特别选本。

按照整个"类编"丛书的统一体例,本卷编著者共将全书分为八个类别,每个类别皆以能够概括、统领主要内容的诗句或者词句为题。若将八个类别的标题连贯起来,无意之间恰好组成了一首集句七言诗。虽然不是严格意义上的律体,却也艺术而完整地表达了全书的主要内容。诗曰:

> 彩袖殷勤捧玉盅,为谁醉倒为谁醒?
> 好山好水看不足,留取丹心照汗青。
> 流水落花春去也,断续寒砧断续风。
> 目尽青天怀今古,绿杨烟外晓寒轻。

本书《前言》,主要是在八个大类篇目注释、点评的基础上系统整理而成,因而仍按全书的类分线索进行撰写。由于"肠断离愁"和"情怨深闺"两部分在"女性闺愁"的内容上有所交叉,但二者内容大部分各具特点且篇目相对较多,所以在正文中仍按两个部分类编。又由于艺术作品在内容上的丰富性,所以说这种类分或许具有某种理解上的局限。好在读者诸君谁也不会因此而影响对于作品艺术性及思想性的各自品读的!

至本卷在对具体作品进行点评之时,编者偏重于对作品本身的艺术分析与文化理解,没有特别需要很少牵涉作者生平或作品背景。好在有关主要作家作品的学术研究文章及专著十分丰富,已经为我们提供了充分的阅读文本,同时也为编者提供了一定的资料之便。在此,编者一并表示诚挚的谢意!于书中从整体效果到具体篇目所存在的种种不足,皆乃编者学力局限及其他个人因素所致,恳请专家和广大读者给予批评教正!

王　国　钦

2005 年 1 月 12 日终稿于中州知时斋

2014 年 12 月 16 日修订

彩袖殷勤捧玉盅

梦 游

（三首选一）

徐 铉

梦魂悠扬不奈何，夜来还在故人家①。

香蒙蜡烛时时暗，户映屏风故故斜②。

檀的慢调银字管③，云鬟低缀折枝花。

天明又作人间别，洞口春深道路赊④。

[注释]

①故人：本指老朋友，在这里特指与作者的相爱之人。

②故故斜：倾斜的样子。

③檀的：指古代女子脸上的装饰性色点。银字管：古人常在笙笛类乐管上饰以银字，用来表示音色的高低。白居易《南园试小乐》有句云："高调管色吹银字，慢拽歌词唱《渭城》。"

④洞口：指神仙所居之洞。

[点评]

由于某种原因不能与有情人相见，转而只好与其"梦中相会"——"梦游"即是作者着意设置的一种寄情场景。全诗紧扣《梦游》之题，在颔、颈两联中以工丽之对仗、细腻之描写，尽现幽会场景之朦胧情致、倾心佳人之色艺双绝。"时时暗"与"故故斜"两两之对，使当时之氛围颇具朦胧而婉丽的情调。结联借用刘晨、阮肇在天台山巧遇仙女之典，表达出佳期短暂、依依惜别之情。

本诗虽乃艳作，但不佻不俗，不浅不露，是为难得。

一斛珠

李 煜

晓妆初过，沉檀轻注些儿个①。向人微露丁香颗②。一曲清歌，暂引樱桃破③。 罗袖裛残殷色可④，杯深旋被香醪涴⑤。绣床无凭娇无那⑥。烂嚼红茸，笑向檀郎唾⑦。

[注释]

①沉檀：五代时闺中妇女常用的一种妆色。浅紫者曰"檀"，色深而润泽者曰"沉"。

②丁香颗：这里用作妇女之舌的代称。

③樱桃破：犹言女人张开了樱桃般的小口。

④裛(yì)：通"浥"，沾湿。可：可人，犹言招人喜爱。

⑤涴(wò)：玷污。

⑥无那：犹言娇态妩媚，柔若无骨。

⑦檀郎：古代妇女对自己所爱男子的昵称，犹今之所称美男子。

[点评]

这是一首十分本色的"艳词"，许多论者对此颇有微词。但是，作为一位艺术上有成而政治上无能的李后主，我们还能怎样苛求于他呢？客观来看，本词描写了一位歌女早上起来梳妆前后神情得意、引喉轻歌、罗袖污酒等细节，准确、细腻、生动、形象。尤其是煞拍"烂嚼红茸，笑向檀郎唾"两句，更是以主人公娇态万种、俏皮可人形象的成功塑造而引人称赞。"艳而不俗""两情无猜"——这样有着很高艺术价值的作品，怎么能够轻易为人忘记呢？

菩萨蛮

张　先

牡丹含露真珠颗，美人折向帘前过。含笑问檀郎①：花强妾貌强？　檀郎故相恼，却道花枝好。花若胜如奴，花还解语无②？

[注释]

①晋代美男子潘岳小名"檀奴"，于是天下美男便随之有了"檀郎"的雅称；一些女子也将自己的夫婿或所倾慕的男子称为"檀郎"。李贺《牡丹种曲》云："檀郎谢女眠何处？楼庭明月燕夜语。"
②此两句又作"一向发娇嗔，碎挼花打人"。

[点评]

本词以花为线索，运用对话的形式，非常活泼地描写了两个青年恋人调情逗趣的生动细节。全词一问一答，俏皮逼真，语言通俗流畅，十分接近"敦煌曲子词"和《花间词》的情调特色，但是又比《花间词》格调稍显脱俗高雅了一些。

南歌子

欧阳修

凤髻金泥带,龙纹玉掌梳①。去来窗下笑相扶。爱道画眉深浅入时无②? 弄笔偎人久,描花试手初。等闲妨了绣功夫。笑问双鸳鸯字怎生书?

[注释]

①这两句形容女主人公头上以金色丝带束着凤凰形状的发髻,玉掌之中拿着刻有龙纹的发梳。

②此句化用唐人朱庆馀《近试上张水部》诗句:"妆罢低眉问夫婿,画眉深浅入时无?"

[点评]

本词所写并非一般人家的新嫁娘,似乎应该是欧阳公本人的亲身体验。"金泥带"和"玉掌梳",言其装束华丽,身份华贵;"弄笔久"和"试手初",言其能通文墨,疏于女红;而"爱道""笑问"两处所引出的上下片结拍,不正说明这位新嫁娘确是一位娴熟于诗、聪明妩媚的"闺秀"吗?尤其对"画眉深浅"诗意的原句借用,切时切地切人,不唯浑然无痕,而且更增加了夫妻二人那亲密无间、格调不俗的情趣。在原来"词为艳科"的观念之下,本篇能够如此通而不俗、俗中见雅,应该是十分难得的!如果不是欧阳公的亲身经历,岂能写得如此细腻、生动?

西江月

司马光

宝髻松松挽就，铅华淡淡装成。青烟翠雾罩轻盈，飞絮游丝无定。　　相见争如不见，多情何似无情？笙歌散后酒初醒，深院月明人静。

[点评]

上片以"游丝无定"之景象衬写女主角"松松""淡淡"之装束，下片以"月明人静"之酒醒表现"多情""无情"之迷离。主人公"不见之时思念，相见之后更想"的心理活动，被"相见争如不见，多情何似无情"两句准确细腻地表现出来。本词从俗白的语言中传达出一种典雅的情调，十分耐读！

鹧鸪天

晏几道

彩袖殷勤捧玉盅[①]，当年拼却醉颜红[②]。舞低杨柳楼心月，歌尽桃花扇底风[③]。　　从别后，忆相逢，几回魂梦与君同。今宵剩把银釭照④,犹恐相逢是梦中。

[注释]

①"彩袖"在这里代指歌女,"玉盅"指精美酒杯。

②拼却:有"舍命陪君子"之意。

③"舞低"两句互文,言歌舞既使楼心之月低垂,又使扇底之风吹尽。既再现了当时场景之美妙,又表现了相悦时间之长久。

④银釭(gāng,又读gōng):华美的烛台。

[点评]

　　与佳人久别重逢,作者自然想起一段美好记忆。上片四句写尽当年双方的欢娱之情和当时的场景之妙,造语精巧,情景温馨,令人有"如痴如醉"之感;下片尽写别后的相思殷切和相见的意外惊喜,感情真挚,激动异常,给人以"疑真疑幻"之思。全词采用倒叙白描手法,人物没有一句对话,却达到了"此处无声胜有声"的艺术效果。古今论者,或说小晏邂逅歌伎,四处留情,拈花惹草;或说小晏不忘旧情,有着一个"高尚的灵魂",似乎皆有偏颇之嫌。实际上,"两情相悦"是古今不变的人之常情,也是欣赏此类文学作品时应有的基本标准。小晏在作品中已经塑造了一个成功的文学形象,再着意地对之进行臆测"褒""贬",显然都是不很恰当的。

菩萨蛮

晏几道

　　秋千院落重帘暮。彩笔闲来题绣户。墙头丹杏雨余花,门外绿杨风后絮。　　朝云信断知何处?应作襄王春梦去①。紫骝认得旧游踪②,嘶过画桥东畔路。

[注释]

①典出宋玉《高唐赋·序》:"昔者,先王(即襄王)尝游高唐。怠而昼寝,梦一妇人曰:'妾,巫山之女也,为高唐之客。闻君游高唐,愿荐枕席。'王因幸之。去而辞曰:'妾在巫山之阴,高丘之阳。旦为朝云,暮为行雨。朝朝暮暮,阳台之下。'"后人便以"云雨春梦"代指男女欢爱。
②紫骝:指骏马。

[点评]

　　一段美丽的情爱故事,曾经发生在一个多情的"秋千院落"。本词上片描写作者旧地重游所看到的景象,用笔凄美迷离,用情缠绵有致。恍惚之间,"雨余花"和"风后絮"已将两人之思念情态和落寞情怀表现得令人心酸。下片以一个"云雨春梦"的典故,转写已经不知旧日情人今在何处,暂借"襄王之梦"去与她相见。那么到哪里去呢?不是"老马识途"吗?"紫骝认得旧游踪,嘶过画桥东畔路。"有了煞拍这两句精妙的点睛之笔,更使得全词尤为精彩飞扬,从而传唱千秋。

鹧鸪天

晏几道

　　小令樽前见玉箫,银灯一曲太妖娆。歌中醉倒谁能恨?唱罢归来酒未消。　　春悄悄,夜迢迢。碧云天共楚宫遥。梦魂惯得无拘检①,又踏杨花过谢桥②。

[注释]

①拘检:拘泥、拘束。
②谢桥:即六朝时期的谢娘桥。

[点评]

"小令樽前"表现一次相逢的特殊场景——酒宴;"银灯一曲"点明当时的具体时间——夜晚;"歌中"两句重点描写主人公的状态——醉歌。本词上片写得声情并茂、音色俱佳,情满纸上。其中"太妖娆"三字,尤能使人想象到有情者当时那种为俏丽而惊叹、为美艳而动心的夸张心情。过片宕起笔锋,另开时空境界——春夜;而以下"遥""梦"二字,则似乎于无意之间透露了一个重要的信息:那已经是只能在梦境中出现的遥远的昨天了。

啊,这原来是一首怀人之作。而怀人之作却能描写到这种如临其境的逼真,当然不能不令历代读者为之倾倒。既然是在梦中,当然也就无须许多繁文缛节,也就可以"无拘无检"些了。于是,作者毫不犹豫地跨上曾经"嘶过画桥东畔路"的紫骝马,循着非常熟悉的他日"旧踪","又踏杨花过谢桥"去了。

鹊桥仙

秦 观

纤云弄巧①,飞星传恨,银汉迢迢暗度②。金风玉露一相逢③,便胜却、人间无数。　　柔情似水,佳期如梦,忍顾鹊桥归路④。两情若是久长时,又岂在、朝朝暮暮⑤?

[注释]

①"巧"在这里应有双关之意：一是明写纤云之精巧，二是暗指七夕乞巧之风俗。

②银汉：即银河。

③金风玉露：既代指秋季之秋风白露，也表现神话中的仙风甘露。

④鹊桥：传说王母娘娘只在七夕命喜鹊飞填天河为桥，牛郎织女才能得以一年一会。

⑤朝朝暮暮：暗用宋玉《高唐赋》："朝朝暮暮，阳台之下。"

[点评]

在我国文学史上，牛郎织女的故事是一个反复描写、咏叹不尽的神话题材。而秦观的这首《鹊桥仙》，既是其自己作品中的一件妙品，也是唐宋诗词中的一首绝唱。他正是从这样一个家喻户晓的普通神话中，重新演绎了一段可歌可泣、千古传诵的爱情故事。

全词格调高雅，语言流丽，气韵贯通，情真意切。在对牛郎织女二人"爱"与"怨"的情感描述中，在上、下片里"逢也多情，别也多情"的特殊体验中，作者理智地开掘其辩证内涵，发前人所未发，不经意间将这个古老故事的思想境界，升华到一个前所未有的高度。从字面上看，本词似在客观地写神话，而实际上，全词却无处不在写人间。为什么无数读者倾心于秦观的这首词，不正是秦观通过对牛郎织女爱情的描写，写尽了人间的情爱生活吗？唐代诗人李商隐的"相见时难别亦难"（《无题》），曾经准确表现了爱情生活中的一种"两难"情结。而秦观在本词中所表现的，则属于另外一种更高、更新的境界："相见亦情别亦情。"明人沈际飞在《草堂诗余正集·卷二》中论及此词说："七夕以双星会少别多为恨，独谓情长不在朝暮，化腐朽为神奇。"极是！

少年游

感　旧

周邦彦

并刀如水①,吴盐胜雪②,纤指破新橙。锦幄初温③,兽香不断④,相对坐调笙。　　低声问:向谁行宿? 城上已三更。马滑霜浓,不如休去,直是少人行。

[注释]

①并刀:唐时并州以制造锋利的刀剪著称。
②吴盐:即吴地所产细腻洁白的煮盐,时人常用以中和橙酸。
③锦幄:即锦帐。
④兽香:指兽形香炉中袅袅升起的香烟。

[点评]

这是一首典型的情人相约之作。起拍以"并刀""吴盐"两种名贵的物品作道具,暗示出女主人公高贵的身份。而她亲自以其纤纤细手为客人剖切新橙,则又反衬出男主人公之来历不凡。以下从华丽的"锦幄"、温情的"兽香"和"相对坐调笙"等不动声色的描写中,更表现了双方情趣的一致、情调的高雅和情感的深沉。上片纯粹乃无声素描,场景人物宛然在目。而随着袅袅的"兽香"和"调笙"的和谐,则双方早已"心有灵犀一点通"了。过片以"低声问"三字,引出女方既是主人又是情人的问话:"时间很晚了,你准备到哪里休息? 夜深人静,马滑霜浓,还是不要走了吧?"下片主要是对女主人公语言的描写,既委婉亲切、合情合理,又惟妙惟肖、体贴温情,令人顿生无限怜爱之意。

至于张端义在《贵耳集》中所载周邦彦、宋徽宗与李师师的故事,到底其真伪如何？既无足考据，也无从考凭。在这里，只要读者认为本词写得确实为妙，我们大可不必追寻这两位有情者是否确实其人了。不过从词题"感旧"二字来看，可能也并不是无中生有的。

减字木兰花

李清照

卖花担上，买得一枝春欲放。泪染轻匀，犹带丹霞晓露痕。

怕郎猜道，奴面不如花面好^①。云鬓斜簪，徒要教郎比并看。

[注释]

①奴：古代妇女身份低下，常常以"妾""奴""奴家"自称。

[点评]

有人曾经这样说："第一个将女人比喻为花的是天才，第二个将女人比喻为花的是庸才，第三个将女人比喻为花的是蠢才。"本词肯定不是第一次喻人为花，但是不能不承认李清照在作品中表现了她杰出的"天才"才能。

上片首先注重渲染一个"买得一枝春欲放"的情节，作者似乎要向读者讲述一个有关花的故事。但在下片，作者却来了一个出人意外：通过对一位女子心理和举动的生动描写，写出了她在爱情中的撒娇情态、对爱情生活的满足和她对爱情未来的憧憬。于是，一个已经"老掉牙"的情爱故事，便又有了别具特色的生机。本词语言通俗，形象生动，虚实相生，旧意翻新，表现了李清照早期词作多描写一些年轻女子的热烈情怀和大胆举动的典型特点。"春欲放"三字尤其精当，不唯表现了这枝鲜花的明艳和含苞欲放，而且暗示出买花人浓烈饱满的心情，可见词人艺术技巧之高。

浣溪沙

李清照

　　绣面芙蓉一笑开①。斜飞宝鸭衬香腮②。眼波才动被人猜。

一面风情深有韵,半笺娇恨寄幽怀。月移花影约重来。

[注释]

①绣面芙蓉:比喻少女脸庞如带笑而开的芙蓉。
②宝鸭:一种鸭形簪发头饰。

[点评]

　　一位情窦初开的少女,在李清照笔下的形象是如何的风致多情呢？请看:"绣面芙蓉"一笑而开,言其心关美事;"宝鸭"斜飞衬腮而香,言其衣着不俗;"眼波才动"即被人猜,言其天真无邪——上阕有动有静地描写了少女的言行与心理活动,生动活泼。下阕着重描写她正在进行的一个动作——"情深有韵"言其风致多情,"笺寄幽怀"言其心语付邮。而结拍则一语中的地揭开了其中的谜底:"月移花影约重来。"她原来又要准备与其情郎约会啊！记得崔莺莺写给张生那首诗中的后两句吗:"拂墙花影动,疑是玉人来。"想来对于本词中的这位少女而言,另外一个"云破月来花弄影"的良宵,岂不又是一次激动人心的期盼吗？

长相思

康与之

南高峰,北高峰①。一片湖光烟雾中。春来愁杀侬②。　　郎意浓,妾意浓。油壁轻车郎马骢③。相逢九里松。

[注释]

①南北二峰和东西二涧,都是西湖的著名风景。白居易在《寄韬光禅师》诗中有句云:"东涧水流西涧水,南山云起北山云。"
②侬:江浙方言称"我"为"侬",在这里还有"奴家"之意。
③油壁车:指当时用油彩漆布装饰的马车。轻车犹言轻快。古乐府诗云:"我乘油壁车,郎骑青骢马。"

[点评]

提起西湖,人们首先就会想到苏轼"水光潋滟晴方好,山色空蒙雨亦奇"的优美诗句。本词上片,将西湖的南北二峰作为特写镜头置之于"一片湖光烟雾"的风景之中,可谓匠心独运。但是,面对如此秀丽的西湖风光,女主人公不仅没有心情进行玩赏,反以"春来愁杀侬"一句而"大煞风景",给读者留下一个无法理解的疑问:她到底有什么想不开的心事呢?下片才是本词的主题所在:原来,她现在坐着"油壁轻车",正要去与乘着"青骢骏马"的情郎相会呢!相会的地点就是美丽的"九里松"。而现在,她却没有见到情郎的影子,你说她能不愁、不急吗?词到这里戛然而止——自然,相逢后的愉悦则是无须赘言和可想而知的。

读完全词,我们不能不注意到:南北高峰笼罩在一片湖光烟雾之中,与郎情妾意牵系于轻车骏马之间,不是有着一种互为象征的隐喻之妙吗?《长相思》这种小令,因为其特殊的节奏性,本身就给人一种回环往复、轻快流畅的美感。加之本词通俗语言的巧妙运用,则更使之具有了民谣朗朗上口的艺术风韵。

霜天晓角

蒋　捷

人影窗纱,是谁来折花?折则从他折去。知折去,向谁家?

檐牙①,枝最佳。折时高折些。说与折花人道:须插向,鬓边斜。

[注释]

①檐(yán):即房屋顶上延伸翘起的飞檐。檐牙在此处代指最高、最好的花枝。

[点评]

唐代诗人杜牧有一首很著名的《叹花》绝句:"自恨寻芳到已迟,往年曾见未开时。如今风摆花狼藉,绿叶成荫子满枝。"那是表现一位男子在意外地得知心上人另有所属之后的惆怅与懊丧。而本诗所表现的,则是一位闺房女子在恍惚看到"折花人"前来幽会之时迫不及待地发出的求爱信息:"说与折花人道:须插向,鬓边斜。"在她内心,对自己未来的"折花人"充满了幸福的期待。

唐代无名氏也有一首《金缕衣》:"劝君莫惜金缕衣,劝君须惜少年时。有花堪折直须折,莫待无花空折枝。"在劝人珍惜大好时光的同时,也从第三者的角度表达了一种需要适时"折花"的善意奉劝。

这首小令在表面上通过一个瞬间的生活情节,描画出女主人公微妙的心理活动,显得活泼而趣意盎然。但在实际上,词人可能另有寄托。

肠断离愁

为谁醉倒为谁醒

登原州城呈张贲从事①

魏　野

异乡何处最牵愁,独上边城城上楼。

日暮北来惟有雁,地寒西去更无州。

数声塞角高还咽,一派泾河冻不流②。

君作贫官我为客,此中离恨共难收。

[注释]

①原州:北宋时属于边境地区,在今甘肃镇原、宁夏原东一带。从事,即幕僚,是一种无职无权的小官。

②泾河:即"泾渭分明"中的泾水,源出宁夏六盘山东麓,经甘肃到陕西流入渭水。

[点评]

　　"独在异乡"之日当为忧愁之时,而"独上边城"之处则为悲愁之处。本诗首联即直接引出主线,使得读者颇感"愁意"扑面而来。颔、颈两联从方位(北来、西去、高声、低水)、声音(飞雁、角声)、时间(日暮)、感觉(地寒、声咽)等角度,立体地渲染出一个"万物因我皆哀愁"的背景氛围,凝重而悲伤。"冻不流"三字所表现的,除了泾河之外,似乎还应该有作者欲哭还无泪、欲诉更无人的心底之愁。最后逼出尾联,将"君"与"我"相提并论,不仅照应了诗题之"呈",而且找到了一个可以"感同身受"的知音。

　　本诗首句"牵"出"愁"丝,尾句"收"之"离恨",是诗人情绪在感觉程度上的由浅至深、由轻渐重,章法俨然,堪称佳作。

虞美人

李 煜

　　春花秋月何时了? 往事知多少。小楼昨夜又东风,故国不堪回首月明中。　　雕栏玉砌应犹在,只是朱颜改。问君能有几多愁,恰似一江春水向东流。

[点评]

　　作为亡国之君的李煜,也许在自己身陷囚笼、江山落入他人之手时,才真正理解到了"故国"的含义。于是,这首著名的《虞美人》便因此而流传千古了。

　　本词不仅在思想上描写了作者的切肤之痛,而且在词史上创造了一个艺术的高峰。起句自问自答,正是作者感慨万千的自言自语——一句"往事知多少",省略了过去那无限的荣华。以下两句,写此时此刻、此情此景之下的凄凉与哀叹,可谓体味良深! 过片承上启下,写今日的物是人非,终使自己换来无穷无尽的故国之愁。而尾句之所以成为传诵不衰的名句,既因为它比喻新警、恰切生动,也因为它水到渠成地承载了全词那哀痛不已的家国之愁——家国不幸词家幸,可喜乎? 可悲乎?

乌夜啼

李 煜

　　无言独上西楼，月如钩。寂寞梧桐深院锁清秋。　　剪不断，理还乱，是离愁。别是一番滋味在心头。

[点评]

　　《乌夜啼》又名《相见欢》。本词上阕给读者展现了一幅无比凄凉的画面：当词人独自再上西楼之际，正是一钩新月斜挂西天之时。但是，此时的词人却已失去了基本的人身自由，被囚禁在这个"梧桐深院"之中，恰如那一院寂寞难耐的清凉之秋——一个"锁"字，不仅生动、形象、准确，使"清秋"更为可见、可触、可感，而且使读者首先从心理上就已经体悟到了"锁"字的悲凉。

　　下阕连用三个三字短句，并运用通感的手法，试图将词人一腔的别绪离愁剪开去、整理来，但可恨的是"剪不断，理还乱，是离愁"。最后与结句"别是一番滋味在心头"一起，将原本属于无形、无味的"离愁"比拟为可剪、可见、可尝的乱丝、滋味，其艺术性之强、价值含量之高，不能不使人为之叹服。

行　色①

司马池

冷于陂水淡于秋②,远陌初穷见渡头。

赖是丹青无画处,画成应遣一生愁。

[注释]

①行色:即行人风尘仆仆、来去匆匆的神色。
②陂(bēi):此处指池塘。

[点评]

　　"行色"是什么? 它似乎是一种无形、无色、无味、无状的客观存在,但又无年代、地区、远近、长短、轻重之分。如何才能恰切地用诗来表现它呢? 著名史学家司马光的老父亲司马池,以其生花妙笔"有神无迹"地解决了这个问题。"梅圣俞有言:'诗之工者,写难状之景如在目前,含不尽之意见于言外。'此诗有焉。"(张耒《右史集》卷四十八)

　　本诗起句首先赋"行色"以可感的温度和可视的色彩:"冷于陂水淡于秋"——比陂塘之水更冷、比水畔之秋更淡。感觉虽不强烈,但无处不在,如影随形。承句"远陌初穷见渡头",假设行人经过远途跋涉终于来到一个河边的渡口,将"行色"展示在一个表面上客来人往、实际上人自为客的特定场景,让读者从大家的互不相识、各不相帮中感受那种惨淡的人情冷暖。"赖是丹青无画处,画成应遣一生愁"两句,又从另一个角度道出了作者、实际上也是读者对于"行色"的特殊感受:幸好,没有人能够将这种东西画出来;如若真的有人画出了"行色",那是会令人为此而愁苦一生的! 不过,有了这首诗不就已经使人愁苦不已了吗?

御街行

秋日怀旧

范仲淹

纷纷坠叶飘香砌。夜寂静,寒声碎。真珠帘卷玉楼空,天淡银河垂地。年年今夜,月华如练,长是人千里。　　愁肠已断无由醉。酒未到,先成泪。残灯明灭枕头倚,谙尽孤眠滋味。都来此事,眉间心上,无计相回避。

[点评]

　　本词上阕由秋夜入题,从远方妻子的角度抒写对自己的思念之情:"纷纷坠叶"言秋意之重,"银河垂地"言夜色之静,"香砌""珠帘"为思念之寄托。这里的"空"字,将寂寞华屋之中妻子的独守空房之情写得令人揪心。征战多年,无由与妻相见。在此秋深夜静之际,她将会更加思念我这个戍边之人的。而"年年今夜,月华如练,长是人千里"三句,已将自己的私情升华为一种人所共有的崇高情感,从而为天长地久的"思念"二字注入了更为丰富的新内容。

　　下阕回写自己此时的心境:过片写"愁肠已断",以至无酒而醉。"酒未到,先成泪"两句,可以作者自己在《苏幕遮》中"酒入愁肠,化作相思泪"的词句作为最恰切的注脚。而自己此时的"残灯明灭枕头倚,谙尽孤眠滋味",与妻子此时的"真珠帘卷玉楼空",不正是一种遥相照应的两幅"思念图"吗?千里长空挡不住彼此的真情,夜静孤眠还有思忆相伴。读到结拍,我们可以想见作者又将度过一个怎样的不眠之夜啊!

苏幕遮

怀　旧

范仲淹

碧云天，黄叶地，秋色连波，波上寒烟翠。山映斜阳天接水，芳草无情，更在斜阳外。　　黯乡魂，追旅思，夜夜除非，好梦留人睡。明月楼高休独倚，酒入愁肠，化作相思泪。

[点评]

范仲淹这首非常著名的《苏幕遮·怀旧》，所表现的决非其个人的"一己之愁"或者"闺房之思"，而是词人通过自己的故乡之思所表达出的一种"故国之愁"或者"家国之思"。当时，胸怀天下的词人身负陕西经略副使等重要之职，既常年远离故乡，又肩有抵御西夏侵略、巩固边防安全的重任，又岂能不"愁"不"思"呢？

本词上阕，前四句一句一景，首先给读者展现出一幅由近及远的金秋图：仰望乃碧云行天，俯察为黄叶铺地，前视则远水烟波，而波上翠色更衬托出秋色无边。后三句着意将"山"映"斜阳"与天接"水"的意象更迭重复，最后逼出"芳草无情"四字并使之成为作者与读者共同的一种怀念和寄托，给人留下了无穷的想象和难忘的印象。在这里，"芳草"二字既代指故乡，也暗寓离情，从思想境界上比白居易的"又送王孙去，凄凄满别情"高出了许多档次。

江淹在他的《别赋》中写道："黯然销魂者，惟别而已矣。"从南朝的江淹到宋代的范仲淹，有关"销魂"的"别"情几乎已经演绎到一种艺术的极致之境，比如这首词的下阕：所谓"黯乡魂，追旅思"者，直言因为思念而不眠也；"夜夜除非，好梦留人睡"者，又言只有期盼自己有个"好梦"才能够"回"到故乡；"明月楼高休独倚"一句，劝言读者尤其是在圆月当空、一人独处之时不要倚楼远望，以免使人产生更加惆怅之情;而"酒入愁肠,化作相思泪"者,乃"思"也不成、"梦"也不成、"倚"也不成之苦的深层表露,可谓苦不堪言、情不能已矣。

全词景中蕴情,情因景生,情景交融,层层起伏,往复曲折——古人所云之"绝妙好词",此作之谓乎?

蝶恋花^①

晏 殊

槛菊愁烟兰泣露^②。罗幕轻寒,燕子双飞去。明月不谙离恨苦,斜光到晓穿朱户。　　昨夜西风凋碧树。独上高楼,望尽天涯路。欲寄彩笺兼尺素^③,山长水阔知何处?

[注释]

①蝶恋花:又名《鹊踏枝》。
②槛(jiàn):栏杆。槛菊即指栏杆外的菊花。
③彩笺:精美的信笺。尺素:古代通行的尺长素绢。古诗有"客从远方来,遗我双鲤鱼。呼儿烹鲤鱼,中有尺素书"之句,这里用以代指书信。

[点评]

这是作者一首非常著名的言愁佳作,它超越悠悠时空令人常读常新:

在一个初秋之季,一位少妇尽管身处一座华美的别墅,却无法排遣自己独守空房的寂寞和哀愁。尤其是双飞的燕子和整夜的月光,更让她感到难耐的孤独和凄凉。上阕以景起句,以景写情,虽不见人却已使人深深地体察到一种淡淡的孤寂和哀伤。从具体时间上讲,起句的"槛菊"句点明这是在秋天的早晨;"罗幕轻寒,燕子双飞去"两句,并不仅仅是"一双燕子一飞而去",而是"双双燕子飞来飞去",以此略写一天难耐的时光;而"斜光到晓穿朱户",则已到了第二天的早上。

下阕过片紧承而来,描写主人公在此特定环境中的所思所想、所言所行:除了那恼人的月光之外,昨天夜里还吹了一夜的西风,肯定又凋落了树上不少的绿叶。"我"仍然一个人登临在高楼之上"望远"——"望尽天涯路",其实是说"望不尽的天涯路"。结句最为哀婉凄凉:既然望不到人,那就只有写信来表达自己的说不尽的思念之情了。然而:"欲寄彩笺兼尺素,山长水阔知何处?"信又该寄往何方呢? 于是,作者一腔无处诉说的伤感便不言自明了。

尤其是下阕中"昨夜西风凋碧树。独上高楼,望尽天涯路"两大句,被清末著名文论家王国维借喻为"古今成大事业、大学问者"三种境界的第一种,当是作者所没有想到的吧? 其他两种境界为:柳永《凤栖梧》:"衣带渐宽终不悔,为伊消得人憔悴。"辛弃疾《青玉案·元夕》:"蓦然回首,那人却在灯火阑珊处。"

踏莎行

相　别

欧阳修

候馆梅残[①],溪桥柳细,草熏风暖摇征辔[②]。离愁渐远渐无穷,迢迢不断如春水。　　寸寸柔肠,盈盈粉泪,楼高莫近危栏倚[③]。平芜近处是春山[④],行人更在春山外。

[注释]

①候(hòu)馆:古代官府所设接待来往宾客的驿馆、官舍。

②草熏:花草香气。摇征辔:策马远行。辔(pèi):马缰绳。

③危栏:高楼栏杆。

④平芜:平远开阔的草地。

[点评]

从心理学的角度来讲,"离愁"与"行色"一样,是一种说不清、道不明的个人情绪,然而却又实实在在地存在于你、我、他的日常生活当中。自古至今,有多少诗人词家吟出过多少有关"离愁"的名篇佳句,传诵千古。欧阳修的这首《踏莎行·相别》,虽不一定就是作者本人的"夫子自道",却是一首早已被公认的、脍炙人口的言愁名篇。正因为如此,才使得更多的人都能从中获得共同的感受。作者运用托物兴怀、以乐写悲、叠用语词、虚实结合、巧设比喻、层层递进、时空转换、亦动亦静等多种艺术方法,曲尽其意而又委婉理智地将之表现得淋漓尽致。

本词起句,以"候馆"点出背景,以"溪桥"点出地点;而"梅残""柳细"两种意象,不仅在于表明初春季候,更因二者固有的象征意义在无形中造成一种离别、送行和思念的氛围。正是在此之际,策马而行的远足之人却"摇曳生姿"地出现在读者的面前:"草熏风暖摇征辔。"以下的"离愁"两句,化虚为实,将"征辔"所"摇"之处的景物融入作者的主观感情:"离愁渐远渐无穷,迢迢不断如春水。"联想到五代词人李煜"问君能有几多愁,恰似一江春水向东流"的名句,我们怎能不随着主人公这缓缓而去的节奏使"离愁"愈远愈浓呢?

下阕宕开一笔,没有继续正面描写主人公的远行,而是采用语断意连的方法,从闺中佳人思念自己的想象和对佳人的劝慰中,进一步反衬出主人公无法排遣的离愁别恨。"柔肠"状以"寸寸","粉泪"状以"盈盈"——真是:"这次第,怎一个愁字了得?"(李清照《声声慢》)结拍两句,更以翻进一层的写法收束全篇:"平芜近处是春山,行人更在春山外。"可谓言已尽而意无穷,令人心旌摇荡至今。

玉楼春

欧阳修

樽前拟把归期说①，未语春容先惨咽②。人生自是有情痴③，此恨不关风与月。　　离歌且莫翻新阕④，一曲能教肠寸结。直须看尽洛城花⑤，始共春风容易别。

[注释]

①樽前：即席宴之上；拟：计划。

②春容：指青春的面容。惨咽：凄惨地哭咽。

③有情痴：感情笃厚，在常人眼中似乎有些痴呆。

④翻新阕：以旧谱翻制新词。

⑤直须：应须。洛城花：即牡丹花。

[点评]

　　本词是作者对即将离开洛阳之际告别小聚的一次写真。从词中"春容"二字和全词内容来看，这位小聚的对象是位女子，而这位女子很可能是他在洛期间两情相洽的一个情人。由于是邂逅相遇，就使得这次分别无法预测能否有再次相见的机会，因而就很可能成为一次十分伤感的生离死别。

　　我们不妨这样想象：就在这难舍难分的告别小宴上，作者本来想要编造一个"美丽的谎言"，说些"我马上就会回来"之类的话以安慰对方。但还未等他开口，就见对方那青春的脸上已经布满了愁容，以至于伤心地潸然泪下。于是，无言的作者不禁深深地感叹：人是如此地多愁善感、情感脆弱，而这种"不应有（之）恨"与常人所谓的"风月之恨"或"风月之景"是没有关系的。言外之意，表现了作者与这位女子情感的真挚和深切。

下阕是作者对情人的谆谆嘱咐、殷切叮咛：且不要翻制那伤心的断肠新词，哪怕只唱一曲也许就会使我们难以承受。也许，我们应该一同尽看洛城牡丹？那样，再与这里的春风（亦即情人）相别就能容易一些了？无法排遣而故做豪爽，明知难为而故做能为——这种欲擒故纵的笔法，进一步深化了作品的主题。

在对本词的理解中，有版本说"此恨不关风与月"中的"风月""不应该解作儿女爱恋"（《宋词鉴赏辞典》，北京燕山出版社1987年3月第一版，第105页）。这也许是鉴赏者出于积极的意义为作者讳，怕亵渎了作者与这位女子的情感。但是，此处的"风月"二字不作"风花雪月"又作什么呢？如若真的不关"风月"，那么妻子之外的"有情痴"又是什么？只不过他自认为比别人更"崇高"一些罢了。即便将这里的"风月"理解为"风月情事"，因为还有"不关"二字在前的限定，也并不妨碍对于作者这种真正感情的正确认识。至于王国维在《人间词话》中评价时所说的"于豪放之中，有沉着之致，所以尤高"，也并不一定准确。因为作者在本词中的"豪放"并非真正的豪放，而是一种情感难以解脱、难以排遣之下的无奈，"豪放"何在？

玉楼春

欧阳修

　　别后不知君远近，触目凄凉多少闷。渐行渐远渐无书，水阔鱼沉何处问？　　夜深风竹敲秋韵，万叶千声皆是恨。故依单枕梦中寻，梦又不成灯又尽。

[点评]

　　在中国古代表现思念一类的诗词作品中，闺中怨妇常常会成为"思念"的主体,远游的丈夫或者戍边的征人多半会成为"被思念"的客体。而欧阳修的这首《玉楼春》词,则将常规性的"思念者"与"被思念者"进行了主客换位。其实,这不仅是作者文学视角的自觉转换,而且是对文学创作题材的重大突破,可谓别出心裁。

本词起拍扣题。上阕写别离之后不知道离人现在何处、景况如何,只觉得触目凄凉,无由烦闷,心绪不佳。并且,随着时间一天天地逝去,行人一天天地远离,书信也一天天地稀少,不禁令词人心中的疑问也一天天地增加。下阕写词人每天晚上的特殊感受:秋风萧飒,竹叶声声,而它们所诉说的好像都是思念之苦、离别之恨。因而,词人只好一个人独依单枕到梦中去追寻。不过,在梦还没有做成的时候,几案上灯里的油却已经燃尽了——言外之意,词人心中的思念之情随着夜色也越来越重了。全词充溢着一种凄凉无奈、爱恨交织、孤伤无助的情绪。

临江仙

晏几道

梦后楼台高锁,酒醒帘幕低垂①。去年春恨却来时。落花人独立,微雨燕双飞②。　　记得小蘋初见③,两重心字罗衣④。琵琶弦上说相思。当时明月在,曾照彩云归⑤。

[注释]

①"梦后"两句:互文见义。"梦后"和"酒醒"指的是同一件事,而"楼台"和"帘幕"也指的是同一个地方。
②"落花"两句:原句套用五代翁宏《春残》诗:"又是春残也,如何出翠帏? 落花人独立,微雨燕双飞。"

③小蘋:歌女名。

④"心字罗衣"有两种说法:或曰用心字香熏过的罗衣,如欧阳修的《好女儿令》:"一身绣出,两同心字,浅浅金黄。"或曰女人衣领曲如心字,见杨慎《词品·卷二》。

⑤彩云:此处喻指小蘋。李白《宫中行乐词》:"只愁歌舞散,化作彩云归。"

[点评]

　　上阕描写了一个极静谧也极压抑的特殊场景:不知醉入梦乡多久的作者刚刚醒来,只见眼前的楼台空旷,大门高锁,而华丽的帘幕也静静低垂——好一片人去楼空、凄清寂寥的景象。下句紧接着说明:欢乐就在去年春天,而今却只留下了离愁别恨。"落花人独立,微雨燕双飞"两句,正是表现"春恨"的一个特写镜头:"落花"与"微雨"中藏有一个"春"字,"独立"与"双飞"中隐含一个"恨"字。而"春"与"恨"的无情比照,更衬托出主人公此时的孤独与凄凉。

　　下阕追忆初见小蘋的印象:身着两重流行衣衫(心字罗衣)的她,亭亭玉立,风姿绰约,与自己一见钟情,芳心暗许——在作者心中,她永远是那样的形象鲜明。也正是在那次初见之时,从小蘋当场献艺的琵琶声中,作者听出了她对自己的相思与倾慕之情。结拍两句,写明月犹在而彩云杳然,物是人非之感使得读者的情绪也随之哀婉不已。

咏　愁

石象之

来时容易去时迟,半在心头半在眉。
门掩落花春去后,窗涵残月酒醒时。
柔如万顷连天草,乱似千寻匝地丝。

除却五侯歌舞地①,人间何处不相随?

[注释]

①五侯:主要有两种说法,或曰东汉时梁冀一家有五人被封为侯,或曰西汉成帝时王商等五人被同日封侯。这里泛指王公贵族。如韩翃《寒食》:"春城无处不飞花,寒食东风御柳斜。日暮汉宫传蜡烛,轻烟散入五侯家。"

[点评]

　　本诗相当于制谜诗之类作品。因为没有具体事件和具体人物,没有可以描写的细节,因而显得比较难写。但如果写好了,却是最具有概括力的作品。

　　本诗并未出现一个"愁"字,但是却把"愁"写得有神无迹、可感可觉。首联用了两个回环句式,先概念性地写出"愁"在眉在心、来去无踪的特点:虽然无人欢迎,却会不请自来。所谓"此情无计可消除,才下眉头,却上心头"(李清照《一剪梅》)、"何处合成愁,离人心上秋"(吴文英《唐多令》)者,即此之谓也。颔联表现"愁"在两个特定时间的特殊形象和特殊感觉:花落春去,门掩不住的是"愁";月残酒醒,窗涵不尽的也是"愁"。颈联以"草""丝"喻愁,以"柔""乱"象形,以"万顷连天""千寻匝地"极言其多——却是稍有合掌之嫌。而尾联又从"愁"无处不在的角度收束全诗,给读者留下较大的想象空间——除却王侯将相的歌舞升平之地,人间哪里没有"愁"啊? 诚可谓感慨良深!

题阳关图①

(二首选一)

黄庭坚

断肠声里无形影,画出无声亦断肠。

想得阳关更西路,北风低草见牛羊②。

[注释]

①阳关图:即当时著名画家李公麟根据王维《送元二使安西》所画的诗意图。
②阳关更西路:即王维"劝君更进一杯酒,西出阳关无故人"诗意。低草见牛羊:
即民歌《敕勒歌》"风吹草低见牛羊"诗意。

[点评]

　　宋代著名画家李公麟,根据唐代著名诗人王维的《送元二使安西》画了一幅
《阳关图》。现在已经无法看到李公麟的《阳关图》,但是王维的诗我们却耳熟能
详:"渭城朝雨浥轻尘,客舍青青柳色新。劝君更尽一杯酒,西出阳关无故人。"
这首诗因其影响深远而为历代所传诵,并被谱曲成为著名的《阳关三叠》。由此
可以想见:著名画家为著名诗人所作的诗意图,该是怎样一幅动人的境界! 那
么,本诗又是宋代著名诗人黄庭坚为李公麟《阳关图》所作的题画诗,则应该是
对李画和王诗的双重演绎。

　　这也是一首七绝。起句首先攫取王诗之神:"断肠声里无形影",犹言"诗中
有画"。承句再逼李画之意:"画出无声亦断肠",犹言"画中有诗"。转、合两句
展开想象,从王诗和民歌的意境中写出作者自己的一幅诗意画卷:"想得阳关更
西路,北风低草见牛羊。"在当时的情势之下,"西出阳关"还是边远穷荒的绝域
之地。而《敕勒歌》中所表现的,除了苍茫辽远的边塞景象之外,不是还给人一
种凄恻悲凉的感觉吗? 行人到此,能不"肠断离愁"吗?

望江东

黄庭坚

江水西头隔烟树。望不见、江东路。思量只有梦来去。更不怕，江阑住。　　灯前写了书无数。算没个、人传与。直饶寻得雁分付。又还是、秋将暮。

[点评]

上阕写思念心上之人的复杂心理。起句从自己入笔：逶迤西望江水，点明对方远在西方；次句换位思考：望不见江东来路，写作者想象对方在思念自己。然而，正由于重重烟树阻隔，才使得双方望而不得。紧接下来，作者把希望寄托给来去无踪之梦："思量只有梦来去。更不怕，江阑住。"对方到底是何样一个女子，竟使得作者痴情如此？

下阕进一步写作者自己思念的持续状态。过片"灯前写了书无数"，言已经写了无数的情书，将一个夜夜苦思、借信表心的情种形象表现得恰到好处。但是，如此之多、如此动人的情书，却找不到合适的信使帮助传送岂不令人焦心？最后，作者终于选定忠诚的大雁，因为这心中的秘密是不能被别人知道的。可是，那还要等到秋末大雁迁徙的季节。而这对于度日如年、相思若渴的作者来说，岂不又是情感上的最大煎熬！

本词似乎全是作者的内心独语：语言朴质无华，温而不躁；描写淡雅清新，生动形象；情感委婉曲折，盈而不溢。心上人知之，定当会心动不已的！

八六子

秦 观

　　倚危亭①,恨如芳草,凄凄刬尽还生②。念柳外青骢别后,水边红袂分时③,怆然暗惊④。　　　无端天与娉婷⑤。夜月一帘幽梦,春风十里柔情。怎奈向、欢娱渐随流水,素弦声断,翠消香减;那堪片片飞花弄晚,蒙蒙残雨笼晴。正销凝⑥,黄鹂又啼数声。

[注释]

①危:高。
②刬(chàn):同"铲",一种铁制工具,多用于农田除草。
③袂(mèi):衣袖。红袂在这里代指女子。
④怆然:悲伤的样子。
⑤无端:无故。娉婷:指女子体态优美。
⑥销凝:凝神沉思。

[点评]

　　将"愁"或"恨"喻为"柳"或"草",是中国古代诗词中非常普遍的一种艺术手法。而李煜在《清平乐》中写出"离恨恰如春草,更行更远还生"的名句之后,这种意象更是千变万化,层出不穷。

　　起句"倚危亭"三字,首先如特写镜头般推出主人公所在的具体地点,写出自己居高临下的所见所感:"恨如芳草,凄凄刬尽还生。"作者登高念远,原本需要开阔胸襟,以安抚自己伤感的灵魂。然而,那一眼望不到边的芳草,反倒更引起他不尽的愁思："念柳外青骢别后，水边红袂分时，怆然暗惊。""念"字之后的内容，是作者心中最清晰、最难忘的记忆片段，因而给读者的印象也最深刻。

一般而言，宋词在上下阕的结构上是基本平均的。而"八六子"这个词牌，上下阕的字数却明显地"上少下多"——这应该属于一种特例吧。"无端天与娉婷"——过片承接上阕意绪，使得思念的对象更加形象鲜明。但这种鲜明，并不是具体描写"她"如何如何的漂亮、妩媚，而是含蓄、委婉地写道："夜月一帘幽梦，春风十里柔情。"这两个对仗工稳、意象丰富而生动优美的句子，既点明时间——一个春天的晚上，又造境温柔——幽梦更伴着柔情。而"幽梦"以"一帘"出之，"柔情"用"十里"形容，将细微的逼真与阔大的感受结合在一起，简直令人无法相信这种完美是可以想象出来的！"怎奈向"以下，是作者此时此地触景生情后更为凄伤的感觉。尤其是结拍"黄鹂又啼数声"，又是以乐写悲的笔法，真真不堪卒读！

江城子

秦　观

西城杨柳弄春柔。动离忧，泪难收。犹记多情曾为系归舟。碧野朱桥当日事，人不见，水空流。　　韶华不为少年留。恨悠悠，几时休？飞絮落花时候一登楼。便做春江都是泪，流不尽，许多愁。

[点评]

又是一番杨柳青。想起当年曾经发生在这里的送别场景，作者不禁情动于中，热泪难收。而于"碧野朱桥"之下曾经目睹"当日事"的江水，依然无语地"空流"东去，更增添了此时此地伤感的气氛。"杨柳弄春柔"的"弄"字，营造出一种嬉戏、玩耍的轻松氛围，与作者此时"动离忧，泪难收"的心境形成情感上鲜明的比照——本词上阕写景,通过睹物思人而物是人非的描写,引发作者忆旧伤春的情怀。下阕紧承"水空流"而来,感慨韶华易逝、此恨难休,读来令人凄楚迷离。最后三句化用李煜"问君能有几多愁,恰似一江春水向东流"词意,更显现出作者自己愁与恨的多与长。

千秋岁

秦 观

水边沙外,城郭春寒退①。花影乱,莺声碎。飘零疏酒盏,离别宽衣带②。人不见,碧云暮合空相对。　　忆昔西池会③,鹓鹭同飞盖④。携手处,今谁在?日边清梦断,镜里朱颜改。春去也,飞红万点愁如海。

[注释]

①城郭:古代城墙有内外之分,内墙为"城",外墙为"郭"。
②这里用柳永《凤栖梧》"衣带渐宽终不悔,为伊消得人憔悴"词意。
③西池:指首都汴京城西的金明池,作者和他的朋友们在此曾经有过一段欢乐的聚会。
④鹓鹭:两种鸟名,一贱一贵,用以比喻品级差别的同僚。盖:古代马车上的遮阳伞,这里以马车代指官员。

[点评]

北宋元祐前后,新旧两大派系的斗争十分激烈。以苏轼兄弟和黄庭坚、秦观等人为代表的旧派,既曾经在司马光得势之时受到过重用,也曾经在司马光失势时尝到过贬谪的滋味。本词就是作者被逐出京师在处州（今浙江丽水）担任一名监酒税官时的一种心灵写照。上阕即景生情，从具体的地点、季节入笔："花影乱，莺声碎"在表面上看来，好像是一种非常热闹的仲春景象。其实在热闹的背后，却隐藏着作者强烈的伤感情绪。正因为如此，就使得"飘零疏酒盏，离别宽衣带"一句有了实实在在的情感依托。而"人不见，碧云暮合空相对"的叹息，则使读者的情绪也随着作者的描写自然转入下阕。

过片承上启下，在"忆昔西池会，鹓鹭同飞盖"两句的回忆之中，既包含了对苏轼等人的深情，也有着对异党分子的痛恶。然而，这都已经是昨日之事了，而今也不知道他们人在何方？言语之间，流露出对当年在朝从政时期的无限留恋。以下两句是说日月如梭，年光飞逝，自己已经朱颜渐白了。结拍最为精警："春去也，飞红万点愁如海。"这里一方面是在季节上对开篇时间的照应，更重要的是寓意着一批政治家被集体驱逐如"飞红万点"一般的惨痛和壮烈。而"愁如海"之叹，则表现了一种政治上失意后的落寞和无奈。

浣溪沙

秦 观

漠漠轻寒上小楼，晓阴无赖似穷秋。淡烟流水画屏幽。　　自在飞花轻似梦，无边丝雨细如愁。宝帘闲挂小银钩。

[点评]

这首小令就像一个非常精巧的工艺品，轻盈雅致而又剔透玲珑。不过，这个工艺品似乎有着奇妙的魔力——当你拿在手上仔细地欣赏、把玩之时，你就会不由自主地产生一种幽幽的伤感和淡淡的忧愁。玩赏之余，却又会爱不释手。

本词通过作者轻浅的笔调、清幽的意境，描写了女主人公一种挥之不去、似有若无、去还复来的"闲愁"。而她的这种"闲愁",却又令人感到飘忽不定、渺然难寻和怅然若失。正因为如此,才属于一种落寞的"闲愁";也正因为是"闲愁",才更使人生出一种"百无聊赖"的感觉。

踏莎行

郴州旅舍①

秦 观

雾失楼台,月迷津渡。桃源望断无寻处。可堪孤馆闭春寒,杜鹃声里斜阳暮。　　驿寄梅花②,鱼传尺素③。砌成此恨无重数。郴江幸自绕郴山④,为谁流下潇湘去?

[注释]

①郴州:即今湖南省郴州市。旅舍:即旅馆。
②驿寄梅花:南朝陆凯《寄范晔诗》:"折梅逢驿使,寄与陇头人。江南无所有,聊赠一枝春。"
③鱼传尺素:见晏殊《蝶恋花》注②。
④幸自:本自。

[点评]

这是一阕成功表现羁旅愁思并感人至深的千古绝唱。上片起首三句写景:楼台雾失于白日,津渡月迷于夜晚,心中的桃源即便在望断之后仍然了无寻处。以下两句,写在这不堪"孤馆闭春寒"的季节里,更无法承受那日暮斜阳之中的杜鹃声声。过片非常恰切地使用了两个典故,即古代关于折梅赠人和鲤鱼传书的两个故事。下接"砌成此恨无重数"一句,是词人在面对眼前这无数愁绪时无奈心声的自然流露。歇拍以问句结束全词:滔滔的郴江水本来环绕着青青的郴山是多么的和谐自然,可不知它为什么还要为谁流下潇湘而去? 言外之意是说:自己本来在自己家乡该是多么的好啊,却不知为什么还要到处宦游伤心? 唐人白居易的绝句《白云泉》,倒是这两句词的最好注脚:"太平山上白云泉,云自无心水自闲。何必奔冲山下去? 更添波浪在人间。"

眼儿媚

王 雱

　　杨柳丝丝弄轻柔,烟缕织成愁。海棠未雨,梨花先雪,一半春休。　　而今往事难重省,归梦绕秦楼。相思只在,丁香枝上,豆蔻梢头。

[点评]

　　杨柳如烟,丝丝成愁——上阕以景寓情,言春天里海棠雨、梨花雪的美景有一半已经将要逝去,而自己却仍无闲情逸兴进行欣赏。下阕以景结情——往事难省,梦绕秦楼,自己无奈只好将无尽的相思寄托在丁香枝上和豆蔻梢头。作者王雱乃王安石的公子,只因为身体多病,妻子遂被王荆公(安石)别嫁他人。如此,王雱能没有相思之愁吗?

菩萨蛮

赵令畤

轻鸥欲下春塘浴,双双飞破春烟绿。两岸野蔷薇,翠笼熏绣衣。

凭船闲弄水,中有相思意。忆得去年时,水边初别离。

[点评]

上阕写景,喻人复寓情:破题一笔,就写两只欲下春塘的轻鸥,使人油然想起恩爱情深的夫妻;翠色笼罩着两岸的野蔷薇,更好似一件香气氤氲的绣衣。而"浴"和"破"两个动词的运用,则使得一幅烟藏水绕的画面显得更为活灵活现。下阕忆往伤今,令人顿生不尽爱怜之意:"凭船闲弄水,中有相思意"两句,似闲不闲,并从"弄水"之"闲"中反衬出"相思"之深。结拍揭示场景,其实也暗暗地回应了开头。

生查子

杜安世

关山魂梦长,寒雁音书少。两鬓可怜青,只为相思老。

归傍碧纱窗,说向人人道。真个别离难,不似相逢好。

在我们今天的信息时代,交通发达,通信便利。不管你在天涯海角或者异国他乡,一个电话、一声问候,就能够将双方紧紧地联系在一起。但在古代,假如一个人出外谋官、求职,多少年音讯不通甚至一别永诀都是很有可能的。在家、在外的人互相思念,年长日久往往因此梦寐以求而不得。于是,便有了本词中"两鬓可怜青,只为相思老"的无奈与无情。本词用语简约而伤感,朴质而沉痛,对一个深闺怨妇念远思人的心境进行了真实的写照。

上阕只有四句,而每一句的最后一个字——"长""少""青""老",言简意赅而又对比鲜明。下阕也只有四句,向读者展示了一幅无比沧桑的人生画面——"真个别离难,不似相逢好。"这句话可以说是最朴质、最直白的,却表达了一种最复杂、最深刻的思想感情,读之令人唏嘘再三。

卜算子

李之仪

我住长江头,君住长江尾。日日思君不见君,共饮长江水。

此水几时休?此恨何时已?只愿君心似我心,定不负相思意。

[点评]

这是一首非常著名的民歌型情侣念远之章。全篇紧紧围绕"长江"这一情感意象,首先在上阕的开篇两句中,以一个"头"字和一个"尾"字,极言情人双方的距离之远;又以"思君不见君"和"共饮长江水",跌宕出双方的情感波澜——前者表明作者的无限怅恨,而后者则是在进行无补也无奈的自慰。在下阕,过片两句——"几时休"和"何时已"——以反诘之语出之,更渲染了双方在时间距离上的久远。而结拍"只愿君心似我心,定不负相思意"两句,既是一种此心不变的信誓旦旦,又是一种此情无悔的情思绵绵。本词在借鉴民歌特点的基础上,语言浅白而又韵味隽永,回环往复使得结构层层相扣,真挚情感遂令读者无不动心。其艺术成就,是一般民歌难以望其项背的。

横塘路①

贺　铸

凌波不过横塘路②。但目送,芳尘去。锦瑟年华谁与度?月台花榭,琐窗朱户,只有春知处。　　碧云冉冉蘅皋暮③,彩笔新题断肠句。试问闲情都几许! 一川烟草,满城风絮,梅子黄时雨。

[注释]

①横塘路:又名《青玉案》。
②凌波:曹植《洛神赋》有"凌波微步,罗袜生尘"之句,此处代指美人。横塘:古堤塘名,这里代指送别之地。"凌波不过横塘路"一句,在这里是说美人不让词人送她再到"横塘路"以远。
③蘅皋:指长有蘅芜香草的水边高坡。

[点评]

本词继承屈原以香草美人抒发政治感慨的传统,综合运用比兴、讽喻和想象的艺术手法,通篇寓悲愤哀怨于婉丽温情之中,可谓意味深长。

上阕起句,就点出当时送别的地点:一个古老水塘旁边的路上。古语云:"送君千里,终有一别。"于是,美人执意不让词人再送,词人只好在此与美人缠绵话别,并目送美人的身影渐渐远去。于是,诗人内心深处的忧虑和疑问也便随之而生:美人孤身远去异乡,该会由谁来陪她度过美好的"锦瑟华年"呢? 以下的"月台花榭,琐窗朱户,只有春知处"几句,也都是由此申发开来,交织着诗人爱慕、怜惜、无奈、失望等复杂的关切之情。

天已经暮云四合了,词人仍站在那个送别的地方远望。两人钟情之深,也由此可见一斑了——过片写词人不仅还在对美人的远离独自悲伤,而且已经为此填写了一首"断肠"新词。本词之所以著名,并不仅仅是前边所写的"老套"故事,其主要原因却在于下阕所描写的"闲愁",并将"闲愁"以问句出之:"试问闲愁都几许? 一川烟草,满城风絮,梅子黄时雨。"在这里,词人即景生情,比兴兼用,博喻联珠,将"烟草""风絮""梅雨"等意象,在生动地描绘出一幅江南暮春烟雨图的同时,更比拟出一种空前绝后的世间文人"闲愁"图——如许抽象的"闲愁",竟能写成如此丰富的形象,无怪乎千古流传矣!

秋蕊香

张　耒

帘幕疏疏风透。一线香飘金兽①。朱栏倚遍黄昏后。廊上月华如昼。　　别离滋味浓如酒。著人瘦。此情不及墙东柳。春色年年依旧。

[注释]

①金兽:金色兽型香炉。

[点评]

本词上阕,首先给读者描绘出一幅比"月上柳梢头,人约黄昏后"更为风清月朗、幽雅静谧的画面，令人感觉作者好像正身处一个温柔之乡中。但是，过片的"别离滋味浓如酒，著人瘦"两句却突然转折，似乎让读者的感情来了一次"快速冷冻"，真真令人猝不及防。"此情不及墙东柳"一句，正如"玉颜不及寒鸦色，犹带昭阳日影来"（王昌龄《长信怨》）一般，将自己多年以来的别离之怨，移情于本无知觉的杨柳——尽管"杨柳"无故蒙"怨"，但作者的心中怨气却得以适当释放——此乃"无理而妙"之又一证例也。而结拍的"春色年年依旧"，不仅在纯粹白描的表面背后隐忍着切入肌肤的别离之痛，而且补足了全词时间（此前多年和未可预料的来日）上的空当。一笔宕开，苦痛更不堪言——可谓点睛之笔。

夜飞鹊

别　情

周邦彦

　　河桥送人处，凉夜何其^①？斜月远坠余辉。铜盘烛泪已流尽，霏霏凉露沾衣。相将散离会，探风前津鼓，树杪参旗^②。花骢会意，纵扬鞭、亦自行迟。　　迢递路回清野，人语渐无闻，空带愁归。何意重经前地，遗钿不见^③，斜径都迷。兔葵燕麦^④，向残阳、影与人齐。但徘徊班草^⑤，欷歔酹酒^⑥，极望天西。

[注释]

①凉夜：语本《诗经·小雅·庭燎》："凉夜何其？夜未央。"

②树杪：树梢。参旗：《史记·天官书》云："参旗九星，在参西，天旗也。"

③遗钿(diàn)：此处指遗落的妇女首饰。钿，古代用珠宝镶成的花朵形首饰。

④兔葵燕麦：两种野草，这里泛指丛生的杂草。

⑤班草:犹言布草,即有秩序地使杂草铺平能坐。

⑥唏嘘:哽咽,抽噎。

[点评]

　　本词乃作者首创之调。词牌《夜飞鹊》之本意,似乎就是曹操《短歌行》中"月明星稀,乌鹊南飞。绕树三匝,无枝可依"中凄清之景、依依之情的凝练与概括。因而,内容与词牌吻合之绝妙就是本词在艺术上成功的第一体现。

　　从全词内容来看,这是一首旧地重游之作,也是一首与异性的惜别之作。

　　上阕追忆——斜月余晖,其夜何深? 桥边送人,其情何伤? 烛泪流尽,其人何在? 凉露沾衣,其景何凉? 尤其是"花骢会意,纵扬鞭、亦自行迟",写"花骢"也不忍面对这种悲伤的别离,以至于虽鞭策于身而迟迟难行,真可谓凄情倍增:马犹如此,何况人乎?

　　过片承上启下,写作者当时送人之后,独自带着愁绪归来。从"何意重经前地"一句,作者才开始在下阕中"此时重游此地"的实写——"遗钿不见":点明送别之对象是异性,至于是夫人抑或情人就无从考证了;"兔葵燕麦":既以凄凉之景诉凄清之情,且又无言表明伊人远去之久。而结拍三句,则着重表现了作者哀伤之极时的一连串动作:徘徊再三布草而坐,独自斟酒短叹长嘘,极望西天惆怅无边。为什么要向西望呢? 残阳西下,忧思更甚,下意识之动作也——此其一;"劝君更进一杯酒,西出阳关无故人。"因为王维的这句诗属艺术境界中有意识之动作也——此其二;伊人也许就在此地的西方,不能不有之动作也——此其三。如是观之,本词焉能不为读者所喜爱?

忆旧游

周邦彦

记愁横浅黛^①，泪洗红铅，门掩秋宵。坠叶惊离思，听寒螀夜泣^②，乱雨潇潇。凤钗半脱云鬓，窗影烛花摇。渐暗竹敲凉，疏萤照晓，两地魂销。　　迢迢，问音信，道径底花阴，时认鸣镳^③。也拟临朱户，叹因郎憔悴，羞见郎招。旧巢更有新燕，杨柳拂河桥。但满眼京尘，东风竟日吹露桃。

[注释]

①犹言眉间簇愁。浅黛：即淡淡的眉毛。
②寒螀(jiāng)：即寒蝉。
③镳(biāo)：指马嚼子两端露出嘴外的部分。这里代指马嘶。

[点评]

本词以一个女性的口吻，自叙思念情郎的一段延续性活动。上阕开始，就写一个眉间簇愁的闺中怨妇正以泪洗面，时间是在一个秋天的晚上。坠叶之声可谓细微至极，但她却为之而"惊"；寒螀之音可谓之哀，但她却不得不"听"；潇潇之雨可谓之乱，但她却不能不"闻"——此乃听觉。凤钗半脱，云鬓髻坠，可谓之惨，但她仍须时时从菱花镜中看到；烛花乱摇，疏萤映窗，可谓无奈，但她却又挥之不去——此乃视觉。而暗竹敲凉、两地魂销，则是她此时此地更为伤情的——感觉。在时间的顺序上，从日落掩门、夜深螀泣，到烛摇三更、疏萤照晓，主人公竟是整整一个晚上未能入睡。

下阕"迢迢"二字承上启下,既是感觉这个不眠之夜在时间上的久远,也是良人不见在空间距离上的实指。"问音信"三句,似乎是女主人公不耐寂寞时自己虚拟的一个打探细节——问:"你见到他了吗?"答:"哦,没有。不过我常常见到他的马拴在一片花丛旁。那马一直在嘶鸣,我看好像是他的。"这种想象肯定让女主人公更加心神不安。她想亲自走出家门(要知道,那时的妇女是足不出户的)去寻找,却又怕自己因"为伊消得人憔悴"而羞于见郎。于是,一直处于心理矛盾之中的她,只能继续站在阁楼之上望远:又是一年过去了,新来的燕子入旧巢,青青的杨柳拂河桥;又见得飞尘滚滚京城里,只有东风吹露桃。

这个女子究竟要等到什么时间呢? 作者没有交代,读者也就自己想象去吧!

青玉案

曹　组

碧山锦树明秋霁。路陡转,疑无地。忽有人家临曲水,竹篱茅舍,酒旗沙岸,一簇成村市。　　凄凉只恐乡心起。凤楼远,回头漫凝睇。何处今宵孤馆里? 一声征雁,半窗残月,总是离人泪。

[点评]

上阕纯粹素描,给读者勾绘了一幅深山山村的"秋景图"。这里既有"山重水复疑无路,柳暗花明又一村"(陆游《游山西村》)的清幽趣雅,又有"酒旗沙岸""一簇成村"的小巧与繁华。但这幅油画般的风景在作者的作品里,却又是一种情感上的铺垫。从过片的"凄凉只恐乡心起"开始,作者触景生情,油然想起自己遥远家乡的"凤楼",然而却凝睇不见;以下的"何处今宵孤馆里",与"今宵酒醒河处? 杨柳岸晓风残月"(柳永《雨霖铃》)基本同一意境。"一声征雁,半窗残月"是对前句意义的补足,也是全词词意的最后点明。而"总是离人泪"一句,与全词情感上的水到渠成、波澜不惊相比,似有稍不协调之嫌。

南　浦

旅　怀

鲁逸仲

　　风悲画角,听单于三弄落谯门①。投宿骎骎征骑②,飞雪满孤村。酒市渐阑灯火,正敲窗乱叶舞纷纷。送数声惊雁,下离烟水,嘹唳度寒云③。　　好在半胧溪月,到如今、无处不销魂。故国梅花归梦,愁损绿罗裙④。为问暗香闲艳,也相思万点付啼痕。算翠屏应是,两眉馀恨倚黄昏。

[注释]

①谯门:指古代城门上的瞭望楼。

②骎(qīn)骎:形容马跑得飞快的样子。

③嘹唳(liáo lì):指雁、鹤等飞禽嘹亮的鸣叫声。

④五代牛希济《生查子》云:"记得绿罗裙,处处怜芳草。"

[点评]

　　本词意境清远,用语婉丽,在历代抒写"旅怀"的作品中当属佼佼者。

　　上阕即景生情,写自己在一个特殊环境之下的特殊情感:起句"风悲画角"先入为主,既为作品内容定下一个十分悲壮的基调,也为作品人物设下一个活动的场景——一个边远的异域小城。时间已晚,雪飞孤村,使骑马投宿的作者不禁顿生"独在异乡为异客"之感。而"酒市"句以下有关的"渐阑灯火""敲窗乱叶""惊雁""寒云"等意象,无不带有一种凄凉的主观情绪。自过片的"好在"句开始,作者先以"半胧溪月"代指所思念的家乡,说无论自己身处何方,都会为之而"销魂"的。"故国"句再从对方写起,具体地描写"梅花梦"中的"绿罗裙"因自己而"愁损",感情自然更进一层。这还不够,作者继续写道:尽管有"暗香闲艳"可供"绿罗裙"观赏、消遣,但她也仍然无法不为相思而暗泣生悲。结拍以虚拟语气"算……应是"句式,推出一个想象中的特写镜头:正是在此时的黄昏时分,"她"倚门而望,脸上啼痕点点,不用说其双眼更是充满了哀怨之情——真的好可怜、好可怜啊!

　　本词紧扣题目《旅怀》,上阕写身边之景处处凄清,下阕写思念之人句句含情。无论何时捧读,都不免令人为之同起故国之情、美人之思。

减字木兰花

吕本中

　　去年今夜,同醉月明花树下。此夜江边,月暗长堤柳暗船。

　　故人何处?带我离愁江外去。来岁花前,又是今年忆昔年。

[点评]

　　这首词以时间为线索,从回忆"去年今夜",到描写"此夜江边",再到推想"来岁花前",表现了对那个"同醉月明花树下"和"带我离愁江外去"之人的无尽思念。从全词而言,时间虽有不同,地点却无变化,这种情绪的表现显得洗练而清晰。

踏莎行

吕本中

雪似梅花,梅花似雪,似和不似都奇绝。恼人风味阿谁知?请君问取南楼月。　　记得去年,探梅时节,老来旧事无人说。为谁醉倒为谁醒?到今犹恨轻离别。

[点评]

开篇从"梅花"和"雪花"在形体和色彩上的相似入笔,于阐述"似和不似都奇绝"的绝妙之后,笔锋随即转入"恼人风味"。一句"请君问取南楼月",写出了空灵而别有韵味的岁月沧桑。过片的"记得去年",将思路倒回那一个"探梅时节"。结拍点题,使本词更具有了醉倒又醒、欲说还休的淡淡的心灵哀伤。

一剪梅

李清照

红藕香残玉簟秋①。轻解罗裳,独上兰舟。云中谁寄锦书来?雁字回时,月满西楼。　　花自飘零水自流。一种相思,两处闲愁。

此情无计可消除，才下眉头，却上心头。

[注释]

①簟(diàn)：古人一种专供坐卧的竹席。

[点评]

　　本词语言冲淡，情感细腻，造境温雅，是作者很受读者喜爱的作品之一。词中纯粹是女主人公的心灵活动和心境独白。上阕中"红藕香残玉簟秋"等句，并不见得是主人公的实际举动，很可能是她为作品虚设的一种特殊情景。"云中谁寄锦书来"一句，实际上是说"云中无人寄书来"。但这种设问的运用，正是作者修辞手法一种更为巧妙的艺术运用。"雁字回时，月满西楼"两句写景，正是作者"此处无声胜有声"的一种气氛烘托，将"独上兰舟"的无奈之举和孤寂之情，渲染到无以复加的程度。而下阕中的"一种相思，两处闲愁""才下眉头，却上心头"等句，分别从数字和形体的对比中，自然、巧妙而真挚地表达出一种思念和无奈的情绪。将全词首句中的"秋"字和尾句中的"心"字合起来，不正分明是一个"愁"字吗？

凤凰台上忆吹箫

李清照

　　香冷金猊①，被翻红浪，起来慵自梳头。任宝奁尘掩，日上帘钩。生怕闲愁暗恨，多少事，欲说还休。今年瘦，非干病酒，不是悲秋。　　休休。这回去也，千万遍阳关②，也即难留。念武陵春晚，云锁重楼。惟有楼前绿水，应念我，终日凝眸。凝眸处，从今又添，几段新愁。

［注释］

①金猊(ní)：即狻(suān)猊，古代传说中的一种猛兽。这里代指金猊形的香炉。
②阳关：即由王维《送元二使安西》谱曲传唱的《阳关三叠》："渭城朝雨浥轻尘，客舍青青柳色新。劝君更进一杯酒，西出阳关无故人。"

［点评］

　　李清照是否真的就是一个十分"慵懒"的人？尽管作品真实并不代表生活真实，但"闲愁""悲秋""别恨"的内容却并不一定必须以"慵懒"才能来表现的。然而，她这篇作品的上阕却在"香冷""被翻""慵自梳头"等表现"闲愁"的情绪之外，却恰使读者读出了"慵懒"二字。"香冷金猊，被翻红浪"的开篇，正无言地表现了词人这种辗转反侧的状态。不过，李清照也确实不愧一个写"愁"高手。且不管她本人的"慵懒"与否，下阕煞拍"凝眸处，从今又添，几段新愁"的描写，却是形象地表现了"愁"的又一种存在方式。

　　也有版本为本词添加"离别"或"闺情"之题，但本词的"离别"是与丈夫赵明诚的真正分别，而绝非其他词人作品之中的虚拟之别。因此，我们从词中曲折委婉的描写中也可以看出：李清照与赵明诚夫妇之间的情感还是相当真切而深厚的！

蝶恋花

李清照

　　暖雨晴风初破冻。柳眼梅腮，已觉春心动。酒意诗情谁与共？泪融残粉花钿重。　　乍试夹衫金缕缝。山枕斜倚，枕损钗头凤。

独抱浓愁无好梦。夜阑犹剪灯花弄。

[点评]

　　本词是一首反向写"愁"的成功之作。上阕从"暖雨晴风""已觉春心动"入笔,似乎是要表现一种欢快愉悦的情绪。但"酒意诗情谁与共"一句,却又给人一种"好花枉自开,何日君再来"的感觉。尤其下阕煞拍的"独抱浓愁无好梦。夜阑犹剪灯花弄"两句,更反衬出主人公孤独无助、剪灯无趣的心理境况。

武陵春

李清照

　　风住尘香花已尽,日晚倦梳头。物是人非事事休,欲语泪先流。

　　闻说双溪春尚好,也拟泛轻舟。只恐双溪舴艋舟,载不动,许多愁。

[点评]

　　本词主要描写词人的心理活动。开篇"风住尘香花已尽"一句,简洁地了结了一场刚刚过去的狂风骤雨,并为下文内容作了场景转换上的铺垫。"日晚倦梳头"是写词人又在家里独自愁苦了整整一天,直到日薄西山也没有心思为自己梳妆。在《凤凰台上忆吹箫》中,词人也曾有"起来慵自梳头"之句——但二者之间却有着"生离"与"死别"的本质区别。以下"物是人非"两句,从前文的含蓄表述转为直接表达——既是欲说还休,也就无须多说了;看似多此一说,实是不得不说。下片集中描写词人在此一天中的犹疑与徘徊,尤其"只恐双溪舴艋舟,载不动,许多愁"三句,将自己无穷无尽的愁绪移送上船,不仅新巧传神,而且使之得以动感化、重量化,成为全词更精彩、更具感染力的点睛之笔。

卜算子

徐　俯

天生百种愁,挂在斜阳树。绿叶阴阴占得春,草满莺啼处。

不见生尘步,空忆如簧语。柳外重重叠叠山,遮不断,愁来路。

[点评]

本词作者徐俯又是一个写愁高手。他不仅入笔就能写出"天生百种愁"的特殊句子,而且更能使愁高高地"挂在斜阳树"上,诚可谓独具一格。在全词结拍,又以"柳外重重叠叠山",形象而生动地表达出"遮不断,愁来路"的新奇意象,与李煜"剪不断,理还乱,是离愁"的名句有异曲同工之妙。

州　桥①
(七十二首选一)

范成大

州桥南北是天街②,父老年年等驾回。

忍泪失声询使者:几时真有六军来③?

[注释]

①州桥:即北宋都城汴京横跨汴河的天汉桥。诗人在原诗题下自注云:"南望朱雀门,北望宣德楼,皆旧御路也。"

②天街:作者自注:"天街"即"御路"。

③六军:《周礼·夏官·司马》载:"凡制军,万有二千五百人为军。王六军,大国三军,次国二军,小国一军。"后人便以"六军"代指朝廷的军队。

[点评]

宋孝宗乾道六年(1170年),作为南宋使者出使金国的诗人范成大,目睹已在金国治下的北宋故都汴京旧城,目睹望眼欲穿的故国父老,感慨万千,肝胆皆碎,一口气写下绝句七十二首。《州桥》正是其中流传最为广泛的一首。在本诗中,诗人将"州桥"与"天街"作为北宋故国的象征和展开情节的场景,准确地锁定"父老年年等驾回"这个特写镜头,表现了故国父老对于南宋朝廷持久不衰的期待。随后"忍泪失声询使者:几时真有六军来"两句所表现的情与景,直令人不忍卒读。"真有"二字用得很妙,既委婉地表达了诗人自己的爱国之愿,又体现了父老乡亲渴望皇帝班师的迫切心情,也隐含着对于南宋当局苟且偷安的讥讽。

同时代的著名词人陆游,也有一首内容大致相同的诗:"三万里河东入海,五千仞岳上摩天。遗民泪尽胡尘里,南望王师又一年。"(《秋夜将晓出篱门迎凉有感》)相比而言,还是范成大的这首诗更高一筹。但是,陆游还有一首诗,也可以看作对范诗尾句诘问的一种回答吧:"公卿有党排宗泽,帷幄无人用岳飞。遗老不应知此恨,亦逢汉节解沾衣。"(《夜读范致能〈揽辔录〉,言中原父老见使者多挥涕,感其事,作绝句》)范致能者,即范成大也。

都下无忧馆小楼春尽旅怀①

（二首选一）

杨万里

不关老去愿春迟，只恨春归我未归。

最是杨花欺客子，向人一一作西飞。

[注释]

①都下：即南宋首都临安（今杭州）。无忧馆：作者寓所自号。所谓"无忧"，实际上是"无时不忧"之意。

[点评]

这首绝句以一个游子的口气，客观而理智地表达自己"春归我未归"的离恨别愁。只是三、四两句突然转用拟人的手法，写原本无知的"杨花"好像在有意欺负"我"这个未归的游子而"向人一一作西飞"。这令人想起苏轼"细看来，不是杨花，点点是，离人泪"的著名词句，不禁令人感到离恨难消。

鹧鸪天

别　情

聂胜琼

　　玉惨花愁出凤城[①]。莲花楼下柳青青。樽前一唱阳关曲[②]，别个人人第五程。　　寻好梦，梦难成。有谁知我此时情？枕前泪共阶前雨，隔个窗儿滴到明。

[注释]

①凤城：秦穆公之女弄玉曾吹箫引得凤凰降落咸阳，穆公因号咸阳为"凤城"。后世便因此也称京都曰"凤城"。
②阳关曲：即《阳关三叠》。

[点评]

　　本词上阕写白天的两人分别，唱遍阳关；下阕写夜间的独自垂泪，思念无尽。尤其"有谁知我此时情"一句，在两厢比较之后写出了主人公此时此地的特殊情感，不禁使读者为之同洒一掬枕前热泪。煞拍"枕前泪共阶前雨，隔个窗儿滴到明"两句十分著名，已使"枕前泪"和"阶前雨"分别注入了作者此时此刻无以言说的思念之情。

阿那曲

朱淑真

梦回酒醒春愁怯，宝鸭烟销香未歇[①]。

薄衾无奈五更寒，杜鹃叫落西楼月。

[注释]

①宝鸭：宝鸭形香炉。

[点评]

　　这首仄韵绝句入笔擒题，首先以"梦回酒醒"领起全篇，表现了一种"借酒浇愁愁更愁"的无奈境况。而"春愁怯"中的"怯"字，则使人深深地感受到作者对于"愁"情别绪无法回避的一种胆怯。转、合两句，更在前两句的基础上重笔渲染出"愁"的"薄"与"寒"，并在"杜鹃叫落西楼月"这一特殊场景中无情延伸了"怯春愁"的心理感受——而这种感受的时间越长，作者的心中之"愁"不是就越多吗？

所思

冯去非

雁自飞飞水自流，西风不寄小银钩。

斜阳何处横孤簟，十二栏杆一样愁。

[点评]

　　本诗题名《所思》，但内容上无句不是在写所见。一、二两句寓静于动，动中写静。诗人在萧瑟的西风中，描画出一幅群雁高飞、流水潺潺的图景。三、四两句紧承而下，写天地之大、斜阳之明，竟无处能够放一张小小的竹席以安顿自己，而遍倚十二栏杆也同样给人一种无处不在的清愁。全诗味淡愁深，寄托了作者无以言状、挥之不去的缕缕愁丝，应该说是紧扣主题的。

唐多令

吴文英

　　何处合成愁？离人心上秋。纵芭蕉不雨也飕飕。都道晚凉天气好，有明月，怕登楼。　　年事梦中休，花空烟水流。燕辞归、客尚淹留。垂柳不系裙带住，漫长是，系行舟。

[点评]

吴文英的这首《唐多令》,上阕起句运用拆字法自问自答,巧妙而委婉地点出本词的主题:"愁"。但是,"愁"也是各有不同的。而本词之愁则是作者心中割舍不断的"离愁",如下阕煞拍写道:"垂柳不系裙带住,漫长是,系行舟。"不过,如果那"行舟"是可以用裙带所能够系得住的,也许就不会有这首词了吧?

虞美人

春 愁

陈 亮

　　东风荡飏轻云缕,时送潇潇雨。水边台榭燕新归,一口香泥湿带落花飞。　　海棠糁径铺香绣,依旧成春瘦。黄昏庭院柳啼鸦,记得那人和月折梨花。

[点评]

词人所写之愁,在这里纯粹是一种"为伊消得人憔悴"的情愁。只因为在"无可奈何花落去,似曾相识燕归来"的季节,所以才有了《春愁》这个题目。下阕"依旧成春瘦"五个字使用拟人化手法,写出了词人心中那种"只可意会,不可言传"的微妙感受。煞拍两句,清晰地凸显出一个"那人和月折梨花"的回忆镜头,温情之中不免令人感觉到一种凄怆。

春　游

赵秉文

无数飞花送小舟，蜻蜓款立钓丝头。

一溪春水关何事？皱作风前万叠愁。

[点评]

前两句大景与小景、动景与静景的对比描写，已使诗人的这次"春游"有了一种怡淡清新、机趣横生的收获。从"蜻蜓款立钓丝头"一句可知，诗人是在进行垂钓，但他的心中却并不轻松。南唐词人冯延巳曾有"风乍起，吹皱一池春水"（《谒金门》）的词句，并且引起了中主李璟的诘问："吹皱一池春水，干卿何事？"意在批评他不关心国家大事。冯延巳立即答道："未若陛下'小楼吹彻玉笙塞'。"诗人在此处化用冯延巳的词句，将风前春水"皱作""万叠愁"，艺术上更精妙，内容上也更浑厚了。

泊舟严滩^①

真山民

天色微茫入暝钟，严陵湍上系孤蓬。

水禽与我共明月，芦叶同谁吟晚风？

隔浦人家渔火外，满江愁思笛声中。

云开休望飞鸿影，身即天涯一断鸿。

［注释］

①严滩：东汉光武帝刘秀的同学严光，在刘秀称帝后拒不出仕，归隐于富春江边。后人便称其归隐处为"严滩""子陵滩"。

［点评］

　　仔细想来，"离愁"应该有"女性闺愁"与"男性旅愁"之分，而真山民的这首《泊舟严滩》则属于标准的"男性旅愁"。首联铺叙，点明"泊舟"的时间与地点。颔联写景，而此时此刻的景象却与柳永的"杨柳岸、晓风残月"如出一辙，同样表现了旅人风餐露宿的艰辛和孤独难耐的凄凉。颈联继续写景，但此景已放眼于"渔火之外"、侧耳于"笛声之中"，为全诗的结尾进行了悄悄的铺垫。尾联收束全篇，写不要再望云外远去的那行鸿雁，自己不就是一只孤苦伶仃的"断鸿"吗？言虽尽而意无穷矣！

　　本诗以"泊舟"为事件，以"严滩"为背景，以"孤蓬""断鸿"为意象，分明表达了一种意欲淡泊世俗、急于远离红尘的渴望。

杜鹃花得红字^①

真山民

愁锁巴云往事空，只将遗恨寄芳丛。

归心千古终难白，啼血万山都是红^②。

枝带翠烟深夜月，魂飞锦水旧东风。

至今染出怀乡恨，长挂行人望眼中。

[注释]

①本诗属于一首拈韵之作。诗题的意思，是要求作者用"红"字所在的"一东韵"来题咏杜鹃花。

②啼血：指杜鹃啼血。

[点评]

　　"拈韵诗"属于命题作诗的一种，一般来说是有相当技巧难度的。本诗领联对仗工稳且工巧：上联写自己那颗日日思乡的"归心"即便千古也难以表白，下联写不得归去的啼鸣之血使得万山都因之而染红。尤其是将上联"白"字动词词性与下联"红"字形容词词性对仗的联合运用，更显出诗人的构思之巧。尾联更将"怀乡（之）恨""染出"并"长挂（在）行人望眼中"——诗人在这里的"染出"一词，当是从"啼血万山都是红"一句而来。真山民的这个比喻，道前人所未道，精巧而出新。而首联将"往事""愁锁"并"将遗恨寄芳丛"，使无形的"往事"化为有形的"芳丛"，既形象生动而又入手扣题，是谓高手。只是领联中"深夜月"和"旧东风"的语法结构有些对不起来，不能不说是一个小小的遗憾。

一剪梅

舟过吴江①

蒋 捷

一片春愁待酒浇。江上舟摇,楼上帘招。秋娘渡与泰娘桥②。风又飘飘。雨又潇潇。　　何日归家洗客袍? 银字笙调③。心字香烧④。流光容易把人抛。红了樱桃。绿了芭蕉。

[注释]

①吴江:在太湖东岸,吴淞江北流经过此地。今属江苏。
②秋娘渡、泰娘桥:吴江县的两个地名。
③银字笙:一种镶嵌银字的乐器。
④心字香:一种盘曲如"心"的名香。

[点评]

蒋捷笔下的"春愁"别具一种特点。当他"舟过吴江"之际,眼中看到了一番"舟摇""帘招"的景象,于是便更加重了"何日归家洗客袍"的思念。而"流光容易把人抛"的感慨,使得全词的起句"一片春愁待酒浇",更具有了诗人自己在思想深处对流光易逝的情感追忆与艺术依托。不过,对于李白"借酒浇愁愁更愁"诗句的无痕化用,则使全词首先奠定了一个"春愁"的基调。

蒋捷的这首《一剪梅·舟过吴江》,用语流动,气韵畅达,在"舟摇""帘招"的潇洒中,不动声色地透出自己念故思归的内在情怀。煞拍"红了樱桃、绿了芭蕉"两句,更把一种流光易逝、度日如年的感觉表现得十分形象——无怪乎广为读者喜爱矣!

梅花引

荆溪阻雪①

蒋 捷

　　白鸥问我泊孤舟:是身留? 是心留? 心若留时,何事锁眉头? 风拍小帘灯晕②舞,对闲影,冷清清,忆旧游。　　旧游旧游今在否? 花外楼,柳下舟。梦也梦也,梦不到、寒水空流。漠漠黄云,湿透木绵裘。都道无人愁似我,今夜雪,有梅花,似我愁。

[注释]

①荆溪:在今江苏省南部。
②灯晕:指风灯的光晕。

[点评]

　　本词可谓奇作。词人主要通过"我"与"白鸥"的悄悄对话,表现了他在一次舟行阻雪之际的心理活动过程。"白鸥"的问话婉转而刁钻——"是身留? 是心留?"而"我"的回答巧妙又含蓄——"花外楼,柳下舟"。不过,有一点却是作者无论如何也解决不了的——"今夜雪,有梅花,似我愁"。在既有些温馨又略显惆怅的情调之中,作者或许并不想打碎这个"梦也梦也,梦不到"的"愁梦"吧?

　　全词语言潇洒,笔调活泼,意境清妍,情趣盎然,充分体现出词人"语言纤巧""洗练缜密"的艺术特点。

鹧鸪天

张 炎

楼上谁将玉笛吹？山前水阔暝云低。劳劳燕子人千里^①，落落梨花雨一枝^②。　　修禊近^③，买饧时^④，故乡惟有梦相随。夜来折得江头柳，不是苏堤也皱眉。

[注释]

①"劳劳"句：古乐府《东飞伯劳歌》云："东飞伯劳西飞燕，黄姑织女相见时。"劳劳在这里是形容燕子劳怨、辛劳之意。

②"落落"句：白居易《长恨歌》："玉容寂寞泪阑干，梨花一枝春带雨。"落落在这里是形容梨花零落、孤独的样子。

③修禊：古代于农历三月上旬到水边嬉游以消除不祥的一种习俗。

④饧(xíng)：一种面食，由糖稀和面粉掺和而成。

[点评]

这又是一曲"游子吟"，不禁使人想起唐人李白的《春夜洛城闻笛》："谁家玉笛暗飞声？散入春风满洛城。此夜曲中闻折柳，何人不起故园情！"而"劳劳燕子人千里，落落梨花雨一枝"两句，将"劳燕分飞"的意象转化为一枝"落落梨花雨"的形象，使得词人的离愁更具有了凄美动人的具体形象。

过片的"修禊近，买饧时"，与王维的绝句《九月九日忆山东兄弟》一样，借忆故乡的节日风俗以寄托自己那不尽的思念，艺术手法极其相似。不过，"故乡惟有梦相随"一句与"遥知兄弟登高处，遍插茱萸少一人"两句相比，却已是逊色了几分。

清平乐

张　炎

采芳人杳，顿觉游情少。客里看春多草草，总被诗愁分了。

去年燕子天涯，今年燕子谁家？三月休听夜雨，如今不是催花。

[点评]

　　本词起拍即曰："采芳人杳，顿觉游情少。"为全词奠定了一个春游欢乐无多的基础。词人又在以下两句中，将这种"客里看春"称为"诗愁"，使得"愁"也充满了诗情画意。过片说去年的燕子到今年仍然不知所向，可知词人是多么的失望与落寞。全词煞拍写道："三月休听夜雨，如今不是催花。"点明夜雨对于春花不是"催"而是"摧"，更加重了全词"诗愁"的深度与分量。

　　小令一首，味淡情浓。词人将愁写成"诗愁"，也可谓是一种发明了。

客　怀

何应龙

客怀处处不宜秋，秋到梧桐动客愁。

想得故人无字到，雁声远过夕阳楼。

[点评]

　　首句平平而起,说游子无论人在何处都不宜面对容易令人感伤的秋天。次句顶针而来,写秋天之际的"梧桐更兼细雨"最能够撩动游子们的愁怀。第三与第四两句,不禁使人想起唐人李商隐的《夕阳楼》一诗:"花明柳暗绕天愁,上尽重楼更上楼。欲问孤鸿向何处,不知身世自悠悠。"这里所说的"夕阳楼",属于当时郑州的一处名胜。郑州刺史萧澣曾非常器重李商隐,但后来却被贬远州。诗人登楼远望,不仅触景生情,感叹无限。而何应龙的这首《客怀》,比起李商隐的《夕阳楼》来说,应该是更为含蓄、更为深刻了许多。

好山好水看不足

忆余杭

（十首选三）

潘　阆

长忆西湖，尽日凭栏楼上望。三三两两钓鱼舟，岛屿正清秋。

笛声依约芦花里，白鸟成行忽惊起。别来闲整钓鱼竿，思入水云寒。

长忆钱塘，不是人寰是天上。万家掩映翠微间，处处水潺潺。

异花四季当窗放，出入分明在屏障。别来隋柳几经秋，何日得重游。

长忆观潮，满郭人争江上望。来疑沧海尽成空，万面鼓声中。

弄潮儿向潮头立，手把红旗旗不湿。别来几向梦中看，梦觉尚心寒。

[点评]

读宋人潘阆的这组《忆余杭》，不禁使人想起唐代白居易那首著名的《忆江南》："江南好，风景旧曾谙。日出江花红胜火，春来江水绿如蓝。能不忆江南？"无论是这种小令的形式，或者吟咏的内容，二者似乎都有一定的传承借鉴关系。

在组词《忆余杭》中，潘阆抓住余杭地区不同景点的不同特色分别进行重点描写，正可谓各有千秋。"长忆西湖"一阕，既不同于苏轼所写"欲把西湖比西子，浓妆淡抹总相宜"的"初晴后雨"，又不同于杨万里所写"接天莲叶无穷碧，映日荷花别样红"的"六月西湖"，而是西湖岛上"思入水云寒"的清秋时节，正所谓"别有一番滋味在心头"。俗话说："上有天堂，下有苏杭。"而苏杭到底如何之好呢？读者不妨把"长忆钱塘"一阕视为一种对于苏杭的艺术阐释："万家掩映翠微间，处处水潺潺。""异花四季当窗放，出入分明在屏障。""长忆观潮"一阕中的"来疑沧海尽成空，万面鼓声中"之句，不仅描写了钱塘潮在视觉上空前的气势，而且表现了钱塘潮在听觉上的豪情。而"弄潮儿向潮头立，手把红旗旗不湿"，则更因其生动的形象、豪迈的气概从而成为脍炙人口的名句。

宿甘露僧舍①

曾公亮

枕中云气千峰近，床底松声万壑哀。
要看银山拍天浪，开窗放入大江来。

[注释]

①甘露：即甘露寺，在今江苏镇江北固山上。相传此寺建于三国吴甘露年间，又说建于唐文宗大和年间，重建于北宋真宗大中祥符年间。

[点评]

　　在实际上，甘露寺并没有什么"云气"或者"松声"。前两句纯属作者的艺术虚拟，描写诗人好像正置身于"千峰"之上看"云气"氤氲、在"万壑"之中听"松声"滚滚。后两句构思奇妙，陡然而来，给人以真实形象、如临其境的感觉："要看银山拍天浪，开窗放入大江来。"在这里，诗人不仅看到一幅"银山拍天浪"的奇妙景象，而且要将"大江""放入"僧舍中来。只一个"放"字，即可见其想象之奇妙、气魄之宏大、胸怀之宽广。

鲁山山行

梅尧臣

适与野情惬，千山高复低。

好峰随处改，幽径独行迷。

霜落熊升树，林空鹿饮溪。

人家何许在？云外一声鸡。

[点评]

　　首联扣题，写"野情"与诗人的兴致正相吻合，而"千山高复低"便有了一种情趣的意味。颔联承上而来，动态地表现诗人的视角随着移步换形而发生着不同的变化。颈联转推出两个特写镜头："熊升树"见出"憨趣"，"鹿饮溪"反衬"闲趣"；而几乎无声无形的"霜落""林空"，在这里却变得动感十足了。尾联更是十分著名："人家何许在？云外一声鸡。"诗人从"云外一声鸡"中"听"出山中毕竟有人家在，表现出他专注的神态和意外的喜悦，从而使全诗显出了无穷的韵味。

丰乐亭游春①

（三首选一）

欧阳修

红树青山日欲斜，长郊草色绿无涯。

游人不管春将老，来往亭前踏落花。

[注释]

①丰乐亭：作者欧阳修在庆历年间任滁州知州时所建。当时，他曾专门写了一篇《丰乐亭记》，生动地记述了建亭的经过和周围的风光，并由苏轼书后刻石。于是，三美（美文、美书、美景）兼具的丰乐亭，便为这里平添了一处游览的胜景。

[点评]

《丰乐亭游春》三首都是描写丰乐亭迷人春色的，而本诗则着重描写这里的暮春时节。首句速写大景，"红树青山"使人想起唐人李白《送友人》诗中"青山横北郭，白水绕东城"的意境；而"日欲斜"则点明此时已将要"白日依山尽"了。次句特写一望无边的萋萋草色，又使唐人崔颢《黄鹤楼》诗中"晴川历历汉阳树，芳草萋萋鹦鹉洲"的意境展现在读者的眼前。三句的"游人不管春将老"，言游人之爱春、恋春；四句的"来往亭前踏落花"，则又给人一种"踏花归来马蹄香"的感觉。而第三、四两句连在一起，更表现了一种熙熙攘攘的、热闹而有序的、活泼而自在的春游之景。

顾名思义，"丰乐亭"蕴含了诗人祈望四季五谷丰登、百姓安家乐业的本意。而本诗所展现的，也正是这里一幅幅喜气洋洋的精彩画面。如"红树""青山""绿草"等缤纷的色彩；又如"踏落花"给人以五彩缤纷的遐想，等等，无不着意地体现着诗人这一良好的意愿。

采桑子

（十首选四）

欧阳修

轻舟短棹西湖好，绿水逶迤。芳草长堤。隐隐笙歌处处随。

无风水面琉璃滑，不觉船移。微动涟漪。惊起沙禽掠岸飞。

画船载酒西湖好，急管繁弦。玉盏催传。稳泛平波任醉眠。

行云却在行舟下，空水澄鲜。俯仰留连。疑是湖中别有天。

群芳过后西湖好，狼藉残红。飞絮濛濛。垂柳阑干尽日风。

笙歌散尽游人去，始觉春空。垂下帘栊。双燕归来细雨中。

天容水色西湖好，云物俱鲜。鸥鹭闲眠。应惯寻常听管弦。

风清月白偏宜夜，一片琼田。谁羡骖鸾？人在舟中便是仙。

[点评]

宋代著名词人欧阳修，晚年退居颍州时一气写了十首组词《采桑子》。正如词人在组词前边的《西湖念语》中所写："清风明月，幸属于闲人。并游或结于良朋，乘兴有时而独往……曲水临流，自可一觞而一咏。"而这里所选，则是尤为脍炙人口的四首。

"轻舟短棹"一阕，泛写西湖荡舟、寻幽探胜之所见，词人在每个名词之后配以动词或形容词，如"西湖好""绿水逶迤""笙歌处处随""琉璃滑""觉船移""掠岸飞"等，始终使全词处于一种动感之中，勾画出一幅生动的盎然春意图。"画船载酒"一阕，着重描写湖上畅饮时的特殊情景与醉酒状态，而歇拍的"疑是湖中别有天"，则惟妙惟肖地表现了饮酒者不知湖在天上或是天在湖中的"错乱"

神态。"群芳过后"一阕,一反常规地特意描写"狼藉残红,飞絮濛濛""笙歌散尽游人去""双燕归来细雨中"的微妙感受和不易为人觉察的情绪波澜,给读者留下很大的回味余地。如果说以上三阕都是词人对于白天动态西湖的精彩描写的话,而"天容水色"一阕,则对于夜晚静态西湖也进行了非常动人的表现:上片偏重从"应惯寻常听管弦"中衬出"鸥鹭闲眠",人与自然是如此协调地生活在一起;下片则侧重从"一片琼田"中推出"人在舟中便是仙",使游人那已经十分厌倦、疲累的身心得以自由、快活与逍遥,真可谓"不虚此行"矣!

泊船瓜洲①

王安石

京口瓜洲一水间,钟山只隔数重山②。

春风又绿江南岸,明月何时照我还?

[注释]

①瓜洲:在今江苏省邗江县南临江处。
②京口:即今江苏省镇江;钟山:即南京紫金山。

[点评]

这是一首脍炙人口的绝句,并且以"春风又绿江南岸"一句尤为著名。

本诗写于作者二度拜相的进京途中,全诗充满了一种愉悦的气氛和欢快的情调。首句写从"京口"到"瓜洲"仅有"一水间"(长江)之隔,次句写从"钟山"到"瓜洲"也才有"数重山"之远——诗人这种着意的艺术夸张,不仅与他此时此刻的心情已达一种十分的协调境界,而且显示了他成竹在胸、蔑视一切困难的气度。第三句中的"春风"二字,既是节候中的春天之风,更是政治上的"皇恩浩荡"，于是才有了"又绿江南"之说。而这里的"江南"，既是地理上的江南，又是诗人所在的处所。四句的"明月何时照我还"，于一路的轻快之中更流露出对于"江南"大地的钟情与留恋。

关于"春风又绿江南岸"一句中"绿"字的推敲修改，流传有多种不同的版本。而此"绿"字的运用之妙，还在于以小见大地表现了一种由此及彼的动态感、层次感和画面感。大家手笔，由此可见一斑矣！

书湖阴先生壁①

（二首选一）

王安石

茅檐长扫静无苔，花木成畦手自栽。

一水护田将绿绕，两山排闼送青来。

[注释]

①书……壁：古代常见的一种作品发表形式，即将作品题写在一块较大、较醒目的墙壁上供人阅读。湖阴先生：即作者的朋友杨德逢，号"湖阴先生"。

[点评]

本诗前两句描写"湖阴先生"家清幽而静洁的环境和"花木成畦"的劳动果实，"无意"之中已经将这位先生的精神风貌表达得脱俗而飘逸。后两句诗是对句，诗人这一匠心独运的结构安排，已使这里的自然景物人格化，与主人公之间已经达到一种"物我"无间的天然境界——生动的素描，清丽的语言，盎然的趣味，无不处处表现了诗人高妙的艺术功力。

葛溪驿①

王安石

缺月昏昏漏未央②，一灯明灭照秋床。

病身最感风露早，归梦不知山水长。

坐感岁时歌慷慨，起看天地色苍凉。

鸣蝉更乱行人耳，正抱疏桐叶半黄。

[注释]

①葛溪驿：在今江西省弋阳。驿，即古代官府所设的驿馆、官舍。
②漏：即古代计时用的漏壶。未央：未尽，未已。

[点评]

　　作品紧扣诗题，将主要场景设定在驿站里。首联点明时间（晚上）和季节（秋天），并将天上的"缺月"和馆舍里的"一灯"进行大与小、远与近、昏与明的对比描写，表现诗人独眠驿舍之夜的寂寞和思乡情绪。"漏未央"三字，表明诗人辗转反侧、内心烦乱的时间之久。颔联可说是对于人生一种细致入微的体验，细腻而真切。颈联两句，一写自己人生的壮怀激烈、慷慨悲歌，一写家国天地的苍凉景色、忧乐之情——其实，自己与家国在这里已经合二为一、兼而有了。尾联侧重表现次日征途的景象：一幅"蝉鸣疏桐"图，更寄寓了诗人深刻的家国之思。

　　不过，从技术的角度而言，颔联中的"风露早"与"山水长"平仄不对，颈联中的"歌慷慨"与"色苍凉"句法不对，而全诗也重出两个"感"字——对于大家而言,这不能不是几处应该避免的伤病。而如果将"风露早"改为"风霜早",将"坐感"改为"坐觉",将"色苍凉"改为"叹苍凉",既无妨于诗意的准确表达,又医好了几处硬伤,不知这位王家先辈以为然否?

桂枝香

金陵怀古[①]

王安石

登临送目,正故国晚秋[②],天气初肃。千里澄江似练[③],翠峰如簇。征帆去棹残阳里,背西风、酒旗斜矗。彩舟云淡,星河鹭起[④],画图难足。　　念往昔、繁华竞逐。叹门外楼头[⑤],悲恨相续。千古凭高对此,漫嗟荣辱[⑥]。六朝旧事随流水[⑦],但寒烟芳草凝绿。至今商女,时时犹唱,后庭遗曲[⑧]。

[注释]

①金陵:古邑名,在今南京市清凉山。后人常用作南京市的别称。

②故国:因为南京曾经是六朝的国都所在,所以这里仍然是南京的代称。

③澄江似练:隐括谢朓《晚登三山还望京邑》诗意:"余霞散成绮,澄江静如练。"

④彩舟云淡,星河鹭起:彩舟指画船,星河本指银河,这里代指长江。

⑤叹门外楼头:典出杜牧《台城曲》:"门外韩擒虎,楼头张丽华。"隋将韩擒虎灭陈后,从京阳井中俘获了陈后主和宠妃张丽华,这里也是代指六朝繁盛与衰败。

⑥漫嗟:空叹。

⑦六朝:指此前曾经定都南京的吴、东晋,以及南朝宋、齐、梁、陈。

⑧后庭遗曲:即陈后主所作《玉树后庭花》,辞甚哀怨,被后人称为亡国之音。《隋书·五行志》有辞云:"'玉树后庭花,花开不复久。'时人以为歌谶,此其不久

兆也。"杜牧诗《泊秦淮》云:"商女不知亡国恨,隔江犹唱后庭花。"

[点评]

本词虽是第一次将历史兴亡引入词作之中,却成为一首同类体裁与题材中的绝唱。当时,词人再次罢相,寓居金陵,虽然在个人仕途上遭遇了重大挫折,但是对于当朝国事却仍然是忧心忡忡。作者在上阕中描写眼前景物,带着一种欣赏的眼光;下阕转写历史人事,却分明又带着慨叹的感情。煞拍的"至今商女,时时犹唱,后庭遗曲"三句,虽不同于杜牧当年晚唐末期的感叹,但是也明显寄寓了词人由"六朝旧事随流水"而来的家国之思。

凤凰台次李太白韵①

郭祥正

高台不见凤凰游,浩浩长江入海流。

舞罢青蛾同去国,战残白骨尚盈丘。

风摇落日催行棹,潮拥新沙换故洲。

结绮临春无处觅②,年年荒草向人愁。

[注释]

①凤凰台:在南京凤凰山上,传说南朝宋永嘉年间,曾经有凤凰翔集于此,故而筑台得名。次……韵:又称步韵,即按照原诗的韵部及韵字顺序作诗。李太白韵:即李白的七律《登金陵凤凰台》。
②结绮、临春:与"望仙"同为陈后主当年所建"三阁"。

[点评]

据说,李白很欣赏唐人崔颢的《黄鹤楼》一诗:"昔人已乘黄鹤去,此地空余黄鹤楼。黄鹤一去不复返,白云千载空悠悠。晴川历历汉阳树,芳草萋萋鹦鹉洲。日暮乡关何处是?烟波江上使人愁。"李白感到一时无法超越,便在留下"眼前有景道不得,崔颢有诗在上头"遗憾的同时,也下了与崔一较高低的决心。后来,他来到金陵凤凰台写下了一首并不常写的七言律诗《登金陵凤凰台》。原诗云:"凤凰台上凤凰游,凤去台空江自流。吴宫花草埋幽径,晋代衣冠成古丘。三山半落青天外,一水中分白鹭洲。总为浮云能蔽日,长安不见使人愁。"

那么,本诗作者郭祥正的这首诗与崔颢的诗相比如何呢?其一,崔诗虽为七言却并非严格意义上的律诗,除第五、六句为名联之外,其余不太讲究平仄,但显得气韵贯通、自由潇洒;郭诗虽为格律谨严的七言律诗,但在气韵上略为滞塞,在联语上略无新意。其二,两诗虽然同为怀古之作,但崔诗因为将关于黄鹤的传说写得美不胜收、精彩绝伦而脍炙人口,郭诗因为拘泥于实地景物而显得缺乏想象,景象一般,全诗并无出彩之句。其三,崔诗语言通俗,自然流畅,几乎句句引人入胜;郭诗似用典似不用典,意义似乎含混不清,令人有故作高深却又捉襟见肘之感。当然,如果再与李白的七律《登金陵凤凰台》相比,则更显得等而下之了。之所以将郭诗选入,是因为编者欣赏他敢与名家一较高低的勇气。这或许与本书的宗旨有所抵牾,但若能让读者自己进行艺术比较后得出孰优孰劣的结论,并从中悟出怎样才能写出好诗的奥妙,也应该是另外一番苦心吧。

雨中登岳阳楼望君山①

（二首选一）

黄庭坚

投荒万死鬓毛斑，生出瞿塘滟滪关②。

未到江南先一笑，岳阳楼上对君山。

[注释]

①岳阳楼：在今湖南省岳阳市洞庭湖畔，乃我国古代江南"三大名楼"之一。其他两座名楼分别是湖北武昌的黄鹤楼与江西南昌的滕王阁。君山：在洞庭湖中与岳阳楼遥遥相望。

②瞿塘滟滪关：即长江三峡中四川段的瞿塘峡和滟滪堆。

[点评]

本诗名为"望君山"，并没有对"君山"进行正面描写，但全诗却始终洋溢着一种旷达的豪情和一股难以抑制的喜悦。诗人久谪巴蜀，遇赦东归，途经岳阳，感慨万端。尤其三、四句"未到江南先一笑，岳阳楼上对君山"，把内心复杂的欢欣之情化为诗人简单的"先一笑"，删繁就简，包容着丰富的思想含量。诗人的另一首诗是："满川风雨独凭栏，绾结湘娥十二鬟。可惜不当湖水面，银山堆里看青山。"奇思壮怀，可谓独得山水之妙！

望海楼①

米 芾

云间铁瓮近青天②,缥缈飞楼百尺连。

三峡江声流笔底,六朝帆影落樽前。

几番画角催红日③,无事沧州起白烟。

忽忆赏心何处是? 春风秋月两茫然。

[注释]

①望海楼:宋代镇江城内由蔡襄题字"望海"的一座阁楼。登楼可以眺望金山寺、甘露寺等美景。

②铁瓮:即铁瓮城,相传为古时镇江的子城,这里代指镇江。

③画角:古代以皮革或竹木制成的管乐器,声音哀厉高亢,多在军中使用,因外加彩绘而得名。形如竹筒,出自西羌。

[点评]

　　作为宋代四大书法家之一,米芾不仅擅书画而且能诗文,这首《望海楼》就是他晚年定居镇江后的一首作品。全诗以写景为主,不仅写出了望海楼的气势,而且描绘出一幅壮观峻美的山水风光图。首联从城高接云的地理环境写起,推出凌空欲飞的望海之楼,奠定了全诗的非凡气度。颔联不仅豪情顿生,而且妙趣横生:滚滚的三峡江声向笔底流注而来,片片的六朝帆影直飘落手中樽前——虚实相生、想象阔远的描写,突出了望海楼的气势峻巍和历史悠久。颈联将"红日"与"白烟"对举,构成了一幅形象丰富、色彩鲜明的暮日长江图。而"画角"之

"催"、"白烟"之"起",更使这幅图画具有一种壮美与飘缈的动感。尾联犹妙,诗人对于"春花秋月"的"茫然",一方面说明了此处四时景色之美各有特点、难分高下,另一方面也略略地表达了诗人积郁心中的伤感之情。

临江仙

信州作①

晁补之

　　谪宦江城无屋买,残僧野寺相依。松间药臼竹间衣。水穷行到处,云起坐看时。　　一个幽禽缘底事? 苦来醉耳边啼。月斜西院愈声悲。青山无限好,犹道不如归。

[注释]

①信州:我国历史上曾经有几个信州,这里指唐乾元元年分衢、饶、建、抚诸州而治的新设信州,治所在今江西上饶。

[点评]

　　本词上阕表现词人初到信州时的主观感受。仅从"谪宦江城无屋买"的描写中,读者可以明显感受到词人晁补之是个清官,感受到他与"残僧野寺相依"的清苦。然而,这却恰恰符合词人那超脱、恬淡的性情。只"松间药臼竹间衣"一句,就给人以丰富的想象空间。关于松者,如:"空山新雨后,天气晚来秋。明月松间照,清泉石上流。"(唐王维《山居秋暝》)如:"泠泠七弦上,静听松风寒。古调虽自爱,今人多不弹。"(唐刘长卿《听弹琴》)如:"松下问童子,言师采药去。只在此山中,云深不知处。"(唐贾岛《访隐者不遇》)关于竹者,如:"衙斋卧听萧萧竹,疑是民间疾苦声。"(清郑燮《潍县署中画竹呈年伯包大中丞括》)又如"独坐幽篁里,弹琴复长啸。深林人不知,明月来相照。"(唐王维《竹里馆》),等等,这里的一阵松涛来,一阵竹风寒,一声药臼响,一角衣衫影,在词人的眼里无不成为一种诗情画意的美感,一种惆怅、清雅的象征。而以下"水穷行到处,云起坐看时",化用王维《终南别业》中"行到水穷处,坐看云起时"两句,由于将句子成分进行了微妙处理,则已被赋予了更为生动深刻的思想内容。

本词下阕,词人转向对于"野寺"景象的客观描写,而这种描写已经具有情节化的感情色彩。那应该是在一个风清日丽的下午,词人无事饮酒至醉,便卧倒在竹间松下乘凉。不知道为什么,一个"幽禽"在词人的耳边不住地悲啼。一直到月斜西院了,那鸟声就显得更加的悲悲凄凄——实际上,这并不是什么鸟鸣,而是词人自己的心声。全词歇拍,委婉地表达了词人的这种尤其强烈心声:"青山无限好,犹道不如归。"

初见嵩山①

张　耒

年来鞍马困尘埃,赖有青山豁我怀。

日暮北风吹雨去,数峰清瘦出云来。

[注释]

①嵩山:即我国五岳之一的中岳,在今河南省登封市北部。

[点评]

实际上,本诗并不直接写山,而是通过表现诗人初次见到嵩山的感觉,传达出诗人自己的一种精神风貌。首句应该是诗人多年以来宦游失意之情的真实写照,次句表明全赖青山使我的胸怀豁然开朗。三句点出次初见嵩山的具体时间(日暮)和天气景况(北风吹雨去),为嵩山的最终出现进行再一次的铺垫。直到结尾的第四句,这座嵩山才"千呼万唤"地出现在读者的面前:"数峰清瘦出云来。"写山乎? 写人乎? 读者诸君自可得出个人的结论来。

池洲翠微亭

岳 飞

经年尘土满征衣,特特寻芳上翠微①。

好山好水看不足,马蹄催趁月明归。

[注释]

①特特:即马蹄声。温庭筠《常林欢歌》:"马蹄特特荆门道。"

[点评]

"好山好水看不足,马蹄催趁月明归"两句,是著名民族英雄岳飞笔下的写景名句,既符合诗人自己一生南北征战、铁马金戈的身份,又表现了诗人难得寻芳、月夜而归的游兴,更写出了诗人对于祖国大好河山的无比热爱。

吴门道中二首

孙　觌

一点炊烟竹里村,人家深闭雨中门。

数声好鸟不知处,千丈藤萝古木昏。

数间茅屋水边村,杨柳依依绿映门。

渡口唤船人独立,一蓑烟雨湿黄昏。

[点评]

　　诗人这两首次韵之作,不动声色地描绘了两幅淡淡的雨中田园图。尤其"数声好鸟不知处""渡口唤船人独立"两句,犹如几个生动脆亮的音符,使这恬淡的乡间显得更为幽静,更充满纯粹田园的诗情画意！而"一蓑烟雨湿黄昏"一句中的"湿"字用得最妙,不仅淋湿了雨中的诗人和诗人的黄昏,并且淋湿了千年以来的读者和读者的感觉。

藏春峡

杨　时

山衔幽径碧如环,一壑风烟自往还。

不似武陵流水出,残红那得到人间?

[点评]

有这样一个故事:一次,美术老师给学生出了一道考试题,根据"十里蛙声出山泉"或"深山藏古寺"画一幅画。一位学生画了一道泉水从深山中蜿蜒而出,并在泉水中画了几个欢蹦乱跳的蝌蚪。另一位学生则在深山的树林中画了一角寺庙,上边还悬挂了一个迎风摆动的金铎。当然,这两个学生都得了高分。

其实,本诗也是这个道理,标题"藏春峡"的关键是如何把春"藏"起来:第一、二两句浓笔重彩,主要描写峡之幽、峡之美。第三句的"流水出"流出一个"藏"字,第四句的"残红"则说明了一个"春"字——三、四两句连起来,不仅轻盈地暗示出自然界的春天(残红)仍藏在这个美丽的峡谷之中,而且巧妙地表现了对于心灵上的春天(武陵)的向往(那得到人间)。

江城子

黄州杏花村馆

谢 逸

　　杏花村馆酒旗风。水溶溶，扬残红。野渡舟横，杨柳绿阴浓。望断江南山色远，人不见，草连空。　　夕阳楼外晚烟笼。粉香融，淡眉峰。记得年时，相问画屏中。只有关山今夜月，千里外，素光同。

[点评]

　　与其说这是一首为"黄州杏花村馆"而题之作，倒不如说这是词人触景生情抒发自己思念之作更为恰当。上阕写景，充分渲染了杏花村馆暮春时节"杨柳绿浓"的江南景色。下阕忆人，表现自己当年此时此地与一个"淡眉""粉香"之人"相问画屏中"的温馨场面——温而不火，香而不腻，情意绵绵，值得回味。全词煞拍，更将怀念延伸到千里之外，只是不知这位"粉香"知己是否还记得他？

鹧鸪天

西都作①

朱敦儒

　　我是清都山水郎②,天教分付与疏狂。曾批给露支风券,累上留云借月章③。　　诗万首,酒千觞,几曾着眼看侯王?玉楼金阙慵归去,且插梅花醉洛阳。

[注释]

①西都:北宋以洛阳为西京,亦称西都。
②清都:传说中天帝的居所。
③给露支风、留云借月:均指调风遣雨的权力。

[点评]

　　这首蕴藉奇绝的短章,非常生动地刻画了词人恣情山水、"头插梅花"、"啸傲王侯"的个性。在上阕中,词人将自己比作一个由天帝派遣并赋予了管理山水权力的仙人,恣意疏狂,不受拘束,可以任意地调风遣雨,留云借月,可谓得意至极,风趣横生。在下阕中,词人先是如数家珍地检点自己的"诗万首"和"酒千觞",并因此而敢于放言:"几曾着眼看侯王?"歇拍两句,则更将这种狂傲之情演绎到了极致:现在,连天帝那里的"玉楼金阙"我都懒得回去了,我还是头插梅花、口饮美酒、畅醉洛阳吧。词人以其具有荒诞色彩的想象之笔,表现了自己特立独行的形象:既不同于"钟鼓馔玉不足贵,但愿长醉不复醒"(李白《将进酒》);也有异于"我欲乘风归去,又恐琼楼玉宇,高处不胜寒"(苏轼《水调歌头》)。尽管词人极想逃避北宋当时那种即将国破家亡的现实,但在实际上,词人对于人间红尘仍是十分留恋的。

晓出净慈寺送林子方

杨万里

毕竟西湖六月中,风光不与四时同。

接天莲叶无穷碧,映日荷花别样红。

[点评]

　　本诗题为送别友人,其实是一首描写西湖风光的绝妙之作。首句以"毕竟"二字领起,直接交代诗人为朋友林子方送行的地点(西湖)和时间(六月);次句犹如诗人带有强烈情感的一声响亮喝彩:"好啊,这里的风光是如此之美!"那么三、四两句就具体地表现了这种美丽的与众不同:"莲叶"接天而碧,"荷花"与日争红——互文修辞加之"无穷""别样"两组副词的使用,造成一种相得益彰的艺术效果,并使这两句诗成为比较少见的结尾对仗佳句。本诗纯用白描,虚实相生,从极为柔美的意象之中表现出十分刚性的壮观之景,是杨万里脍炙人口的代表性绝句之一。

念奴娇

过洞庭

张孝祥

洞庭青草,过中秋、更无一点风色。玉鉴琼田三万顷[①],著我扁舟一叶。素月分辉,明河共影,表里俱澄澈。悠然心会,妙处难与君说。　　应念岭表经年[②],孤光自照,肝胆皆冰雪。短发萧骚襟袖冷[③],稳泛沧溟空阔。尽吸西江[④],细斟北斗[⑤],万象为宾客[⑥]。扣舷独笑,不知今夕何夕?

[注释]

①玉鉴琼田:玉鉴乃玉镜,琼田乃玉田。玉鉴琼田在这里形容洞庭湖水如美玉一般光洁明净。

②岭:这里指五岭以外的两广一带,词人曾任广南西路经略安抚使。表:即外表。

③萧骚:即萧疏。

④西江:长江从此西来洞庭湖,故称。

⑤北斗:暗用《九歌·东君》中"援北斗兮酌桂浆"之意。

⑥万象:自然万物。

[点评]

这首词之所以著名,是因为作者通过对洞庭湖中秋佳节"素月分辉,明河共影""妙处难与君说"景色出神入化的精彩描写,充分表现了他自己"孤光自照,肝胆皆冰雪""悠然心会""表里俱澄澈"的内心世界;是因为作者"尽吸西江,细斟北斗"的奇思妙想、"万象为宾客"的宏大气魄和"扣舷独笑,不知今夕何夕"的哲理性思考,给读者留下了极其深刻的印象。全词将情与景进行了妙不可言的水乳交融,给人以物我两忘的阅读愉悦,使人获得了一次纯净心灵、体验崇高的精神享受。

过垂虹①

姜 夔

自作新词韵最娇,小红低唱我吹箫②。

曲终过尽松陵路,回首烟波十四桥③。

[注释]

①垂虹:即垂虹桥,北宋时建在江苏吴县,乃当时三吴胜景之一。

②小红:顺阳公范成大之家伎,曾与姜夔一道为《疏影》《暗香》二阕新词把琴、吹箫而歌之。

③十四桥:不一定实指,极言"松陵路"之长。

[点评]

　　本诗记载了一个真实而风雅的音乐故事:顺阳公范成大与白石道人姜夔,一诗一词并雄于当时的南宋文坛。一次,范成大向诗友发函征集新作,姜夔就手持自度的《疏影》《暗香》二阕新词以应征。范成大为姜夔的杰作所折服,吩咐自己的家伎当场按谱练习,精通音乐的姜夔便与其家伎一并把琴、吹箫而歌之,使之"音节清婉"。而范成大更是大为激动,将色艺俱佳的家伎小红慷慨地当场相赠。本诗正是姜夔带着小红从范成大别墅所在的石湖回归湖州过垂虹桥时所写,表现了姜夔"自作新词韵最娇,意外载得美人归"的自豪之感与兴奋之情。诗中首句的"韵最娇"三字,既是白石对诗作的自许,也是他自得之情的外溢。

次句定格表现老年词人与妙龄歌伎这次红颜白发的成功配合,该是一段妙不可言的文坛佳话。

钓雪亭①

姜　夔

阑干风冷雪漫漫,惆怅无人把钓竿。

时有官船桥畔过,白鹭飞去落前滩。

[注释]

①钓雪亭:宋宁宗嘉泰三年(1203年),吴江县尉彭法在雪滩"三高祠"旁建亭,据唐人柳宗元《江雪》之诗取名为"钓雪亭"。

[点评]

"千山鸟飞绝,万径人踪灭。孤舟蓑笠翁,独钓寒江雪。"唐人柳宗元的这首仄韵五言古诗,只寥寥二十个字,就从一幅不同凡响的画面中,塑造出一个傲岸不群的艺术形象,表现了诗人独出其类的思想情怀和卓尔不凡的艺术境界。一种凛然高标、超凡脱俗的精神,令读者不禁"悠然心会,妙处难与君说"。姜白石的这首七言绝句,却立足于"惆怅无人把钓竿",便使这座"阑干风冷雪漫漫"之中的"钓雪亭",与柳宗元的《江雪》相比显得更为凄绝与冷清。而"时有官船桥畔过,白鹭飞去落前滩"两句,则尤其反衬出了诗人心情的索寞与冷寂。

扬州慢①

姜　夔

淮左名都②，竹西佳处③，解鞍少驻初程④。过春风十里⑤，尽荠麦青青。自胡马窥江去后⑥，废池乔木，犹厌言兵。渐黄昏、清角吹寒，都在空城。　　杜郎俊赏⑦，算而今、重到须惊。纵豆蔻词工⑧，青楼梦好⑨，难赋深情。二十四桥仍在⑩，波心荡、冷月无声。念桥边红药⑪，年年知为谁生？

[注释]

①本词前有小序云："淳熙丙申至日，余过维扬。夜雪初霁，荠麦弥望。入其城，则四顾萧条，寒水自碧。暮色渐起，戍角悲吟，余怀怆然。感慨今昔，因自度此曲。千岩老人以为有《黍离》之悲也。"至日即冬至日。维扬即扬州。

②淮左名都：扬州位居淮水之东，故称。

③竹西：扬州蜀冈有亭曰竹西。

④初程：即刚刚开始的行程。

⑤⑧春风十里、豆蔻词工：唐人杜牧《赠别》诗云："娉娉袅袅十三馀，豆蔻梢头二月初。春风十里扬州路，卷上珠帘总不如。"

⑥胡马窥江：这里指金兵攻陷扬州事。

⑦杜郎：即指杜牧。

⑨青楼句：杜牧《遣怀》诗云："十年一觉扬州梦，赢得青楼薄幸名。"

⑩二十四桥：扬州在唐代时曾有二十四座桥，至北宋时已经只剩了七座。这里并非实指。

⑪红药:即芍药。

[点评]

姜白石精于音乐,善于自度新声——本词就是他早期初到扬州时的一首优秀的自度作品。全词明显具有这样几个突出的艺术特点:

(一)虚实结合。如上阕一起三句,"淮左名都,竹西佳处"自虚笔开篇,而"解鞍少驻初程"却已落到实处;以下的"过春风十里"为虚,"尽荠麦青青"则为实;"自胡马窥江……犹厌言兵"为虚,"渐黄昏……都在空城"为实;"杜郎俊赏……难赋深情"为虚,"二十四桥……冷月无声"为实;而歇拍的"念桥边红药,年年知为谁生"则又将实化虚,给读者留下情感性的想象空间。

(二)情景交融。本词最经典的情景交融,如上阕中的"过春风十里,尽荠麦青青"和"渐黄昏、清角吹寒,都在空城",词人似乎只是进行不动声色的客观描写,实际上早已将自己的感情深深地融入到里边。

(三)对比描写。本词的对比描写主要表现为:一是相同时间不同景象的对比,如"春风十里"与"荠麦青青"的对比,将春风浩荡与荒芜凄凉如此无情地组合在一起,达到一种无以言说的凄惨效果。二是今昔对比,如"胡马窥江"前后的对比,将昔日的繁华与今日的破败进行比照,更显出作者内心哀痛情感之深刻;三是情景对比,如"渐黄昏、清角吹寒"与"波心荡、冷月无声",就两个特定的时间情景进行比较,笔致清绝哀婉。

(四)拟人化手法的运用。如"胡马窥江""犹厌言兵""冷月无声""红药知为谁生",等等。作为一位著名词人,白石先生能够在一首作品中容纳多种修辞方法,使作品主题达到一种凄美超凡的艺术境界,不能不可谓词中圣手矣!

夜过鉴湖^①

戴 昺

推篷四望水连空，一片蒲帆正饱风。

山际白云云际月，子规声在白云中。

[注释]

①鉴湖:原名镜湖,在今浙江省绍兴西南,堪称我国文化名湖。

[点评]

　　本诗在短短的四句二十八个字中,以传神的遣词、明快的造语和引人入胜的描写,勾画出一幅令人心神俱醉、心旷神怡的图画。在这幅图中,诗人通过着意的词汇重叠使用,于全诗节奏的轻快、旋律的回环往复中更增加了一种难得的音乐美感。次句"一片蒲帆正饱风"中的"饱"字,下得生动新巧又颇具趣味。而"子规声在白云中"一句,则流露出诗人虽然遥远却深切的故国之思。

行香子

题罗浮①

葛长庚

满洞苔钱，买断风烟。笑桃花、流落晴川。石楼高处，夜夜啼猿。看二更云、三更月、四更天。　　细草如毡，独枕空拳。与山麋、野鹿同眠。残霞未散，淡雾沉绵。是晋时人、唐时洞、汉时仙。

[注释]

①罗浮，即罗浮山，在广东省东江北岸。这里风景优美，为粤中游览胜地。东晋时的葛洪曾经修道于此，被道教称为"第七洞天"。

[点评]

本词作者很浪漫，也很休闲。在上阕中，他非常豪爽地以满洞的青苔为钱，要买断大自然所赐予的一个千古山洞。实际上，罗浮山上的梅花可说是远近闻名的一大美景。而词人却写道："笑桃花、流落晴川。"这里暗用了两个典故：一个是唐人张志和小令《渔歌子·渔夫》中的"西塞山前白鹭飞，桃花流水鳜鱼肥"，另一个就是张志和已经暗用了的东晋陶渊明的《桃花源记》。歇拍"看二更云、三更月、四更天"中所表现的那份恬淡与惬意，真不知曾引诱过多少读者的想象。下阕描写词人独自在山洞中与山麋、野鹿等动物同枕共眠，而且恍惚觉得"不知今夕何夕"了：作为南宋时期的自己，却似乎躺在了唐代的山洞里，变成了晋代之人，化为了汉代之仙——在这里，词人对于时空在清醒状态下的"错乱"，似乎在着意表达自己的不食人间烟火。但实际上，却正是他对于南宋社会没落衰亡现实的逃避和无奈。

贺新郎

西　湖

文及翁

一勺西湖水。渡江来,百年歌舞,百年醋醉①。回首洛阳花石尽,烟渺黍离之地②。更不管、新亭堕泪③。簇乐红妆摇画艇,问中流、击楫谁人是④? 千古恨,几时洗? 余生自负澄清志。更有谁、磻溪未遇,傅岩未起⑤。国事如今谁依仗? 衣带一江而已。便都道、江神堪恃。借问孤山林处士⑥,但掉头、笑指梅花蕊。天下事,可知矣。

[注释]

①"渡江来"句:从北宋时期靖康之变的 1127 年,到当时南宋时期宋理宗的 1225 年前后,恰好为百年左右。

②洛阳花石:李格非《洛阳名园记》载:"洛阳以园林著称,多名花奇石。"这里代指中原。黍离:《诗经·王风》名篇,其中反复出现的"彼黍离离"之句,抒发了诗人的故国之思。后人所谓的"黍离"之典即出于此。

③新亭堕泪:新亭又名劳劳亭,三国所建,后成为东晋南渡士人的聚游之地。有一次,大家又相聚新亭饮酒,周侯唉声叹气地说:"风景不殊,正自有山河之异。"大家听了,不禁相视泪流。只有王丞相猛然脸色一变说:"当共戮力王室,克复神州,何至做楚囚相对?"

④击楫:见张孝祥《水调歌头·闻采石矶战胜》注⑩。

⑤磻溪:吕尚当年垂钓并恩遇周文王之地。傅岩:传说为傅说当年隐居版筑并恩遇商王武丁之地。

⑥孤山林处士:孤山即西湖孤山,林处士即人称梅妻鹤子的和靖先生林逋。

[点评]

　　本词苍凉悲愤、沉郁哀绝,痛斥南宋一朝为了偏安而奉行的远志士、近凡庸,使得朝野无人甚至于醉生梦死的愚蠢国策,犀利而深刻。上阕起句的"一勺西湖水",可谓一石三鸟:首先扣紧词题《西湖》,抓住临时首府杭州的主要地理特点,为全词围绕展开的内容树立了重要标的;同时将"西湖"夸张地比喻为小小的一个"一勺水",可谓绝妙至极;第三,将"西湖"的自然之美和相对于整个国土的渺小极为凝练地浓缩在五个字之中,没有深厚的艺术功力是无法企及的。以下的"百年歌舞,百年酣醉"以及"千古恨""天下事"等,正是在这句话的比衬之下,更恰似黑色幽默一般具有了相当残酷的讽刺意义。

金陵驿

(二首选一)

文天祥

草合离宫转夕晖,孤云漂泊复何依?

山河风景元无异,城郭人民半已非。

满地芦花和我老,旧家燕子傍谁飞?

从今别却江南路,化作啼鹃带血归。

[点评]

　　本诗是作者在被捕之后途经金陵前往元都燕京时所作。

　　金陵曾经是南宋初期高宗短期留驻之处,行宫建设得气派豪华,金碧辉煌。首联从当时这里的满目疮痍、一片凄凉之中,象征地暗示了南宋小王朝的行将覆灭,并由此想到自己的"孤云漂泊"和无复所依。颔联运用对比的手法,承上感叹时世的山河依旧与人事已非。颈联继续运用比喻的手法,写自己正像那芦花一样随风满地飘零,也从"旧时王谢堂前燕"的无处依傍中写出了心中的黍离之悲和家国之感。尾联写得悲壮而悲怆,比荆轲"风萧萧兮易水寒,壮士一去兮不复还"的气概更为决绝和感人。而"带血归"三字,却又表现了诗人对故国山河的依依深情和无比留恋。

高阳台

西湖春感

张 炎

接叶巢莺,平波卷絮,断桥斜日归船。能几番游?看花又是明年。东风且伴蔷薇住,到蔷薇、春已堪怜。更凄然,万绿西泠①,一抹荒烟。　当年燕子知何处?但苔深韦曲②,草暗斜川。见说新愁,如今也到鸥边。无心再续笙歌梦,掩重门、浅醉闲眠。莫开帘,怕见飞花,怕听啼鹃。

[注释]

①西泠:杭州地名,接近孤山名胜风景区。
②韦曲:古镇,因唐代时的诸韦居此而得名,即今天陕西省的西安市长安区。这里前临潏水,风景秀丽。杜甫有诗云:"韦曲花无赖,家家恼杀人。"此处代指杭州。

[点评]

　与一般描写西湖诗作的轻快笔调不同,本词虽然遣词婉丽,情感强烈,但色彩暗淡,情调凄凉。纯粹是为南宋王朝所唱的一首凄婉的悲歌。

上阕开篇,即以一幅暮春的画面暗喻出一种亡国的哀伤。"能几番游"一问,语气虽淡,却透出作者内心深深的叹息。以下至"到蔷薇、春已堪怜"处,更表现出词人面对春色爱恨交加、五味俱全的复杂心理感受。过片的"当年燕子"一句与上阕的"斜日归船"一句,呼应出"旧时王谢堂前燕,飞入寻常百姓家"(刘禹锡《乌衣巷》)的感慨与惆怅。而煞拍的"莫开帘"三句,更委婉地表现了词人不堪春色、悲从中来的凄怆心情。

沙湖晚归

朱德润

山野低回落雁斜,炊烟茅屋起平沙。

橹声归去浪痕浅,摇动一滩红蓼花。

[点评]

我们从诗句所提供的信息中可以推断,本诗所写乃为一天的傍晚景色:首句的山野在"落雁斜"中"低回"旋转,次句的"茅屋"在袅袅"炊烟"中起自"平沙"——这一上一下、一回一起的描写,很像电影中的摇动镜头一样,非常令人感动。三、四两句将镜头从大处拉回,对准沙湖来了一个特写:橹声归去,言有人刚刚在此送别;蓼花摇动,言山水多情之恋。一首小诗写得如此情致婉切,岂不妙乎?

精忠报国

留取丹心照汗青

渔家傲

范仲淹

塞下秋来风景异,衡阳雁去无留意[①]。四面边声连角起。千嶂里,长烟落日孤城闭。　　浊酒一杯家万里,燕然未勒归无计[②]!羌管悠悠霜满地[③]。人不寐,将军白发征夫泪。

[注释]

①衡阳雁去:衡阳在今湖南省南部。据传说,大雁在每年冬天南飞至此即回,这里至今仍有回雁峰等古迹。

②燕然未勒:燕然即燕然山,又名杭爱山,在今蒙古国境内。东汉元年,大将窦宪与耿秉在此击败北匈奴后,登燕然山勒石而归。

③羌管:即羌笛。唐人王之涣《凉州词》诗云:"羌笛何须怨杨柳,春风不度玉门关。"

[点评]

这是一首沉郁悲壮、千古流传的绝妙好词。

上阕主要表现边塞战区的"风景异":词人先后将"秋""雁""边声""千嶂""长烟""落日""孤城"等主要的特色景物,用"来""去""无""连""起""闭"等动词进行一系列特定的排列组合,层层重叠地描绘出一幅幅萧瑟、荒凉、悲壮、动人的边城秋色图。下阕主要表现边塞将军的"人不寐":词人顺序将"浊酒一杯""家""燕然""羌管""霜""白发""征夫泪"等有关的特色事物,用"未勒""归""悠悠""满地"等动词加以着意的联系,就使戍边将军心中浓重的乡愁和无法凯旋的苦闷心情得到了形象生动的反映。本词充溢的悲凉情调和人生感慨,至今犹能给读者以深深的感染。

感　愤

王　令

二十男儿面似冰，出门嘘气玉霓横。

未甘身世成虚老，待见天心却太平。

狂去诗浑夸俗句，酒余歌有过人声。

燕然未勒胡刍在，不信吾无万古名。

[点评]

好一个铁面男儿的形象！只"出门嘘气玉霓横"一句，就已经见出诗人的气度与胸怀。但是，诗人是如此的气壮山河，而"天心"却似乎"太平"无事——偏安一隅的南宋小朝廷，不知冷了多少热血男儿的报国雄心。所以，本诗将诗题标为《感愤》——既感慨，又愤怒，可谓名副其实。

夏日绝句

李清照

生当作人杰，死亦为鬼雄。

至今思项羽①，不肯过江东。

[注释]

①项羽：秦末农民义军将领，秦亡后曾自封为西楚霸王。在楚汉战争中为刘邦所败，从垓下突围后，因自感愧对江东父老而自刎于乌江江边。

[点评]

什么是女中豪杰？这才是！什么是巾帼英雄？这才是！

从这首诗来看，李清照不是一位仅仅会写"凄凄惨惨戚戚"的弱女子，更是胜过须眉伟丈夫！正当金人大举入侵、北宋岌岌可危的国破家亡之际，这位才女拍案而起了，用她纤弱的笔写下了这首豪情万丈、雄冠千古的《夏日绝句》。当时投降派中的赵构、秦桧等"男人"之流相形之下，他们不仅可恨、可耻，甚至显得非常的可怜了。

贺新郎

寄李伯纪丞相①

张元干

曳杖危楼去②。斗垂天、沧波万顷，月流烟渚。扫尽浮云风不定，未放扁舟夜渡。宿雁落、寒芦深处。怅望关河空吊影，正人间、鼻息鸣鼍鼓③。谁伴我，醉中舞。　　十年一梦扬州路④。倚高寒、愁生故国，气吞骄虏。要斩楼兰三尺剑⑤，遗恨琵琶旧语⑥。谩暗涩、铜华尘土。唤取谪仙平章看⑦，过苕溪、尚许垂纶否⑧？风浩荡，欲飞举。

[注释]

①李伯纪丞相：即当朝主张抗金的丞相李纲。

②危楼：指高楼。

③鼻息鸣鼍(tuó)鼓：指人熟睡的鼻息像鼍鼓一样。鼍，水中动物猪龙婆。

④十年一梦扬州路：借用唐人杜牧《遣怀》中的诗句："十年一梦扬州路，赢得青
楼薄幸名。"

⑤要斩：即腰斩。楼兰：汉代西域国之一。汉武帝时期，楼兰国挡在通往大宛的
必经之路上，并且不断袭击汉朝使者。汉昭帝派遣傅介子出使西域并斩楼兰国
王，以功封侯。

⑥琵琶语：唐人杜甫《咏怀古迹》云："千载琵琶作胡语，分明怨恨曲中论。"是指
汉代王昭君出塞和亲的故事。

⑦谪仙：李白雅号谪仙；平章：即评论。这里的意思是把李白请来进行评论。

⑧垂纶：相传吕尚曾在遇到周文王之前垂钓于磻溪水畔。这里的意思是与李纲
一起隐居。

[点评]

　　宋高宗绍兴八年，南宋向金国屈辱求和。以李纲为代表的抗金派纷纷免职
遭遣。张元干作为抗金派成员，通过这首写给丞相李纲的慷慨之作，不仅表达了
对于李纲在政治上的支持，同时也表达了他自己继续抗金的强烈愿望。

　　全词上片设置了一个月光如水、星斗垂天的阔大景象。正是在这个特殊的
夜晚，词人"曳杖危楼""怅望关河"，顿生出"众人皆睡我独醒"的孤独之感。不
过，因为这是一首寄给李纲的作品，所以在"谁伴我，醉中舞"的感慨中，自然暗
示出"君伴我，醉中舞"的弦外之音。词的下片直抒胸臆，通过"腰斩楼兰"和"琵
琶旧语"两个典故借古喻今，写出了偏安求和的屈辱和英雄无用武之地的遗恨。
全词虽然在情感上悲愤沉郁，但是在格调上慷慨激昂，历来被认为是张元干词风
特色和爱国思想的代表之作。

题青泥市寺壁①

岳 飞

雄气堂堂贯斗牛,誓将真节报君仇②。

斩除顽恶还车驾③,不问登坛万户侯。

[注释]

①青泥市:在今江西新淦县。当时,岳飞曾奉命平定虔州、吉州之盗乱——其实是镇压当地的农民起义——路过青泥,题诗于萧寺壁间。
②君仇:指金兵于靖康二年攻克汴京后将徽钦二帝及宫中人等掳往北国事件。
③还车驾:即迎接徽钦二帝回国。

[点评]

就岳飞而言,他一直将忠君与爱国等同为一,既是历史局限,也是悲剧所在。本诗最后一句的"不问登坛万户侯",充分展示出他高出他人、高出时代的思想境界。一心只为雪国耻、报君仇的岳飞,尽管还不可能分清"国"与"君"的区别,但是这比起只为求功名、荫妻子的世俗目的来说,真的不知要高出多少倍。

满江红

写　怀

岳　飞

怒发冲冠^①，凭栏处、潇潇雨歇。抬望眼、仰天长啸^②，壮怀激烈。三十功名尘与土^③，八千里路云和月^④。莫等闲，白了少年头^⑤，空悲切。　　靖康耻^⑥，犹未雪；臣子恨，何时灭？驾长车、踏破贺兰山缺^⑦。壮志饥餐胡虏肉，笑谈渴饮匈奴血^⑧。待从头收拾旧山河，朝天阙^⑨！

[注释]

①怒发冲冠：因愤怒头发把帽子（冠）顶了起来。典出《史记·廉颇蔺相如列传》："相如因持璧却立，倚柱，怒发上冲冠。"

②长啸：古人常常高声长叫借以发泄胸中的郁闷之气。

③"三十"句：岳飞当时刚刚年过三十，他把自己所建立的功业视为粪土一样微不足道。

④"八千"句：岳飞所追求的是纵横万里，驰骋疆场，为国而战。

⑤等闲：随便，轻易。

⑥靖康耻：宋钦宗靖康二年（1117年），金国大举南侵并攻克汴梁，徽钦二帝被掳，象征着北宋的灭亡。

⑦贺兰山：位于今宁夏、内蒙交界处。

⑧"壮志"二句：苏舜钦《吾闻》诗曰："马跃践胡肠，士渴饮胡血。"这里表示对于敌人种种罪行的极度仇恨。

⑨天阙：古代皇宫之前的望楼，这里代指君王。

"精忠报国"是岳飞生前的誓言,同时也是他身后的象征。而这首词,就是岳飞自己对于"精忠报国"深刻内涵的最好阐释。

词的上片,开篇就连续描写了"冲冠""凭栏""抬望""仰天""长啸"等一系列的动作,喷发式地表达了词人气冲斗牛、气贯长虹的壮志雄心和豪迈气概。"三十功名尘与土,八千里路云和月"两句,是他建功立业、报效祖国强烈愿望的诗意表达与形象描写。歇拍的"莫等闲,白了少年头,空悲切"之句,则早已成为激励后进的千古警句并广为流传。过片的"靖康耻,犹未雪;臣子恨,何时灭"四个短句,不仅在艺术结构上承前启后,而且在思想内容上已将作者的个人功名与整个国家的安危紧密地联系在一起:即上片写个人功名,下片写国家安危。实际上,岳飞一生所追求的功名,根本不是他个人的登坛拜将、封妻荫子,而是早就雄心勃勃于迎还徽钦二帝、恢复中原河山。殊不知宋高宗、秦丞相之流不仅不买他的账,而且最终耿耿于怀地将他置于死地……有鉴于此,笔者曾有一首绝句《过朱仙镇感题岳飞庙》云:"还我河山怒发冲,金牌十二斩精忠。无端三字伤千古,犹见残阳泣悲风。"同时还为朱仙镇岳飞庙题了一副对联:"怒发冲冠,残云蔽月,还我河山成一梦;金牌遗恨,铁骑悲风,竭忠功过问千秋。"对此,不知读者诸君以为然否?

水调歌头

闻采石矶战胜[①]

张孝祥

雪洗虏尘静,风约楚云留[②]。何人为写悲壮?吹角古城楼。湖海平生豪气,关塞如今风景[③],剪烛看吴钩[④]。剩喜燃犀处[⑤],骇浪与天浮。　　　忆当年,周与谢⑥,富春秋。小乔初嫁⑦,香囊未解⑧,勋业故优游。赤壁矶头落照,淝水桥边衰草,渺渺唤人愁⑨。我欲乘风去,击楫誓中流⑩。

[注释]

①采石矶战胜:指虞允文在宋高宗绍兴三十一年于采石矶督舟师战胜金主完颜亮之事。

②风约楚云留:作者当时在抚州,未能亲自参战。因为抚州旧属楚地,故云。

③"湖海"两句:据《三国志·陈登传》载:"陈元龙(登)湖海之士,豪气未除。"又据《世说新语·言语》载:"风景不殊,正自有山河之异。"

④吴钩:古代吴地制造的一种弯形宝刀。唐人李贺《南园》诗云:"男儿何不带吴钩? 收取关山五十州。"

⑤燃犀:即照妖之意。据《晋书·温峤传》载,苏峻兵反,温峤奉命平叛。还"至牛渚矶(采石矶),水深不可测。世云水下多怪物,峤遂燃犀角而照之。须臾见水族覆灭,奇形异状,或乘马车著衣者"。

⑥周与谢:即周瑜与谢玄。周瑜曾与刘备联合,在长江赤壁大胜北方的来犯之敌曹操;谢玄曾在淝水大胜北方的来犯之敌符坚。就在水上击败北方的来犯之敌这一点,虞允文的采石矶之战与他们有着很多的相似之处。

⑦小乔初嫁:吴国乔玄的两个女儿大乔和小乔,都有倾城倾国之貌。大乔嫁给了孙策,小乔嫁给了周瑜。

⑧香囊未解:谢玄年轻时爱好佩戴香囊。

⑨淝水桥:这里代指"淝水之战";渺渺:辽阔而遥远。

⑩击楫:《晋书·祖逖传》:"(逖)仍将本部流徙部曲百余家渡江,中流击楫而誓曰:'祖逖不能清中原而复济者,有如大江。'"后常以此典故形容某人的慷慨志向。

[点评]

　　这是一首高亢的欢庆胜利的祝捷之歌。
　　上阕基本包含三层意思:起句"雪洗虏尘静,风约楚云留"为第一层,首先写采石矶之战大捷,写自己因为没有接到皇帝的命令而未能参战,言语之外流露出无比的遗憾。从"何人为写悲壮"到"剪烛看吴钩"为第二层,写自己虽然未能参战,但还是为我军的胜利感到无比兴奋,并在"吹角古城楼"的背景之下赋此词以表示庆祝。"湖海平生豪气"以下三句,写自己取出久已不用的"吴钩"于灯下观看——此情此景,不仅令人想起后来者辛弃疾《破阵子》中"醉里挑灯看剑,梦回吹角连营"的著名词句,二者同样具有随时准备为国杀敌的壮志雄心。歇拍两句为第三层,用一个"燃犀"的典故,写出了自己对于彻底战胜金军的信心。

下阕也有三层意思:过片的"忆当年,周与谢,富春秋"三句为第一层,写词人想起了周瑜和谢玄两个古代的英雄。第二层从"小乔初嫁"到"渺渺唤人愁"六句,通过分别赞颂少年周瑜和谢玄当年建功立业时的英雄气概,来衬托自己至今仍然没有功名的伤感。尽管如此,词人并没有任何的颓丧,继续写出自己抗击侵略的远大抱负——也就是本词下阕的第三层意思:"我欲乘风去,击楫誓中流。"

水调歌头

平山堂用东坡韵①

方 岳

秋雨一何碧?山色倚晴空。江南江北愁思,分付酒螺红②。芦叶蓬舟千里,菰菜莼羹一梦③,无语寄归鸿。醉眼渺河洛,遗恨夕阳中。　　萍洲外,山欲暝,敛眉峰。人间俯仰陈迹,叹息两仙翁④。不见当时杨柳⑤,又是从前烟雨,磨灭几英雄?天地一孤啸,匹马又西风。

[注释]

①平山堂:欧阳修当年在扬州时所修。据《扬州府志》载:"平山堂在郡城西北五

里大明寺侧,宋庆历八年郡守欧阳修建。临堂远眺,江南诸山皆拱揖槛前,山与堂平,故名。"苏轼曾有《水调歌头·黄州快哉亭赠张偓佺》词一首,词曰:"落日绣帘卷,亭下水连空。知君为我新作,窗户湿青红。长记平山堂上,欹枕江南烟雨,杳杳没孤鸿。认得醉翁语,山色有无中。　　一千顷,都镜净,倒碧峰。忽然浪起,掀舞一叶白头翁。堪笑兰台公子,未解庄生天籁,刚道有雌雄。一点浩然气,千里快哉风。"方岳本词即用东坡原韵。

②酒螺红:指红螺酒杯。

③菰菜莼羹:据《晋书·张翰传》载,当时在洛阳做官的江浙人张季鹰,每到洛阳城里秋风一起,便不由自主地想到家乡美味的鲈鱼、菰菜和莼羹,实际上是作者颇有弃官归隐之意。

④两仙翁:指醉翁欧阳修和坡仙苏轼,参见本词注释①。

⑤杨柳:欧阳修当时修建平山堂之后,还在堂内亲植柳树,被后人亲切地称为"欧公柳"。

[点评]

本词名为吊古,实为伤时。在上阕,作者先写在一场秋雨初晴之后来到北宋先贤的遗迹平山堂上,心头布满了"江南江北愁思",并且不由地借酒浇愁。以下的"芦叶""蓬舟""菰菜""莼羹",是作者的江南之愁,而"河洛""遗恨",则是作者的江北之愁——而无论是江南之愁或者江北之愁,却都不是作者的一己私愁。那么又是什么让他如此发愁呢? 本词下阕写道:"人间俯仰陈迹,叹息两仙翁……又是从前烟雨,磨灭几英雄? 天地一孤啸,匹马又西风。"作为北宋空怀大志的"两仙翁",欧阳修和苏轼先后屡屡遭贬,不得一展鸿愿——而历史上像他们这样为"风雨"所"磨灭"的"英雄"人物,谁知道又有多少呢? 全词歇拍,卒章显志,更充分表现了作者孤傲不驯、矢志不移的品性。

北行别人^①

谢枋得

雪中松柏愈青青，扶植纲常在此行^②。

天下岂无龚胜洁，人间不独伯夷清^③。

义高便觉生堪舍，礼重方知死甚轻。

南八男儿终不屈^④，皇天上帝眼分明。

[注释]

①北行：根据《宋史》记载，元人统一中原十多年，大量访求并启用南宋旧臣为官，谢枋得便是被重点荐用者之一。在他反复辞聘之后，终被捕获并被强行押解大都。这七律就是在即将北行之际给朋友所留的诀别诗。

②纲常：即封建社会所遵从的"三纲五常"。"三纲"是"君为臣纲，父为子纲，夫为妻纲"，"五常"是"仁、义、礼、智、信"。这里特指"君为臣纲"。

③龚胜：西汉人，为哀帝时期的光禄大夫。王莽篡汉之后，曾欲拜龚胜为讲学祭酒，龚胜在声明"岂以一身事二姓"之后绝食十四天而亡。伯夷：商代孤竹君之子。商为周所灭之后，伯夷和弟弟叔齐以食用周粟为耻，便逃进首阳深山采摘薇菜为生，终至饿死在首阳山上。

④南八：即唐朝时期的南霁云，因排行为八所以又称南八。当睢阳城被安史乱军攻破之后，他与守将张巡同时为乱军所俘。张巡对南霁云高呼："南八，男儿死尔，不可为不义屈！"霁云朗声大笑说："公有言，云敢不死！"说罢，二人便慷慨就义。

　　诗一开笔,便给人一种凛然不可侵犯的正直之感、正义之气。"雪中松柏"的比喻非常好:元军是北方突来的无情风雪,自己是抗击风雪的傲然松柏。风雪虽狂而松柏益坚。"大雪压青松,青松挺且直。要知松高洁,待到雪化时。"陈毅元帅的绝句,简直就是谢枋得这首七律的最佳注脚。颔联连续举出两位古代的忠臣义士为例,表明自己也要为"天下"之"洁"、效"人间"之"清"的决心。颈联直接阐述自己面对抉择的"生死观",并决定舍生取义。"南八男儿终不屈,皇天上帝眼分明"——尾联继续申明自己必死的决心,表示此心可鉴并无愧于"皇天上帝"。

　　"鸟之将死,其鸣也哀;人之将死,其言也善。"即将面对死亡的诗人,所最后留给朋友的这首诗,无疑也是他生命的最终遗言。虽说也难免因时代局限而留下"愚忠"痕迹,但他留给后人的爱国精神,却是值得我们铭记和学习的。

过零丁洋①

文天祥

辛苦遭逢起一经,干戈寥落四周星②。

山河破碎风飘絮,身世浮沉雨打萍。

惶恐滩头说惶恐,零丁洋里叹零丁③。

人生自古谁无死?留取丹心照汗青④。

[注释]

①零丁洋:即今广东省中山县南边的海面。

②起一经:指诗人于宝祐四年应科举考试中明经第一名,也指通过十年寒窗、苦读经书而博取功名。四周星:作者从德祐元年起兵勤王到祥兴元年被金兵俘获北上,恰恰为四年。星在这里指岁星。

③惶恐滩:在江西赣江上由万安到赣州一段十八个滩头中最为险恶的一个即为惶恐滩。原名"黄公滩",后由于音近而讹称"惶恐滩"。零丁:同"伶仃"。

④汗青:古人在竹简上写字之前,须将竹简用火烤干水分,既易于书写又可防虫蛀。这个过程被称为"汗青",后来也用为成书之意。

[点评]

本诗是南宋民族英雄文天祥最为著名的诗篇之一。当时,身为宰相但已经兵败被俘的他,被叛徒、金军统帅张弘范威逼劝说另一位正在崖山御敌勤王的将领张世杰弃城投降,他便以这首诗给张弘范以坚决的回击。

当年,正是南宋灭亡前的最后一年。在面临家国衰败、生死存亡的紧要关头,诗的首联从个人和国家的两件人事写起。"辛苦遭逢起一经",既写自己通过十年寒窗、熟读经书而考取状元之"辛苦",又写国家抗击入侵、而今已经濒临危亡之"遭逢"。德祐元年正月,文天祥捐出全部家财做军费进行抗金活动,至祥兴元年兵败被俘恰恰四年;而"干戈寥落四周星",就是四年来国家整个局势四面败落的最好写照。颔联承上而来,用鲜明的形象、挚烈的感情、贴切的比喻、工稳的对仗,分别突出描写首联中的"遭逢""寥落":正因为"山河破碎"如"风飘絮",才使得"身世浮沉"似"雨打萍"——在这里,个人的命运与国家的危亡已经紧紧地连在了一起。颈联是最富有感情色彩的名联:诗人曾经先后两过"惶恐滩",而现在已是今非昔比,已经从原来仅仅对急流险滩的"惶恐"转为对国家命运的深深"惶恐";诗人虽然初过"零丁洋",但是也已成为对自己抗金失败并被俘之后"孤苦零丁"的慨叹——诗人将"惶恐滩"与"零丁洋"两个地名自然相对,眼前的凄凉景况与心中的凄风苦雨交融一起而不可分,堪称诗家之绝唱矣!由于前边六句的充分渲染与铺垫,诗人将尾联一笔振起并形成全诗的最高潮:"人生自古谁无死?留取丹心照汗青。"其气势之磅礴、气节之高亢、气度之从容,化作一曲誓死不屈、千古不朽的英雄壮歌,古往今来不知影响多少仁人志士为国家、民族而慷慨就义,视死如归。

此后不久的二十来天,南宋王朝随着崖山的陷落和陆秀夫的负帝蹈海而灭亡。于是，张弘范在崖山的一块大石上刻书曰："张弘范灭宋于此。"因为张弘范乃南宋叛徒，所以有人在此话之前加了一个"宋"字，使之成为"宋张弘范灭宋于此"。再后来，更有人在大石上另外刻书道："勒功奇石张弘范，不是胡儿是汉儿。"历史是如此的公正，卖国求荣者终将被钉在历史的耻辱柱上。

正气歌①

文天祥

天地有正气，杂然赋流形②。下则为河岳，上则为日星。于人曰浩然，沛乎塞苍冥③。皇路当清夷，含和吐明庭④。时穷节乃见，一一垂丹青。在齐太史简⑤，在晋董狐笔⑥。在秦张良椎⑦，在汉苏武节⑧。为严将军头⑨，为嵇侍中血⑩。为张睢阳齿⑪，为颜常山舌⑫。或为辽东帽，清操厉冰血⑬。或为出师表，鬼神泣壮烈⑭。或为渡江楫，慷慨吞胡羯⑮。或为击贼笏，逆竖头破裂⑯。是气所磅礴，凛洌万古存。当其贯日月，生死安足论！地维赖以立⑰，天柱赖以尊⑱。三纲实系命⑲，道义为之根。嗟余遘阳九⑳，隶也实不力㉑。楚囚缨其冠㉒，传车送穷北㉓。鼎镬甘如饴㉔，求之不可得。阴房阒鬼火㉕，春院闷天黑㉖。牛骥同一皂㉗，鸡栖凤凰食。一朝蒙雾露㉘，分作沟中瘠㉙。如此再寒暑，百沴自辟易㉚。哀哉沮洳场㉛，为我安乐国。岂有他谬巧，阴阳不能贼。顾此耿耿存，仰视浮白云。悠悠我心悲，苍天曷有极㉜？哲人日已远，典型在夙昔㉝。风檐展书读，古道照颜色。

[注释]

①南宋祥兴元年(1278年)十二月,文天祥在潮阳五坡岭兵败被俘,次年十月被解达元都燕京。此歌作于被囚二年之后,即元世祖忽必烈至元十八年夏天。歌前有序曰:"余囚北庭,坐一土室。室广八尺,深可四寻。单扉低小,白间短窄,污下而幽暗。当此夏日,诸气萃然:风潦四集,浮动床几,时则为水气;涂泥半朝,蒸沤历澜,时则为土气;乍晴暴热,风道四塞,时则为日气;檐阴薪爨,助长炎虐,时则为火气;仓腐寄顿,陈陈逼人,时则为米气;骈肩杂遝腥臊污垢,时则为人气。或圊溷,或毁尸,或腐鼠,恶气杂出,时则为秽气。叠是数气,当侵沴鲜不为厉,而予以羸弱俯仰其间,于兹二年矣,无恙。是殆有养致然,然尔亦安知所养何哉?孟子曰:'我善养吾浩然之气。'彼气有七,吾气有一,以一敌七,吾何患焉!况浩然者,乃天地之正气也。作《正气歌》一首。"

②流形:指天地间各种事物。

③苍冥:指天空。

④清夷:清明而安定。

⑤太史简:据《左传》载,齐大夫崔杼杀齐庄公,太史简书曰:"崔杼弑其君。"崔子杀之。其后,他的两个弟弟继续直书而被杀。直到又一个弟弟还接着这样写,崔子才放过他。太史:古代一种专门记录史事第命文书的官职。简,即古代用于写书的竹简。

⑥董狐笔:据《左传》载,宣公二年,赵盾因避祸出走,其族人赵穿杀晋灵公。(太史)董狐认为责在赵盾,便秉笔直书曰:"赵盾弑其君。"以示于朝。孔子曰:"董狐,古之良史也,书法不隐。"

⑦张良椎:据《史记·留侯世家》载,秦灭韩之后,韩人张良重金募得大力士沧海君,特制百二十斤的大铁椎,于博浪沙狙击秦始皇车队,但却误中副车。

⑧苏武节:据《汉书·苏武传》载,苏武出使匈奴被拘,坚贞不屈,十九年持节不变,最后终于得还祖国。

⑨为严将军头:据《三国志·张飞传》载,张飞奉命攻巴郡并俘获守郡汉将严颜。张要严降,严说:"我州只有断头将军,无降将军。"

⑩为嵇侍中血:据《晋书·嵇绍传》载,晋惠帝永兴元年,侍中嵇绍从惠帝战于汤

阴,危急之中以身挡矢蔽帝,血溅帝身死。战后,左右要取帝衣洗净,帝曰:"此嵇侍中血,勿去。"

⑪为张睢阳齿:据《旧唐书·张巡传》载,唐代安史之乱时,张巡守睢阳。城陷之后,张巡被俘。叛将尹子奇问张巡:"听说将军每逢打仗,都会眦裂出血,嚼齿皆碎?"张巡说:"我是想把逆贼一口吞下去,不过只是力气不够罢了。"尹子奇用大刀撬开张巡的嘴巴,只见他口中所剩的牙齿已经不过三颗了。

⑫为颜常山舌:据《新唐书·颜杲卿传》载,唐代安史之乱时,常山太守颜杲卿起兵讨贼。城破被俘,但是他仍然骂贼不绝。敌人残酷地用刀钩断他的舌头说:"看你还能不能再骂?"颜杲卿在被敌人肢解时,仍然含混不清地骂敌至死。

⑬"或为辽东帽"两句:据《三国志·管宁传》载,汉末政治混乱,管宁避居辽东,着皂帽力田,自励清操终身不仕。

⑭"或为出师表"两句:据《三国志·诸葛亮传》载,蜀汉后主建兴五年,诸葛亮率大军北伐曹魏,出兵前上《出师表》以表其"鞠躬尽瘁,死而后已"之忠心。

⑮"或为渡江楫"两句:即《晋书·祖逖传》载东晋奋威将军祖逖统兵渡江北伐、中流击楫的典故。见本书第114页注⑩。

⑯"或为击贼笏"两句:据《旧唐书·段秀实传》载,唐德宗时朱泚谋反,太尉段秀实唾面大骂,并以笏击泚。泚举臂自卫,中额流血匍匐而走。

⑰地维:古人认为大地有四角,并将之称为地维。

⑱天柱:古人认为,天有八柱承之,故称天柱。

⑲三纲:封建社会的儒家伦理,将"君为臣纲,父为子纲,夫为妻纲"称为三纲,并以之维持社会与家庭的等级秩序。

⑳遘阳九:遘,遭逢;阳九,道家将天厄称为阳九。

㉑隶:原指仆役,这里是诗人对自己的谦称。

㉒楚囚缨其冠:据《左传》载,成公九年,晋侯观于军府,见锺仪,问曰:"南冠而絷者谁也?"有司对曰:"郑人所献楚囚也。"锺仪被俘之后,仍然穿着楚国的衣服,头上插着帽缨以表示不屈。

㉓传车:即古代的驿车。

㉔鼎镬甘如饴:本句意为以遭受鼎镬之苦为甘饴。

㉕阴房阒鬼火:阴房,这里指囚室;阒,寂静;鬼火,指磷火。

㉖阖:锁闭。

㉗牛骥同一皂:牛马同拴在一个马槽上。皂:即马槽。

㉘一朝蒙雾露:有朝一日感染疾病。蒙雾露,即感染疾病。

㉙分(fèn)作沟中瘠:分作:应该;瘠:指枯骨。

㉚百沴(lì)自辟易:各种邪恶之气自己退避。沴:灾气。

㉛沮洳(jù rù)场:指比较低湿的地方。

㉜曷有极:哪里有终极?

㉝典形在夙昔:典形,同典型。夙昔:即往日。

[点评]

　　这是一首真正的浩然正气之歌。第一,作者文天祥以其本身惊天地泣鬼神的生命实践,奠定了创作本诗所必须具备的精神基础;第二,作者文天祥以其无比崇高的思想情怀,充分展示了我国历史上无数仁人志士坚贞的民族气节和爱国节操;第三,全诗大气包举,正气磅礴,真气弥漫,志气昂扬,充分表现了诗人追慕古贤、报效祖国、视死如归的大无畏英雄气概,表现了诗人深厚的历史知识和超绝的艺术才华。

　　阅读本诗,不可略过诗前小序——这是诗人创作本诗之时的生存环境的真实写照。这首光照千古的《正气歌》,正是诗人以一己充盈天地之"浩然正气",抵挡着这里的水气、土气、日气、火气、米气、人气、秽气等种种污浊之气而谱写的一曲生命壮歌!古人所说的"威武不能屈,富贵不能淫,贫贱不能移",非此岂有他哉?

书文山卷后

谢 翔

魂飞万里程，天地隔幽明。

死不从公死，生如无此生。

丹心浑未化，碧血已先成。

无处堪挥泪，吾今变姓名。

[点评]

这是一首别具风骨的爱国诗！诗人曾经率部投军文天祥（号文山），他在文天祥就义之后将此诗题在文天祥的诗卷之后，以表明他对于文山的崇敬，可见他自己精神气质之不凡。特别如"死不从公死，生如无此生"——颔联两句，写出了诗人没有或者说没有机会跟随文山慷慨就义的遗憾。

德祐二年岁旦

（二首选一）

郑思肖

有怀长不释，一语一酸辛。

此地暂胡马，终身只宋民。

读书成底事,报国是何人?

耻见干戈里,荒城梅又春。

[点评]

　　首联"有怀长不释,一语一酸辛"两句:新年之际,诗人不言喜悦却只道愁怀与辛酸,可见这种愁怀与辛酸是多么的沉重。而这样的结果是由于什么原因造成的呢? 颔联写道:"此地暂胡马,终身只宋民。"面对元人的铁蹄,诗人对天祷告:但愿胡马对于中原的践踏只是暂时,而我自己无论如何都是心向大宋的。但是,颈联却又表现出一个书生的无奈与忧虑:安静读书已经不再可能,而能够挺身报国的又会是谁呢? 尾联展望新的一年,不仅没有看到什么新的希望,反倒似乎看到了老杜《春望》里的情景:"国破山河在,城春草木深。"忧国忧民之情溢于言表。

寒　菊

郑思肖

花开不并百花丛,独立疏篱趣未穷。

宁可枝头抱香死,何曾吹落北风中?

[点评]

　　这是一首十分著名的绝句。第一、二句从写花入题,但并没有直接写花:"花开不并百花丛"——不仅从侧面点出花开季节不是在万紫千红的春天或者夏季,而且写出了此花孤傲的品行与性格;"独立疏篱趣未穷",一下使人想起了陶潜"采菊东篱下,悠然见南山"的境界。第三、四句从写花转向写人:"宁可枝头抱香死,何曾吹落北风中?"可谓古今描写菊花最形象、最生动、最深刻的诗句了。菊花花期之后,一般都会干化枯萎在枝头之上,却不会轻易被秋风吹落在地。而诗句真正的含义是:在经历国家灭亡、山河破碎之后,我就像一朵经受寒霜而凋残的菊花一样,宁愿自己抱香而死,怎么能为秋风吹落、随秋风飘零呢?

在最后两句诗中,请注意"北风"二字:表面上是指从北方吹来的寒风,实际上是指从北国入侵而来的金人。诗人借用"北方"和"北国"在北方方位上的相同,将"北国"指斥为萧飒的"北风",巧妙地表达了自己"宁为玉碎,不为瓦全"的爱国情怀。第三句中"抱香死"中的"抱"字堪为诗眼,因为它不仅使枯化枝头的菊花形象具有了一种主观的品格与气质,而且使诗人自己的精神气节无言地跃然纸上。

感慨人生

流水落花春去也

浪淘沙

李 煜

　　帘外雨潺潺，春意阑珊。罗衾不耐五更寒。梦里不知身是客，一晌贪欢。　　独自莫凭栏。无限江山。别时容易见时难。流水落花春去也，天上人间。

[点评]

　　本词上阕所写，实际上好像一个特写镜头：在一个夜雨绵绵的春夜，词人独自辗转于五更寒寂的罗衾之中。他回忆着自己刚才无限欢娱的梦境，细听着帘外潺潺不断的雨声，竟然忘记了自己作为一个"阶下之囚"的真实身份。而下阕却是词人梦醒之后无奈的独语：当自己一个人的时候，最好不要再凭栏眺远。原来那数千里的锦绣江山，离别时看来是那样的容易、简单，然而再想重新回去，却已是千难万难了——正像那东去的流水、飘零的落花一样不再复返，真可谓昨是今非两重天啊！

　　古人云："鸟之将死，其鸣也哀；人之将死，其言也善。"证之本词，可知此言之不虚矣。

乌夜啼

李 煜

林花谢了春红，太匆匆！常恨朝来寒雨晚来风。　　胭脂泪，留人醉，几时重？自是人生常恨水长东。

[点评]

　　李煜在亡国之后的词作，不仅韵味极浓，充满了切肤之痛，而且用语极白，到千年之后的今天都通俗得像口语一样——殊不知这是一种境界，是一种至高至纯的文学境界，并不是一般词人可以随便达到的。

　　如这首小令，其语言几乎就是原汁原味的口语，表面上很淡，淡得似一杯白开水，但实际上很浓，浓到简直化不开。它的每一句、每一字，都可以单独地作为经典去读。读一遍不行读两遍，读两遍不行读三遍，读三遍不行就十遍八遍地读下去，并且一代人、两代人、三代人地读下去直至永远——因为它浓缩了太多的人生精华，凝聚了太多的人生感悟！

　　有些人以为，诗词只是少数人的专利，只能由个别人去写、去读，读不懂就是因为读者的欣赏水平有限。这种说法对吗？当然不对！即如李煜这首被囚之后的词作，从创作的角度而言并非是为别人阅读而写，他完全可以写得晦涩难懂，可以让人不知所云——这或许能够迷惑宋代当局以保全自己的性命。但是他没有，他那满腹的亡国之恨、一腔的思乡之愁、不尽的难言之苦，却在这短短的一首小令之中得以委婉而深刻、言浅而意丰的艺术表达。由此可见，那些别人读不懂的作品，并不是读者的欣赏水平问题，恰恰是作者本人的艺术表现方法或表现能力有问题，恰恰说明是作者自己的作品还没有达到可以脍炙人口、千秋不朽的标准，怎能去怪别人？

寻隐者不遇

魏　野

寻真误入蓬莱岛，香风不动松花老。

采芝何处未归来？白云满地无人扫。

[点评]

　　唐人贾岛有一首相同题材的《寻隐者不遇》，脍炙人口，流传甚广："松下问童子，言师采药去。只在此山中，云深不知处。"而魏野的这首仄韵诗，实际上与之有着异曲同工之妙。

　　本诗首句以"蓬莱岛"以代"隐者"隐居之地，可见诗人对之是如何的崇敬。次句写"香风"又写"松花"，衬托出这里环境的雅洁与精神的高尚。三句自问"他在何处采摘灵芝还没有归来呢"？省却了一些情节上的烦琐过度——这里的"采芝"与贾岛的"采药"，同样都是诗人特别使用的艺术技巧，象征着隐者不同一般的人生追求。尾句的"白云满地"，更使"隐者"形象表现出一种超凡脱俗的韵味。相比之下，本诗没有任何人物的出场、对话以及直接描写，却也创造出一种如此令人神往的境界，作者之手段之高已是不言而喻了。

潇湘感事

种　放

离离江草与江花，往事洲边一叹嗟。

汉傅有才终去国①，楚臣无罪亦沉沙②。

凄凉野浦飞塞雁，牢落汀祠聚晚鸦③。

无限清忠归浪底④，滔滔千顷属渔家。

[注释]

①汉傅：西汉政论家、文学家贾谊，曾因上书批评时政而被贬为长沙太傅，故称汉傅。

②"楚臣"句：指楚国贤臣屈原最后在汨罗江沉沙自尽事件。

③牢落：这里指稀疏零落的样子。

④归浪底：亦指屈原沉沙事件。

[点评]

　　首联起兴，以"江草"与"江花"为全诗进行思想上的艺术铺垫。因为贾谊与屈原皆为潇湘之地的悲剧性历史人物，所以诗人上承"一叹"之"嗟"，在颔联中将其对举，分别写他们的不幸遭遇，其实就是写出了当时那段历史的悲哀。颈联转写潇湘之地的"凄凉"与"牢落"，于不经意间为全诗打上了浓重的哀伤烙印。尾联更写出作者的深切感叹：历史上的"无限清忠"已经均归于沉沉"浪底"，而眼前这"滔滔千顷"也已隶属于万千"渔家"——"清忠"的精神境界是否已为"渔家"的精神记忆所忘却？历史的沧桑与无情，于此可见一斑矣！

呈寇公

（二首选一）

蒨 桃

一曲清歌一束绫，美人犹自意嫌轻。

不知织女萤窗下，几度抛梭织得成？

[点评]

作为宋代的一位开国重臣，尽管寇准乃当时比较正直、相当著名的宰相，但是其生活还是十分奢侈的。而尤为难得的，是寇公有这样一位卓有识见、敢于直言的侍妾——蒨桃。本诗将现实生活中的"歌女"与神话中的"织女"通过"绢绫"进行比较，揭示出不平等、不合理的社会现象，表现了她的正义感和同情心。如此看来，寇公还是很有胸怀的，他不仅能够听得进蒨桃这些善意的劝言，而且还能够从善如流——否则，蒨桃无论如何是不敢写这样的"谏诗"的。

仅仅一首七言绝句，作者就能从"美人"与"织女"的比较中道出如此深刻的社会哲理，也可见蒨桃绝非一般的侍妾可比了。

木兰花

钱惟演

城上风光莺语乱，城下烟波春拍岸。绿杨芳草几时休？泪眼愁肠先已断。　　情怀渐变成衰晚，鸾镜朱颜惊暗换。昔日多病厌芳樽，今日芳樽惟恐浅。

[点评]

本词上阕的"莺语乱""春拍岸"和"绿杨芳草"，表面上都是旖旎、美丽、轻快的春天之景，但是在一句"泪眼愁肠先已断"的挽结之下，就已经全部变成了作者的伤痛之源和倾诉对象。词人范仲淹有句云："芳草无情，更在斜阳外。"无怪乎钱惟演要问"绿杨芳草几时休"呢——也许，钱惟演的心情正类同于此吧？下阕从过片到煞拍属于"倒叙"：作者早年因身体不好而生厌于酒杯，但是随着时光流逝，而今不仅惊异于"朱颜暗换"，而且已经成了唯恐杯酒太浅——这种十分微妙的生理和心理变化，该已隐含了作者多少的人生感慨啊！

江上渔者

范仲淹

江上往来人，但爱鲈鱼美。

君看一叶舟，出没风波里。

[点评]

本诗以极为关切的同情之心、十分朴实的生动语言，通过一种大拙大巧的艺术方法，对江岸之上那无数的"往来人"与"风波里"的"一叶舟"，在数量上的多与寡、环境上的安全与风险以及感觉上美与苦等方面，进行了看似无意、实则有意的对比描写。这不仅是又一个"谁知盘中餐，粒粒皆辛苦"的"江上版"，而且更道出了一个浅近而深刻的道理："遍身罗绮者，不是养蚕人。"（张俞《蚕妇》）正是因为社会的不公，才产生了如此之多的同情或歌颂下层劳动者的作品。同样，诗人只有站在最代表广大人民群众的一边，其作品才真正具有不朽的社会艺术价值。

天仙子

时为嘉禾小倅①，以病眠，不赴府会

张　先

　　水调数声持酒听②，午醉醒来愁未醒。送春春去几时回？临晚镜，伤流景，往事后期空记省。　　沙上并禽池上暝③，云破月来花弄影。重重帘幕密遮灯，风不定，人初静，明日落红应满径。

[注释]

①嘉禾：即今浙江嘉兴市，时为南宋府名。小倅(cuì)：小官。

②水调：传为隋炀帝开凿运河时所自制之曲，颇流行。

③暝(míng)：闭目。此句互文，意为沙岸上和池水上的"并禽"均已暝目而睡。多数选本将"暝"字写为"暝"，疑误，因为上阕中的"临晚镜"曾写到了时间已至日落之时，而"晚"与"暝"重复表达相同的时间是毫无必要的。

[点评]

　　本词按照时间顺序，从"午醉""晚镜""云破月来"到"人初静""明日"等，在进行不同时间、不同情景铺叙的同时，表现了词人一天之内的不同情感。

　　张先在当时曾被人称为"张三影"，是因为他有三个非常绝妙的好句：包括"中庭月色正清明，无数杨花过无影"（《木兰花》）、"那堪更被明月，隔墙送过秋千影"（《青门引》）、"沙上并禽池上暝，云破月来花弄影"（《天仙子》）。我国当代著名词人沈祖棻则说："应当指出的是：一般创作中讲究炼字，主要是在虚字上下功夫……从这些名句来看，主要的好处也都表现在虚字上面，或者说是用的虚字与'影'字配合得极为恰当。"（见北京燕山出版社 1987 年版《宋词鉴赏辞典》第 96 页）此话所言极是！尤其是"云破月来花弄影"一句，充分体现了作者在修辞炼句上的功夫。如王国维在《人间词话》中所说："'云破月来花弄影'，著一'弄'字而境界全出矣。"假如本句没有这个"弄"字，恐怕其艺术效果将会大打折扣的。

浣溪沙

晏　殊

一曲新词酒一杯。去年天气旧亭台。夕阳西下几时回？
无可奈何花落去，似曾相识燕归来。小园香径独徘徊。

[点评]

这首《浣溪沙》之所以著名，之所以令人百读不厌，其原因主要在两个方面：

第一，本词所用语言几乎全是口中之语，所咏内容几乎全是眼前之景，所写情感无一不是心头之慨。尽管时代已经变化，历史已经发展，但是作者在作品中所设置的场景，却没有在读者的心中褪色，甚至还将要随着社会的前进而成为一个永不泯灭的"心灵收容所"。

第二，本词的情调，既不是激烈、激动，也不是落寞、失意，甚至不能准确地定位为"喜""怒""哀""乐"中的哪一种。而读者所体会到的，仅仅是一种淡淡的惆怅与感伤。但正是这种淡淡的惆怅与感伤，却同时成就了作品艺术上的审美价值和读者心灵上的异代共鸣。

"无可奈何花落去，似曾相识燕归来"两句，是本词最为引人注目的亮点，也是最受读者欢迎的名句。全词在不经意中表达出的情景，好像具有某种象征，也好像从生活中抽象出来的情感符号……而"小园香径独徘徊"的词人，似乎至今依然在向读者进行着某种永远也"说不清，道不明"的感情暗示——唯因如此，本词才具有如此无穷无尽的艺术魅力。

陶　者

梅尧臣

陶尽门前土，屋上无片瓦。

十指不染泥，鳞鳞居大厦^①。

[注释]

①鳞鳞：这里指像鱼鳞一样密密层层的房瓦。

[点评]

所谓"陶者"，也就是陶器制作者。现代文物工作者不断从地下所发掘出来的"文物"，大多都是古代这些"陶者"在各不相同历史时期的"陶器"作品。当我们每每在博物馆的展柜里看到这些"陶器"之时，是否也会想起梅尧臣的这首《陶者》？

而《陶者》正是这些"陶者"的一幅大写意画像。本诗并没有描写某个"陶者"具体的劳作场景，也没有正面歌颂"陶者"是多么的辛苦，只是运用对比的手法，造成第一句之"土"已"尽"与第二句之"瓦"却"无"、第一联"陶者"之艰辛与第二联"居者"之安逸所形成的强烈反差，使"陶者"和"居者"的形象得以深刻而鲜明的表现。

当然，"安得广厦千万间，大庇天下寒士俱欢颜"是诗圣杜甫的美好愿望，而且也是我们今日全面走向小康社会的条件之一。不过，尽管梅尧臣诗中"陶者"与"居者"的关系今日已经发生了根本性的质的变化，但是二者因为地位所造成的某些差异，却仍然存在于我们的现实生活之中。因此，作为"居者"，在任何时候也不应该忘记"陶者"的辛劳的。

梦中作

欧阳修

夜凉吹笛千山月,路暗迷人百种花。

棋罢不知人换世,酒阑无奈客思家。

[点评]

　　作者既然为本诗命题为《梦中作》,那么我们就可以把作品所写都看作是梦中之象。全诗借用刘禹锡诗句"怀旧空吟闻笛赋,到乡翻似烂柯人"中的意象,第一句首先描绘出一种月光如水、千山闻笛的清凉境界,使读者心中油然而生逸出红尘、物我两忘之感。第二句写出一种"人迷百花"的迷茫之境,与第一句相比表现出梦中意象"蒙太奇"般看似凌乱而内在相连的关系。第三、四两句,转写出一个人世沧桑、酒客思家的境界——与刘禹锡诗相比所不同者:刘诗所写是"烂柯人"已经"到乡",而本诗所写是"无奈"之"客"依然在"思家"——相比来说,本诗表现的思乡之情当更切、更浓矣。

浪淘沙

欧阳修

把酒祝东风,且共从容。垂杨紫陌洛城东。总是当时携手处,游遍芳丛。　　聚散苦匆匆。此恨无穷。今年花胜去年红。可惜明年花更好,知与谁同?

[点评]

"把酒祝东风",起句就给读者一种"祝酒辞"的心理期待,以下"且共从容"四字就使这种期待起了第一层波澜。再下三句,词人回忆与"她"当时的"携手同游"之处,心中不免惆怅不已。过片是词人"感慨"人生"聚散匆匆"的第二个波澜:不仅"苦",而且"恨",而且"恨无穷"——可见词人对于"聚散"感慨之深。"今年花胜去年红"以下三句,将"去年""今年""明年"进行递进性"花红"比较,并逼出心中最最不愿道破的疑问:"知与谁同?"这样的疑问与无奈,使煞拍成为全词的第三个波澜。

本词以"酒"起句,全篇主要写一个"别"字,突出一个"苦"字,感慨一个"恨"字,暗藏一个"惜"字,将抒情、叙事、写景真正地融为一体,创造出一个具有高度概括性、哲理性的艺术境界。

蚕 妇

张 俞

昨日入城市,归来泪满襟。

遍身罗绮者,不是养蚕人。

[点评]

本诗与梅尧臣的《陶者》诗一样,运用对比的手法,写城市中那些"遍身罗绮者"却"不是养蚕人",语言简明而道理深刻,揭示了当时不同阶层、不同阶级之间"劳而不获""获者不劳"的社会现实。

与《陶者》有所不同的,是本诗具有完整的情节性。第一、二句"昨日入城市,归来泪满襟",表现了不同的时间(昨日、今日)、事件(入、归、泪满襟)和地点(城市、农村);第三句"遍身罗绮者"写所见,第四句"不是养蚕人"写所思——而全诗已经包含了作者自己的鲜明态度和爱憎感情。

哭曼卿

苏舜钦

去年春雨开百花，与君相会欢无涯。高歌长吟插花饮，醉倒不去眠君家。今年痛哭来致奠，忍欲出送攀魂车。春晖照眼一如昨，花已破蕾兰生芽。惟君颜色不复见，精魄飘忽随朝霞。归来悲痛不能食，壁上遗墨如栖鸦。呜呼死生遂相隔，使我双泪风中斜。

[点评]

这是一首悲悼友人之作，全诗共分三层。从"去年春雨开百花"到"醉倒不去眠君家"为第一层，忆写去年作者与逝者在"欢无涯"之中所体现出的浓浓友情；从"今年痛哭来致奠"到"精魄飘忽随朝霞"为第二层，叙写友人突然逝去、作者前来致奠的情景；从"归来悲痛不能食"到"使我双泪风中斜"为第三层，续写诗人在致奠之后仍悲情难抑。本诗叙事清晰，语言质朴，情感真挚。既没有故意做作，也没有失去理智，而是将去年的"欢无涯"与今年的"来致奠"进行情感上的对比描写，于平实中收到一种深切之效。

残　叶

李　靓

一树摧残几片存,栏边为汝最伤神。

休翻雨滴寒鸣夜,曾抱花枝暖过春。

与影有情惟日月,遇红无礼是泥尘。

上阳宫女多才思,莫寄人间取次人。

[点评]

本诗起联铺叙,诗人直接出现在"栏边""伤神",并用"一树"和"几片"作比,以表现"残叶"之少。颈、颔两联,以准确的语言和细腻的描写,从侧面表现"残叶"在"雨夜""暖春"之情景,与"日月""泥尘"之联系。尾联点题,使人突然联想到唐人元稹的五绝《行宫》:"寥落古行宫,宫花寂寞红。白头宫女在,闲坐说玄宗。"

原来,本诗所写之"残叶"仅仅是一种象征,诗人实际上是在写"上阳宫女"。相比之下,元稹之诗具有历史的厚重感,并为更多的读者所传诵;而此诗用"残叶"来比喻"宫女",倒是更为形象、恰切,更能显出其凄凉的身世与凄楚的结局。

渔父词二首

徐 积

水曲山隈四五家，夕阳烟火隔芦花。渔唱歇，醉眠斜，纶竿蓑笠是生涯。

一酌村醪一曲歌，回看尘世足风波。忧患大，是非多，纵得荣华有几何？

[点评]

徐积的《谁学得》《君不悟》这两首渔父词，既继承了张志和渔父词的写作传统，又在内容上有了新的突破。前一首中"渔唱歇，醉眠斜，纶竿蓑笠是生涯"的词句，颇有沉醉于"夕阳""芦花"的感觉。而后一首中"纵得荣华有几何"的疑问，不仅回应了"回看尘世足风波"的慨叹，而且颇有勘破一切的意味。否则，作者"一酌村醪一曲歌"的得意与闲适，似乎就没有了他自己思想感情上的依托。

满庭芳

秦 观

山抹微云，天连衰草，画角声断谯门。暂停征棹，聊共引离樽。多少蓬莱旧事，空回首，烟霭纷纷。斜阳外，寒鸦万点，流水绕孤村。

销魂！当此际，香囊暗解，罗带轻分。漫赢得青楼，薄幸名存。此去何时见也？锦袖上、空惹啼痕。伤情处，高城望断，灯火已黄昏。

[点评]

此词本是一首咏叹离情别绪之作。之所以将其类分为"感慨人生"，是因为作者借分别而抒发"感慨"的场景太经典了。

作为全词的起句，"山抹微云，天连衰草"八个字对仗而出，烘托了一个暮霭苍茫、愁容惨淡的景象，为全词奠定了一个"画"中作别的基调。而"画角声断谯门"一句，更为这个场景增添了一种情感上的凄凉气氛。上阕歇拍最为精彩："斜阳外，寒鸦万点，流水绕孤村"——只一个"绕"字，便使远山之外的斜阳、暮色之中的寒鸦、孤村之旁的流水、流水之畔的孤村，全都有了生命的动感和灵魂的寄托。此时此刻，词人那种"极度悲伤、特别烦恼"之情也随之化作了一种永不泯灭的极美之境、凄美之画。

过片的"销魂"承上而来。而"当此际"以下至"薄幸名存"一段，仅仅是一种隐喻性写法，实际上是词人伤心于官场之后一种愤恨情绪的抒发。如果从上阕来看，"锦袖上、空惹啼痕"两句，应是词人此时相当伤心的一个细节。如果从作品"隐喻性"的意义来理解，这两句似乎属于一种艺术上的场景虚拟。而歇拍的

"伤情处,高城望断,灯火已黄昏",则进一步照应上阕歇拍所表达的暮色概念,使全篇在"灯火黄昏"中笼罩上一层更为忧凄伤感的氛围——直至梦中。

好事近

梦中作

秦 观

　　春路雨添花,花动一山春色。行到小溪深处,有黄鹂千百。

　　飞云当面化龙蛇①,天矫转空碧。醉卧古藤荫下,了不知南北。

[注释]

①《易·系辞下》:"龙蛇之蛰,以存身也。"这里喻指隐居。

[点评]

　　秦观的这首《梦中作》词,与欧阳修的绝句《梦中作》相比,在"路迷""百花"这些意象上有着惊人的相似。不过秦观这首词所表现的,却已不是欧公之作的"思乡"主题。

　　本词上阕中的"路""雨""花""小溪""黄鹂"等,组成了一幅纷繁美丽的春景图,或许象征着一种人生的诱惑。但是,过片却已有了"白云苍狗"的意味。而结拍中的"醉卧"和"了不知南北",则已明显包含着词人"隐居"的愿望。

题　画

李　唐

云里烟村雨里滩,看之容易作之难。

早知不入时人眼,多买胭脂画牡丹。

[点评]

　　唐代诗人朱庆馀曾在《近试上张水部》中这样写道:"洞房昨夜停红烛,待晓堂前拜舅姑。妆罢低声问夫婿,画眉深浅入时无?"非常巧妙地表达了诗人作为一个应试举子忐忑不安的心理状态。而这首诗虽然名为《题画》,其实未尝不是诗人曲意表达自己在失败之后的一种懊悔。"云里烟村雨里滩,看之容易作之难"两句,委婉地批评了那种"眼高手低"者的轻浮行径;"早知不入时人眼,多买胭脂画牡丹"两句,除表面上的懊悔之情外,还有不愿媚俗、不愿折腰的"言外之意"。

鹧鸪天①

贺　铸

重过阊门万事非②，同来何事不同归？梧桐半死清霜后③，头白鸳鸯失伴飞。　　原上草，露初晞④，旧栖新垄两依依。空床卧听南窗雨，谁复挑灯夜补衣？

[注释]

①鹧鸪天：又名《半死桐》。

②阊门：即苏州，词人夫妇曾经同住苏州，后妻子病逝于此。

③"梧桐"句：汉代辞赋家枚乘《七发》篇云："龙门之桐，高百尺而无枝，其根半死半生。"

④"原上草"两句：古乐府《薤露歌》云："薤上露，何易晞。露晞明朝更复落，人死一去何时归？"晞（xī）：意为"晒干"。

[点评]

这是一首著名的悼亡之作。上阕：重到阊门之时已经物是人非，词人即景生情，连用"梧桐半死"和"鸳鸯失伴"两个比喻，生动而深刻地表达了他的丧妻之痛。下阕：先是慨叹人生正如那薤上之露一样短暂，进而面对旧居新坟伤痛不已。煞拍写词人独宿孤床之时卧听窗外淅淅沥沥的雨声，不复有人再为他深夜挑灯缝制衣裳——凄凉之景、寂寞之状、痛苦之情至此已难以复加矣。

词人贺铸一生飘零，仕途坎坷。其夫人赵氏乃宗室千金，所幸能与之同甘共苦，对之体贴入微。正因为如此，当夫人病逝之后才更引起他的无限哀伤。丧妻之痛,益增其身世之悲;空床之苦,更添其伤感之情。同时,词人选用这一词牌(又名《半死桐》)并以本意赋之,血泪之声当与苏东坡的悼亡之作《江城子·十年生死两茫茫》并冠于宋代词坛。

除夜对酒赠少章

陈师道

岁晚身何托? 灯前客未空。

半生忧患里,一梦有无中。

发短愁催白,颜衰酒借红。

我歌君起舞,潦倒略相同。

[点评]

这首五绝写于除夕之夜与友人的对酒之际,因而在一个特殊的场景中写出了一种特殊的感受。首联扣题,点明"岁晚",并以"身何托"引起下文。颔联承接,写自己的"半生忧患"就像一场似有似无之"梦"。颔联转写"发"因"愁催"而"白","颜"因"酒借"而"红",由于两个动词的妙用,使本联显得十分灵动。尾联回应首句,写诗人与友人一并"歌舞",是由于两人有着相同的潦倒和经历——如无切身体会,岂能写出如此深刻之语?

水调歌头

叶梦得

秋色渐将晚，霜信报黄花。小窗低户深映，微路绕欹斜①。为问山翁何事，坐看流年轻度，拼却鬓双华？徙倚望沧海②，天净水明霞。　念平昔，空飘荡，遍天涯。归来三径重扫③，松竹本吾家。却恨悲风时起，冉冉云间新掩，边马怨胡笳④。谁似东山老⑤，谈笑净胡沙⑥。

[注释]

①欹(qī)：歪斜，倾斜。
②徙(xǐ)倚：低回流连之意。
③三径：陶渊明《归去来兮辞》云："三径就荒，松菊犹存。"这里代指归隐田园。
④胡笳：我国北方民族常见的一种类似笛子的乐器，因产于胡人地区故名"胡笳"。
⑤东山老：东晋谢安(字安石)曾隐居东山，故此人称谢安为"东山老"。
⑥胡沙：化用李白"但用东山谢安石，为君谈笑净胡沙"诗句，胡沙即胡尘。

[点评]

作为一位抗金志士，词人的这首晚年之作几乎抒写了自己的平生情怀。上阕前四句主要描写秋景：在一个秋天的傍晚，词人在他简陋的小屋之内欣赏着附近雅洁而富有情调的景色。接下来的三句反问，慨叹自己无所事事，流年虚度，至今已经双鬓斑白了。"徙倚"两句，词人揭示自己晚年退居乌程卞山(今浙江吴兴县)的因由——乃留恋这里的山水风光。而词人的这种留恋,并不是真正意义上的"归隐",其实是一种志向不得伸发、抗金无法如愿的自我"放逐"而已。

如若不信,请看下阕:过片三句,以"念"字回叙平昔,以"空"字叹息无功,以"遍"字喻指飘荡,言语之间已"飘荡"出词人心中的凄怆悲凉之气。接下来的"松竹本吾家"之句,表面上是写词人得以重归田园的喜悦,实际上却是"以喜衬悲"的写法——要知道,北上抗金才是词人真正的终生志愿啊!后辈词人辛弃疾在晚年之际"却将万字平戎策,换得东家种树书"(《鹧鸪天》)的词句,则表达了更为沉痛的悲愤之情。再接下来三句,词人终于无法压抑自己的激情,直呼"恨悲风"而"怨胡笳",表现了词人老而弥壮的一颗爱国之心。煞拍点题,用一个"东山老"的故事,继续对朝廷、对抗金寄予了无限的期望。

相见欢

朱敦儒

金陵城上西楼①,倚清秋。万里夕阳垂地、大江流。　　中原乱,簪缨散②,几时收。试倩悲风吹泪、过扬州③。

[注释]

①金陵:南京的别称。

②簪(zān)缨:簪和缨都是古代达官贵人用以固定发髻或高冠的饰品,多用玉石、金属制成。

③倩(qìng):请人替自己做事。扬州:当时为南宋抗金前线。

[点评]

这是一首凭栏望远之作。上阕重在写景:作者在短短的十八个字中,不仅写明了凭栏的时间、地点,而且描画出一幅大江汹涌落夕阳的万里清秋图,气魄宏大,寄慨遥深。与杜甫"星垂平野阔,月涌大江流"的名句相比,更显现出一种凄清、萧瑟、没落的气象。下阕重在抒情:过片的三句六字,分别写出了相同时期不同阶层的不同情况。尤其是其中的"乱"字,高度概括了南宋政权因不思真正抗金而造成中原大地生灵涂炭、国破家亡的混乱局面。"散"字状画出江山沦丧之际宋王朝达官贵人们的一幅狼狈逃逸图,"收"字则凝聚着广大人民血泪难收的惨痛以及词人立志收复失地的呼声。但是,这种呼声既不仅是作者自己的,也是不容易实现的。所以,清醒的词人只能在煞拍中继续寄望于自己的想象了:那么,就让这呜咽的秋风将我这悲伤的泪水吹送到扬州抗金前线去吧!李白曾有诗曰:"我寄愁心与明月,随风直到夜郎西。"那是写给王昌龄个人的。而朱敦儒在这里所写,却是写给整个抗金志士的——其内涵分量当然大不一样。

好事近

渔父词

朱敦儒

摇首出红尘,醒醉更无时节。活计绿蓑青笠,惯披霜冲雪。

晚来风定钓丝闲,上下是新月。千里水天一色,看孤鸿明灭。

[点评]

在诸多的古典诗词中,"渔父"是一个几乎与世隔绝的隐者形象。所以,本词起句的"摇首出红尘"就给了"渔父"一个非常准确的形象定位。而下一句的"醒醉更无时节",则是词人自己无拘无束、洒脱疏狂的这一个"渔父"形象。下阕主要写景:每当月清风定的夜晚,天上水中两月相映,仅有一只飞鸿的孤影在悄悄地来去——其实,这只孤鸿不正是词人自己高标孤傲的象征吗?

眼儿媚

赵　佶

　　玉京曾忆昔繁华^①，万里帝王家。琼林玉殿，暮列笙琶。花城人去今萧索，春梦绕胡沙。家山何处？忍听羌笛^②，吹彻梅花^③。

[注释]

①玉京：指北宋国都开封。
②羌笛：北方羌族非常流行的一种乐器。
③梅花：即《梅花落》。

[点评]

　　这个北宋皇帝赵徽宗和南唐的李后主一样，也是在国破家亡之后才知道"国"与"家"的可爱。尽管他无论如何也没有李后主那样的才华，不过本词却也写得非常的悲伤惨痛。特别具有讽刺意味的是：当年把李后主北掳到开封的是大宋，而今大宋的赵徽宗和随后的赵钦宗两位皇帝，却也被人掳往到更远的北羌——真不知这是不是历史的玩笑？

醉花阴

重　阳

李清照

　　薄雾浓云愁永昼,瑞脑销金兽^①。佳节又重阳,玉枕纱橱,半夜凉初透。　　东篱把酒黄昏后^②,有暗香盈袖。莫道不销魂,帘卷西风,人比黄花瘦^③。

[注释]

①瑞脑:指熏香;金兽:兽形的香炉。
②东篱:陶渊明《饮酒·其二》诗云:"采菊东篱下,悠然见南山。"
③黄花:即菊花。

[点评]

　　这是李清照的一首著名词作。重阳原本是一个携酒登高的传统节日,历代的文人骚客更是不会放弃对这个充满诗情画意之时的吟咏。唐代的著名诗人王维,就是因为重阳节外出不在家才写出了著名的绝句《九月九日忆山东兄弟》。

　　本词上阕,写作者整整"薄雾浓云"地愁了一天:词人不仅没有像过去那样前去登高,没有从烟云缭绕的香熏中感受到心情舒畅,甚至到了"半夜凉初透"之时仍然没有丝毫的兴奋迹象。下阕重点叙写"东篱把酒"之后的感觉:这天的黄昏时分,愁闷的词人来到东篱之下借酒浇愁,不料却突然觉得"有暗香盈袖"——此处的"暗香",既有可能是真实环境中的香风,也有可能是一种场景的虚拟。但无论其"真实"或者"虚拟",都为下文的煞拍作了坚实的铺垫。

　　关于全词的最后煞拍,还有一段十分有趣的故事。元代伊世珍在他的《琅嬛记》中写道:李清照曾将这首词寄给丈夫赵明诚,使赵明诚感到自愧不如。于是,他就关门谢客,废寝忘食三昼夜得词五十首。之后,他再将李清照的这首词夹进自己的作品中送给朋友陆德夫,请他进行评价。陆德夫反复诵读,说只有"莫道不销魂,帘卷西风,人比黄花瘦"三句最好。由此可见,这三句词给人的印象确实是非常深刻的。

具体而言,这三句之所以成为本词的点睛之笔,是因为其不仅曲尽柔情地表现了李清照对于丈夫赵明诚的深刻思念,而且独出心裁地将人与黄花比"瘦",绝妙地归结了全词所需要表达的精神内蕴,其凄怆、优美之感从此千古矣。

声声慢

李清照

寻寻觅觅,冷冷清清,凄凄惨惨戚戚。乍暖还寒时候,最难将息。三杯两盏淡酒,怎敌他、晚来风急!雁过也,正伤心,却是旧时相识。　　满地黄花堆积,憔悴损,如今有谁堪摘?守着窗儿,独自怎生得黑!梧桐更兼细雨,到黄昏、点点滴滴。这次第,怎一个愁字了得!

[点评]

以北宋南迁和丈夫去世为界限,李清照的生活已从早期的优裕美满进入了晚年的孤寂凄凉。本词首先以"寻寻觅觅,冷冷清清,凄凄惨惨戚戚"十四个叠字开篇,创造性地把读者带进一种孤独、凄凉、忧郁、徘徊以及无奈的情绪之中。仅仅从艺术角度来说,这十四个叠字的魅力已如许多论者所述。但从心灵的角度而言,则是词人家忧国愁的真实写照。

正是在一个秋雨连绵的黄昏,词人以其口语化的语言,个性化的意象,心灵化的情感,进行了一次痛断肝肠的凄愁之旅,从而使得本词成为一首具有完美艺术价值和深刻思想意蕴的不朽之作。词中先后出现的"淡酒""晚风""过雁""黄花""窗儿""梧桐""细雨""黄昏"等意象,分别而言显得风马牛而不相及。但是在词人妙笔的驱使之下,统统以"点点滴滴"归结到一个"愁"字之上,便赋予了它们灵魂似的,灵动而多情地成就了词人当时凄惨情绪的最佳写照。需要指出的是,正由于词人的"家破"直接源自北宋的"国亡",个人生活的悲欢直接源自国家朝廷的兴衰,因而作品之中所表现出来的一切情感,已经与当时的时代遭际紧紧地连在了一起。

渔家傲

李清照

　　天接云涛连晓雾,星河欲转千帆舞①。仿佛梦魂归帝所。闻天语,殷勤问我归何处?　　我报路长嗟日暮②,学诗漫有惊人句③。九万里风鹏正举④。风休住,蓬舟吹取三山去⑤。

[注释]

①"天接"两句:化用诗人李贺《天上谣》中"天河夜转漂回星,银浦流云学水声"诗意。

②"我报"句:化用诗人屈原《离骚》中"欲少留此灵琐兮,日忽忽其将暮……路漫漫其修远兮,吾将上下而求索"诗意。

③"学诗"句:化用诗人杜甫"为人性癖耽佳句,语不惊人死不休"诗意。

④"九万里"句:化用庄子《逍遥游》中"抟扶摇而上九万里"典故。

⑤"三山":古代传说中的蓬莱三岛,即蓬莱、方丈、瀛洲。

作为婉约派主要代表的女词人,李清照不仅能写含蓄委婉、哀愁幽怨的闺阁之作,而且能写粗旷雄奇、气概非常的豪放之作——这首《渔家傲》就是一个典型的例子。

也许,是时代的约束和精神的禁锢太重、太久了,是生活的苦痛和现实的哀愁太多、太深了,词人终于一反常态地浪漫了一回。本词不仅构思奇崛,能够上天入海,而且归天帝之所,得殷勤之问,更能够乘风御鹏,蓬舟扬帆,可谓潇洒至极!同时,词人还将诸多典故几乎不露痕迹融载于寥寥数十个字之中,使作品在其深度、广度、高度、厚度等方面得以丰富,收到了强烈的艺术效果。

但是,浪漫毕竟只能在梦中。正是因为词人在现实生活中无穷无尽的愁苦,因为她在晚年生活中的痛苦遭际,才最终产生了这首风格绝然不同而感情绝对真实的豪放之作。所以,虽然词人能在作品中尽情地挥洒其艺术才华,而这一切却统统都是无法实现的梦想,岂不依然令人感到无限的失落与惆怅?

苏秀道中自七月二十五日夜大雨三日,秋苗已苏,喜而有作

曾 幾

一夕骄阳转作霖,梦回凉冷润衣襟。

不愁屋漏床床湿,且喜溪流岸岸深。

千里稻花应秀色,五更桐叶最佳音。

无田似我犹欣舞,何况田间望岁心。

[点评]

仅从诗题就知,本诗是作者为一场大雨喜不自禁而作。那么为什么呢?首

联入题,写一场大雨于夜半不期而至——一个"霖"字,已表现出诗人初步喜悦。颔联承题,写诗人难以抑制的兴奋之情——不以屋漏而愁,反以溪流而喜,给读者留下一个悬念。颈联解题,写出诗人为雨而喜的真正原因——自己虽然并非农人,但仍然心在农桑。尾联合题,从自己之喜推想出农人之喜——这正是诗人真正的喜悦所在啊!

本诗与唐代诗人杜甫的那首《茅屋为秋风所破歌》可谓一脉相承。虽然两诗着重点各有不同,但都表现了诗人在自己生活穷困之际难得的一种博大胸怀。

题访戴图

曾 幾

小艇相从本不期,剡中雪月并明时。

不因兴尽回船去,那得山阴一段奇?

[点评]

据《世说新语·任诞》和《晋书·王徽之传》记载:王徽之居山阴(浙江绍兴)时,其朋友戴逵住剡溪。一个夜雪初霁的晚上,王徽之忽然思念朋友,便连夜乘船前去看望。但是当他隔夜到达时,却并不见人就回舟而返了。人问其故,答曰:"本乘兴而来,兴尽而返,何必见戴?"于是,这个"雪夜访戴"的故事,就成了魏晋时期高人雅士风度的传奇性表现。作者运用"本不""不因""那得"等词语,使得本诗前后呼应,又为一个稔熟的典故平添了一些传奇色彩。

汴京纪事

（二十首选三）

刘子翚

空嗟覆鼎误前朝^①，骨朽人间骂未消。

夜月池台王傅宅，春风杨柳太师桥。

梁园歌舞足风流，美酒如刀解新愁^②。

忆得少年多乐事，夜深灯火上樊楼^③。

辇毂繁华事可伤，师师垂老过湖湘^④。

缕衣檀板无颜色^⑤，一曲当时动帝王。

[注释]

①覆鼎：鼎在古代象征着封建皇权，这里指北宋政权的倾覆。

②梁园：指开封；"美酒"句：化用李白"举杯浇愁愁更愁，抽刀断水水更流"诗意。

③樊楼：北宋汴京城内七十二家酒楼中最著名的酒楼。

④师师：即北宋名妓李师师。

⑤檀板：由檀木制成的绰板，用于协调演唱者与音乐的节拍，因而又称"拍板"。这里代指师师所用乐器。

[点评]

诗人通过对北宋都城汴京当年繁华景象的追忆，反衬出而今南宋偏安局面的萧条与衰落。其中如"骨朽人间骂未消""夜深灯火上樊楼""一曲当时动帝王"等诗句，早已成为众口传诵的名句。

春 阴

朱弁

关河迢递绕黄沙，惨惨阴风塞柳斜。

花带露寒无戏蝶，草连云暗有藏鸦。

诗穷莫写愁如海，酒薄难将梦到家。

绝域东风竟何事？只应催我鬓边华。

[点评]

春天本应是令人心旷神怡的一个季节，而本诗展现给读者的，却是一幅阴风惨惨、愁云暗淡的景象。首联泛写塞外之柳丝斜飘、黄沙漫漫；颔联叙写此时花无戏蝶、草有藏鸦；颈联虚写诗人穷愁如海、梦难到家；尾联以设问作结，却也没有回答为什么如此惆怅的原因——客观而言，这样来写春天的作品还真是不多见的。唯有最后"只应催我鬓边华"一句，终于透露出作者的一点心灵秘密：原来，诗人不为春天的到来而高兴，却为自己又增加了年齿而悲伤呢！不过说到底，他还是因为某些生活的不幸而感慨不已罢了。

江 上

董　颖

万顷沧江万顷秋，镜天飞雪一双鸥。

摩挲数尺沙边柳，待汝成阴系钓钩。

[点评]

　　本诗前后两联形成"大"与"小"三重鲜明的比照。第一重："万顷沧江"之"大"与一双鸥鸟之"小"；第二重："数尺沙柳"之"大"与柳上"钓钩"之"小"；第三重：首联"镜天飞雪"之"大"与尾联地上"数尺沙柳"之"小"。尤其是沙柳"成阴系钓钩"一句，比喻形象而新巧。其实，本诗并非仅仅为了写景。通过这些比照，诗人向往归隐的心思也已不言自明了。

约　客

赵师秀

黄梅时节家家雨，青草池塘处处蛙。

有约不来过夜半，闲敲棋子落灯花。

本诗的首句和次句,分别写江南在黄梅时节的天气特点与环境特点——正是在这样淫雨连绵的天气里,诗人才有时间约请朋友到家中来。是谈心、议事抑或帮忙?这里并没有进行交代。但是,不知道为什么,客人却没有如约前来。夜已过半,诗人仔细地听着窗外的丝丝雨声和阵阵蛙声,唯恐忽略了应该响起的叩门之声。尾句一个"闲敲棋子落灯花"的细节描写,将他对朋友期待的焦虑下意识地表现得十分微妙而逼真。此处的这个"闲"字,表面写他时间上的"清闲",其实恰恰反衬出"有约不来"之举给他心理上造成的无聊、失望与烦躁。

念奴娇

宋 江

天南地北,问乾坤何处,可容狂客①?借得山东烟水寨,来买凤城春色②。翠袖围香,鲛绡笼玉,一笑千金值。神仙体态,薄幸如何消得③?　　回想芦雁滩头,蓼花汀畔④,浩月空凝碧。六六雁行连八九,只待金鸡消息⑤。义胆包天,忠肝盖地,四海无人识。闲愁万种,醉乡一夜头白。

[注释]

①狂客:宋江自称。

②凤城:见聂胜琼《鹧鸪天·别情》注①。

③薄幸:旧时代青楼女子对钟情男子的昵称,犹言冤家。如:"薄幸更无书一纸。"(周紫芝《谒金门》)

④蓼花汀：即指芦花洲。

⑤"六六"句：作者在这里暗指水泊梁山的一百单八将，即六六三十六位首领和八九七十二位将校。金鸡：古代但有大赦之时，便高竖长杆，上立金鸡，击鼓并宣读赦令。如李白《流夜郎赠辛判官》诗云："我愁远谪夜郎去，何日金鸡放赦回？"

[点评]

　　不管怎样，宋江也算个人物。但是，本词中的宋江却显得如此的可怜。他一个堂堂的梁山好汉首领，凭着个人的一己之思，违背大多数好汉的意志，偏要接受北宋皇帝的招安。这首词，就是他潜入东京找名妓李师师暗通关节时的献媚之作。上阕表达了宋江的三层意思：其一，我虽然身为梁山泊之主，但从个人来说，天地之大却仍然没有自己的容身之处。其二，我不惜以梁山好汉们的身家性命为代价，到东京来换取自己的锦绣前程。其三，师师小姐乃千金之体，我这草寇之身哪有消受的福分呢？词转下阕，则更直言不讳地表述了宋江迫不及待的心情：自己虽然是"义胆包天，忠肝盖地"，不过皇帝的心并不是那样容易揣摩的。他真的不知道，皇帝到底是否愿意接纳他呢？试想一想：宋江他能不急吗？

　　表面上看来，宋江是要讲"忠"讲"义"。然而对于梁山好汉们来说，宋江还有"忠"有"义"吗？这样一个不忠不义之人，他能不发愁吗？

临江仙

夜登小阁，忆洛中旧游

陈与义

　　忆昔午桥桥上饮，坐中多是豪英。长沟流月去无声。杏花疏影里，吹笛到天明。　　二十余年如一梦，此身虽在堪惊。闲登小阁看新晴。古今多少事，渔唱起三更。

　　正像题中所说，本词属于一首忆旧之作。上阕以"忆昔"二字领起，回溯过去岁月中一次欢快的聚饮。"长沟流月去无声"和以下的"杏花疏影里，吹笛到天明"两句，造语雅丽，既可理解为当时"午桥"旁边的实景，也可理解为今天作者因此而联想的虚笔。过片一笔，轻轻地就在二十年之间搭起一座跨越时空的桥梁，并透露出此时此刻心中的不堪惊扰。"闲登小阁看新晴"一句，是词人写作本词之时的心情依托。煞拍两句，与《三国演义》中那首著名的《临江仙》词很有些相同的意味。

小重山

岳　飞

　　昨夜寒蛩不住鸣[①]。惊回千里梦，已三更。起来独自绕阶行。人悄悄，帘外月胧明。　　　白首为功名。旧山松竹老，阻归程。欲将心事付瑶筝。知音少，弦断有谁听？

［注释］

①寒蛩(qióng)：即蟋蟀。

［点评］

　　作为著名的爱国志士，岳飞不仅能写《满江红·怒发冲冠》那样气壮河山的词作，而且能写《小重山》这样含蓄抒情的作品。

　　本词上片以虚笔开篇，虚中有实、实中有虚地烘托出一个静中蕴动、动中蕴静的氛围,委婉地表现了他始终不变的抗金志向。人被"寒蛩""惊梦",并不是说"蛩"声很大,而是强调"梦"境之轻。那么词人梦见了什么呢?他没有写,我们只能进行揣测:同是爱国志士、著名词人的陆游,在他的一首绝句中写道:"夜阑卧听风吹雨,铁马冰河入梦来。"(《十一月四日风雨大作》)而岳飞此时所"惊回"的"千里梦",大约也是这些有关抗金复国的内容吧!

　　过片承接,一语带过自己数十年来为国建功立业、名标青史的不懈追求——如此功名,不仅仅是成家立业、光宗耀祖的个人功名。在当时来说,不是追求者多了,而是太少太少了。兼之南宋赵构、秦桧君臣的投降路线,使这种功名的追求者更显得可亲、可敬、可贵了。煞拍卒章显志,用一个"知音"的比喻,表达出词人的感慨与愤怒之情。从"阻归程"和"知音少"等表现中,读者仍可想象得出岳飞在当时投降国策之下南宋朝廷中的孤寂、凄苦与尴尬。

初入淮河
(四首选三)

杨万里

船离洪泽岸头沙,人到淮河意不佳。

何必桑乾方是远,中流以北即天涯。

两岸舟船各背驰,波痕交涉亦难为。

只余鸥鹭无拘管,北去南来自在飞。

中原父老莫空谈,逢着王人诉不堪。

却是归鸿不能语,一年一度到江南。

杨万里的这组诗,将心中对于当时祖国南北分裂、人民流离失所的深切悲痛以平淡语出之,尤其显得不忍卒读。第一首写"水":祖国原本幅员辽阔,团结统一,而今却以长江为界分成为了两个国家——何必说只有地处河北的桑乾河才算得上远呢?就这眼前长江中流以北不就是咫尺天涯的"金国"吗?第二首写"鸟":仍以长江为背景,表面上描写宋金两国的各不相扰、互不干涉,但"只余鸥鹭无拘管,北去南来自在飞"两句,却反衬出比"鸡犬之声相闻,老死不相往来"更为可怕的极大悲哀。第三首写"人":"州桥南北是天街,父老年年等驾回。忍泪失声问使者,几时真有六军来?"本诗与当时诗人范成大的这首作品,具有异曲同工之妙。

看 叶

罗与之

红紫飘零草不芳,始宜携杖向池塘。

看花应不如看叶,绿影扶疏意味长。

[点评]

在中国古代的诗歌文化中,秋天一般都是肃杀、衰败和凄凉的象征——但是也有例外。如唐人刘禹锡《秋词二首》之一云:"自古逢秋悲寂寥,我言秋日胜春朝。晴空一鹤排云上,便引诗情到碧霄。"与这首《看叶》相比,刘禹锡主要从对秋天一排"云鹤"的描写中,写出了秋天之中一种"顽强不息"的精神。而本诗作者,却从"落叶"中感悟到一个最适宜"携杖"的季节:"红紫飘零草不芳,始宜携杖向池塘。"三、四两句,则已经注入作者的一种人生感悟:"看花应不如看叶,绿影扶疏意味长。"而诗人所说的这种"意味",却不是一般人能够感受得到的。

卜算子

严　蕊

不是爱风尘[①],似被前缘误。花开花落自有时,总赖东君主[②]。

去也终须去,住也如何住。若得山花插满头,莫问奴归处。

[注释]

①风尘:一般比喻污浊不堪、混乱不堪的低层社会生活,这里特指娼妓生涯。
②东君:原指日神,这里暗指清官,特别代指岳霖。

[点评]

　　本词的写作还有一个非常生动的背景:当时,词人为生活所迫沦落为一名军中营妓,并被此时的地方官员朱熹以有伤风化罪囚禁起来。后来岳霖继任朱熹并释放了她,词人就写了这首词以申诉自己生活的甘苦。

　　上阕开篇两句,词人首先申明自己并不甘心情愿于当前(营妓)的处境,而好像是被前世的缘分所误——这种对于命运的半信半疑,比起当时多数逆来顺受的妇女来说已经是相当可贵了。"花开花落"两句,则是对岳霖这位新任官员的希望——希望他能将自己拯救出来。笔到下阕,更是词人对于自己未来前程的辩证思考和对于自由生活的渴望。全词充分表达了词人作为一个被侮辱、被损害者的心声,塑造了一个堕入风尘者渴望理解、追求自由的生动形象。

宫 词

武 衍

梨花风动玉阑香,春色沉沉锁建章①。

惟有落红官不禁,尽教飞舞出宫墙。

[注释]

①建章:汉代有建章宫,这里代指皇宫。

[点评]

　　宫廷生活是过去诗人、词家们作品中的一个重要题材。如《行宫》就是唐代诗人元稹的一首名作:"寥落古行宫,宫花寂寞红。白头宫女在,闲坐说玄宗。"这首诗起句描写"古行宫"的寂寥冷落,次句承写"宫花"因"寂寞"而"红",喻指宫女们的寂寞年华。三、四两句叙写宫女们"闲坐"的一个细节,进而更表现了她们红颜憔悴、终身凄凉的无限感慨。而本诗通过"惟有落红官不禁,尽教飞舞出宫墙"两句,一语道破了唯有梨花难禁而宫人心中无春的痛苦心理。

种　梅

刘　翰

凄凉池馆欲栖鸦，彩笔无心赋落霞。

怊怅后庭风味薄①，自锄明月种梅花。

[注释]

①怊怅（chāo chàng）：即惆怅、失意的样子。

[点评]

　　短短四句小诗，写出了作者心中的两层波澜："彩笔无心赋落霞"为第一层，写诗人于一天黄昏之际、凄凉池馆之地的惆怅心境；"自锄明月种梅花"为第二层，则已写出诗人自我调整心态、自守清明心田的高洁境界。因为"梅花"在中国人的心目中，象征着一种精神或品格，所以这里的"种梅"，也正是诗人在心中进行"自我保洁"的一种实际行动。

沁园春

梦孚若①

刘克庄

何处相逢？登宝钗楼②，访铜雀台③。唤厨人斫就，东溟鲸脍④；圉人呈罢⑤，西极龙媒⑥。天下英雄，使君与曹⑦，余子谁堪共酒杯？车千辆，载燕南赵北，剑客奇才。　　饮酣画鼓如雷⑧，谁信被晨鸡轻唤回⑨？叹年光过尽，功名未立；书生老去，机会方来。使李将军，过高皇帝，万户侯何足道哉⑩？披衣起，但凄凉感旧，慷慨生哀。

[注释]

①孚若：词人挚友方信儒，字孚若。他生前做过枢密院参谋官，曾出使金国而不畏威吓并因此名满天下。

②宝钗楼：汉武帝时在咸阳所建酒楼，到宋代仍是十分有名之处。

③铜雀台：三国时期建安十五年曹操所建，在今河北临漳县。

④鲸脍：鲸鱼烹成的美味。

⑤圉人：养马人。

⑥龙媒：指天马。

⑦使君与曹：三国时期，曹操曾与刘备煮酒论英雄："天下英雄，惟使君与曹耳！"刘备也称刘使君。

⑧画鼓：一般指戏曲节目中的乐器，这里特指战场上的画角。

⑨晨鸡：化用《晋书·祖逖传》"闻鸡起舞"的故事。

⑩"使李将军"等三句：西汉文帝时，文帝曾经对飞将军李广说："如果你身当高皇帝时代，驰骋疆场，建功立业，万户侯岂足道哉？"李将军即李广，高皇帝即汉

高祖刘邦。词人在这里借用文帝之话,对当朝君臣的怯懦无能进行辛辣讽刺。

[点评]

　　正如词题所示,这是一首记梦之作。当然,词人记梦不是随意而记,而是有意而记。上阕从不知在"何处相逢"写起,极其铺张地描述了他与老友孚若"登""访""斫""呈""共酒杯"等一系列的"豪情壮举",最终归结在收复"燕南赵北"等旧国失地上,表现了词人仍然"老骥伏枥、志在千里"的雄心。过片"饮酣画鼓如雷"之句,既承接上阕梦中"煮酒论英雄"的情景,更开启下阕梦"被晨鸡轻唤回"之后的"慷慨"感叹,如"年光过尽,功名未立;书生老去,机会方来"等,尽是词人胸中的郁闷、块垒。而"使李将军,过高皇帝,万户侯何足道哉"等句,则更是对当朝无能昏聩君臣的辛辣讽刺与无情痛斥。结拍是词的结束,也是梦的终结:"披衣起,但凄凉感旧,慷慨生哀。"对于一个终生志在收复的志士来说,还有什么比这样的结局更令人伤心、悲哀的呢?

沁园春

寄稼轩承旨①

刘　过

　　斗酒彘肩②,风雨渡江,岂不快哉? 被香山居士③,约林和靖④,与坡仙老⑤,驾勒吾回⑥。坡谓西湖,正如西子,浓抹淡妆临镜台⑦。二公者,皆掉头不顾,只管衔杯。　　白云天竺去来,图画里峥嵘楼阁开。爱纵横二涧,东西水绕;两峰南北,高下云堆⑧。逋曰不然,暗香浮动,不若孤山先访梅⑨。须晴去,访稼轩未晚,且此徘徊。

[注释]

①稼轩:辛弃疾字曰"稼轩"。承旨:词人对辛弃疾尊重的说法。"承"乃承情,

"旨"即美意。

②彘肩：猪腿。

③香山居士：唐代诗人白居易自号。

④林和靖：宋代著名诗人林逋，字和靖。

⑤坡仙老：即苏东坡。

⑥驾勒：意为"强制"回驾。

⑦"坡谓"三句：化用苏东坡《饮湖上初晴后雨》诗："水光潋滟晴方好，山色空蒙雨亦奇。欲把西湖比西子，浓妆淡抹总相宜。"

⑧"白云"六句：化用白居易《春题湖上》中"湖上春来似画图"、《寄韬光禅师》中"东涧水流西涧水，南山云起北山云"等诗句。又：天竺山分上、中、下三竺，附近更有三座天竺寺，也为西湖胜景之一。

⑨"逋曰"三句：化用林逋《山园小梅》诗句："疏影横斜水清浅，暗香浮动月黄昏。"

[点评]

本词运用浪漫主义手法，充分发挥词人的想象，将已经仙逝的前辈诗人、词家与自己进行艺术而巧妙的"客串"，并回复辛弃疾的盛情相邀，诚可谓恰到好处。

好处之一：受到著名词人辛弃疾的盛情相邀而有事无法前往却又想另约时间，以这种填词的形式进行回复，可谓投其所好、不伤脸面。

好处之二：将自己的暂时无法赴约表述为"香山居士""林和靖"和"坡仙老"的"驾勒吾回"，既雅致亲切、生动有趣，又不动声色地抬高了自己的身份。

好处之三：在结拍的"须晴去，访稼轩未晚，且此徘徊"中，更将辛弃疾写成与三位前辈相熟的朋友，也在无形中提高了辛弃疾的艺术地位。

好处之四：词人在作品中巧妙而创新地化用三位前辈诗人的诗句，借以向辛弃疾这位著名词人展示了自己的艺术才华，无怪乎辛弃疾收到本词后十分高兴呢！

题临安邸①

林 升

山外青山楼外楼，西湖歌舞几时休②？

暖风熏得游人醉，直把杭州作汴州③。

[注释]

①临安邸：临安即杭州，邸乃指官邸。宋建炎三年(1129年)，杭州被作为行宫升州为临安府。这里代指南宋小皇帝所偏安的行在。

②西湖歌舞：指南宋偏安一隅不思恢复却歌舞升平、醉生梦死的社会现象。

③汴州：即北宋故都汴京。

[点评]

本诗前两句，从空间上和时间上表现临安府的山重水复之美和亭台楼阁的豪华气派，给读者一种富贵安详、歌舞升平之感。但是，这一切无休无止的歌舞，并不是当时国家安定的标志、社会繁荣的象征，反而是那个不知羞耻的小皇帝粉饰太平、醉生梦死的证明。"暖风熏得游人醉，直把杭州作汴州"两句，是诗人在极度愤慨之下的深刻反讽，表现了一种可贵的忧患意识。

"暖风"二字双关，既是对江南自然热风的实写，又是对当时粉饰歌舞之风的贬斥。最关键的还是南宋小朝廷对这一偏安局面的"沉醉"，是他们把杭州想象为汴州的自我陶醉。常言道："生于忧患，死于安乐。"从这个意义来说，南宋的灭亡应该是符合历史发展潮流的。

悟道诗

无名尼

尽日寻春不见春,芒鞋踏遍陇头云。

归来笑捻梅花嗅,春在枝头已十分。

[点评]

　　本诗很有禅家悟道的意味。第一联的"尽日寻春不见春,芒鞋踏遍陇头云",与苏轼的"不识庐山真面目,只缘身在此山中"一样,包含着一种哲理在里面。第二联的"归来笑捻梅花嗅,春在枝头已十分",定格了一个非常形象的画面:有个年轻俊俏的尼姑,手捻枝头梅花鼻嗅而笑——而尼姑的笑脸,不是已经与梅花一样迎春开放了吗?

　　从画面意义来说,李清照曾有"倚门回首,却把青梅嗅"的著名词句,但李清照却没有赋予更多的内涵。从内涵意义而言,辛弃疾曾有"众里寻他千百度,蓦然回首,那人却在灯火阑珊处"的著名词句——此二者相比,倒是具有十分相近的象征性。

田 家

（十首选一）

华 岳

鸡唱三声天欲明，安排饭碗与茶瓶。

良人犹恐催耕早，自扯蓬窗看晓星。

[点评]

　　华岳在他的十首"田家"组诗中，描写了一幅幅当时的农家风俗生活图。这里所选的一首，则堪称其中的典型代表。本诗从农家的"鸡唱三声天欲明"开始，写妻子在天还不太亮就早早地起床了。因为是夏天，也因为田地距家较远，所以她已经为丈夫安排好了一天下田的生活必需"饭碗与茶瓶"——这其中，已表现了这位农妇的贤惠勤恳和对丈夫的无比关爱。

夜 深

周 弼

虚堂人静不闻更，独坐书床对夜灯。

门外不知春雪霁，半峰残月一溪冰。

本诗前后两联，分别描写出门里门外的不同情景。"虚堂人静不闻更，独坐书床对夜灯"一联，写"虚堂人静"之时主人公的"独对夜灯"，于静寂氛围之中蕴涵着一种进取精神；而"门外不知春雪霁，半峰残月一溪冰"一联，在冷清空旷的画面之外蕴涵了春天萌动的信息。前后两联，互为写照，表现了乍暖还寒季节人与自然一种息息相通的亲近与和谐。

夜　坐

文天祥

淡烟枫叶路，细雨蓼花时。

宿雁半江画，寒蛩四壁诗。

少年成老大，吾道付逶迤。

终有剑心在，闻鸡坐欲迟。

[点评]

民族英雄文天祥这首五律，表现了他的一种无奈之情。时当秋雨绵绵之季，夜宿之雁半江如画，寒鸣之蛩四壁入诗。此时此刻的诗人，想起自己从一个"壮志少年"到一个"鬓衰老大"，不仅感慨万千：我作为一朝丞相，徒有一腔统一祖国、恢复中原的志向、热血，眼看着一天天地成为过眼云烟了啊！怎能不"老大徒伤悲"呢？不过，诗人又想到：只要自己心中复仇的火焰不熄，终有一天是能够实现这个伟大理想的。然而，最后的一句"闻鸡坐欲迟"，却又流露出诗人犹疑、徘徊的心态。

除　夜

文天祥

乾坤空落落，岁月去堂堂。

末路惊风雨，穷边饱雪霜。

命随年欲尽，身与世俱忘。

无复屠苏梦，挑灯夜未央。

[点评]

作为一朝丞相，文天祥在"除夜"之际非但没有一种辞旧迎新的喜悦之情，反倒会有这种"乾坤空落落"的感觉，岂不怪哉？其实，早已尝尽"末路惊风雨，穷边饱雪霜"滋味的他，即便有此"命随年欲尽，身与世俱忘"的诗句倒也不足为奇。只是这个"无复屠苏梦"的除夕之夜，对于文丞相来说未免有些太残酷了。这位在民族危亡之时能够吟出"人生自古谁无死，留取丹心照汗青"的当朝宰相，不知在"挑灯夜未央"之际是否想到了"另谋他途"？忠乎？愚乎？悲乎？哀乎？

虞美人

听 雨

蒋 捷

少年听雨歌楼上,红烛昏罗帐。壮年听雨客舟中。江阔云低断雁叫西风。　　而今听雨僧庐下,鬓已星星也! 悲欢离合总无情。一任阶前点滴到天明。

[点评]

蒋捷的这首词,在创作方法上与辛弃疾当年的《丑奴儿·书博山道中》基本相同,也是利用上下片相同的艺术结构来进行不同的形象比较,以达到强烈的艺术效果。辛弃疾的《丑奴儿·书博山道中》是这样写的:"少年不识愁滋味,爱上层楼。爱上层楼。为赋新词强说愁。　　而今识尽愁滋味,欲说还休。欲说还休。却道天凉好个秋。"如果要进行思想和艺术上的比较,两词有着这样一些不同:

一、辛词两片对比写"愁",蒋词两片对比写"雨"。

二、辛词写"愁",分"少年"和"而今"两个年龄段,前者几乎是年幼天真的无病呻吟,而后者则是谙练世故、思想痛苦之后的无以言说;蒋词写"雨"分浪漫轻狂的"少年"、逆旅奔波的"壮年"和寄寓僧庐的"而今"三个年龄段,将词人三个人生阶段的不同际遇分别给予生动而深刻的表现。

三、辛词中出现的主要地点只在"层楼"一处,蒋词中出现的地点有"歌楼""客舟"和"僧庐"三处。

四、辛词具有比较广泛的普遍意义,蒋词则具有更突出的个性特点。

五、辛词中的艺术形象突出而鲜明,蒋词则更着重艺术上的情景交融。

六、辛词的时代特色相对淡化些,蒋词时代特色相对更明显些。

然而，正是由于两位词人对于生活的不同理解和对于这种理解的各不相同的艺术表现，也才使得两首作品同时成为脍炙人口的不朽之作。

贺新郎

兵后寓吴[①]

蒋　捷

　　深阁帘垂绣。记家人、软语灯边，笑涡红透[②]。万叠城头哀怨角[③]，吹落霜花满袖。影厮伴、东奔西走。望断乡关何处是？羡寒鸦、到着黄昏后。一点点，归杨柳。　　相看只有山如旧。叹浮云、本是无心，也成苍狗[④]。明日枯荷包冷饭，又过前头小阜[⑤]。趁未发、且尝村酒。醉探枵囊毛锥在[⑥]，问邻翁、要写牛经否[⑦]？翁不应，但摇手。

[注释]

①兵后寓吴：1275 年正月元兵渡过长江，词人避乱苏州。寓，指寓居，吴即指苏州。

②笑涡（wō）：俗称酒涡。

③万叠：古代称乐曲演奏一遍为一叠，万叠极言反复演奏。

④苍狗：杜甫诗云："天上浮云如白衣，斯须改变如苍狗。"（《可叹》）白云苍狗喻指事物变幻不定。

⑤小阜（fù）：阜为土山，小阜即小山岗。

⑥枵（xiāo）囊：空空的口袋；毛锥：指毛笔。

⑦牛经：即怎样养牛的书。

本词以"兵后寓吴"为题,在上下两片的形式中表现了三个层次的内容。上片的前三句,追忆"兵前"一个幸福家庭的快乐生活,可以称为第一层。从"万叠城头"至"一点点,归杨柳"为第二层,词人将"兵后"自己"影厮伴、东奔西走"的生活与"黄昏寒鸦"进行比较并生出羡慕之情,以反衬自己生活的落魄。整个下片则是全词的第三层,既有冷峻深刻的叙述,又有生动细腻的描写。结句的"翁不应,但摇手"六字,使这位流离失所、生活无着的知识分子几乎到了走投无路的地步。而回过头来再读开头三句,则会使人更感词人当年生活的美满和今日生活的艰辛。

人月圆

吴 激

南朝千古伤心事,犹唱后庭花。旧时王谢,堂前燕子,飞向谁家？ 恍然一梦,仙肌胜雪,宫髻堆鸦。江州司马,青衫泪湿,同是天涯。

[点评]

本词最大的特点,是作者分别截取和化用前人的诗句或词句并重新组装成一首新词。比如开篇两句,就是从唐人杜牧的《泊秦淮》诗中化出:"烟笼寒水月笼沙,夜泊秦淮近酒家。商女不知亡国恨,隔江犹唱后庭花。"而"商女不知亡国恨"的感叹,含蓄而深沉地表达了诗人对于世风奢靡、国事衰败的忧虑。而以南宋当时"暖风熏得游人醉,直把杭州作汴州"(林升《题临安邸》)的情形与之相比,两者该有多么惊人的相似之处啊！

本词上片的第三、四、五句,作者又化用了唐人刘禹锡的绝句《乌衣巷》:"朱雀桥边野草花,乌衣巷口夕阳斜。旧时王谢堂前燕,飞入寻常百姓家。"刘禹锡也许想象不到,他当年曾感慨过的时代沧桑,竟然又出现在了身后的南宋时期。

北宋词人周邦彦的《少年游·感旧》有句云:"并刀如水,吴盐胜雪,纤指破新橙。"写的是作者偶遇皇帝与名妓李师师相狎的故事。而对于身当南宋的本词作者吴激来说,这种风花雪月却已经成为他对于繁华往事的一种漫忆:"恍然一梦,仙肌胜雪,宫髻堆鸦。"下片词中的其情其景,与周邦彦笔下的情景何其相似乃尔。而结句的"江州司马,青衫泪湿,同是天涯"之意,则明显来自于唐人白居易《琵琶行》中的"坐中泣下谁最多?江州司马青衫湿""同是天涯沦落人,相逢何必曾相识"等句。而其意义,却已经发生了很大的变化。

尽管本词大量运用或化用了他人的成句,但是已经过了作者的艺术处理。即便无人指出这些成句的出处,读者仍然能够从中读出作者心中繁华不再的慨叹和泪湿青衫的无奈。

断续寒砧断续风

捣练子

李　煜

深院静，小庭空，断续寒砧断续风。无奈夜长人不寐，数声和月到帘栊。

[点评]

所谓"捣练子"，是古代家庭生活中将由生丝织成的白绢在砧板上反复捶捣变软进而裁制衣服的一项重要内容。由于这种任务主要由妇女完成，也由于妇女常常需要为戍边的将士或客居的游子捣练制衣，"捣练子"便因此成为古代妇女思念良人的代名词。

这是一首本意小令。全词虽然只有五句二十七个字，却生动形象地烘托了当时"捣练"的环境、气氛，含蓄细腻地刻画了当时"捣练"的景物、心理。"寒砧"二字，既说明其时季候之初寒，也衬托人物心理之凄凉。"无奈"二字，既状出夜长不寐之难堪，也交代愁怨难遣之绵长。尤其本词出自一位亡国之君之手，这一方面表现了李煜超绝的诗词艺术，另一方面也寄托了词人对于他"梦里江山"的深切忆念。

踏莎行

寇 准

　　春色将阑①,莺声渐老②,红英落尽青梅小。画堂人静雨濛濛,屏山半掩馀香袅。　　密约沉沉,离情杳杳。菱花尘满慵将照③。倚楼无语欲销魂④,长空黯淡连芳草。

[注释]

①阑:尽也。

②老:犹言黄莺已经由雏而老,喻指春天已渐渐远去。

③菱花:即铜镜。慵:懒得之意。

④销魂:也作"消魂",多用来形容某人愁苦或悲伤的情状。但在某些诗词或小说中,也用以形容男女极度欢情或极度恐慌的样子。

[点评]

　　本词上片主要写景,通过对"春色""莺声"和"红英""青梅"等景物细微变化的描写,让女主人公在"细雨濛濛"的"画堂"中上场,也衬托出这位女性身份的高贵和形象的高雅——"屏山半掩馀香袅",绝对不是"数声和月到帘栊"。

　　尽管如此,这位女性却也有着她自己的愁怨与哀伤:"密约沉沉",言其曾经有过的海誓山盟;"离情杳杳",言其当下遭遇的孤寂情怀。女主人公的心灵独白,在"倚楼无语欲销魂"的无奈与无言中达到凄苦高潮。而"长空黯淡连芳草"一语,则写出了另外一个"离恨恰如春草,更行更远还生"的新境界。

长相思

林　逋

吴山青①。越山青②。两岸青山相对迎③。谁知离别情？

君泪盈。妾泪盈。罗带同心结未成④。江头潮已平。

[注释]

①吴山：春秋时期，以钱塘江为界，北岸属于吴国范围，故称吴山。
②越山：以钱塘江为界，南岸属于越国范围，故称越山。
③相对迎：又作"相送迎"。
④同心结：在古代，女子流行用丝绸腰带结成心形送给男方作信物，故称"同心结"。

[点评]

本词以一个女子的口吻，自述了一个凄婉得令人黯然神伤的故事。

上阕运用拟人化手法写景：吴、越两座高高的青山，巍然屹立在钱塘江的两岸。千年以来，它们彼此相对、彼此相爱、彼此相守，从来没有分开过，也从来没有体验过别离的痛苦——好生令人羡慕啊！下阕承接上阕，运用对比的手法写人：你我两个相知、相爱的苦命人，怎么连两座青山也不如呢？无论我们的心中如何的凄苦、怎样的悲哭，可最终还是被迫分手——好生令人伤感啊！全词上下两阕互为比喻，将真情融进了景里，在景中饱含着真情。

上阕第三句有不同的版本为："两岸青山相送迎。"虽然也能理解为两座青山对于江水舟船的迎来送往，但不如"相对迎"更为切合本词祝愿"君"与"妾"能够"罗带同心"的主题。

一丛花令

张　先

伤高怀远几时穷？无物似情浓。离愁正引千丝乱，更东陌、飞絮濛濛。嘶骑渐遥，征尘不断，何处认郎踪？　　双鸳池沼水溶溶。南陌小桡通①。梯横画阁黄昏后，又还是、斜月帘栊。沉恨细思，不如桃杏，犹解嫁东风。

［注释］

①桡（ráo）：划船之桨，这里代指舟船。

［点评］

　　一个失去情人的女性，独处在深闺之内整理她自己的相思和哀怨并成为一个值得令人同情的文学形象，主要还是得力于词人张先这支具有艺术魅力的妙笔。

　　本词上阕，起篇就写女主人公自身体味出来的一种感受："伤高怀远几时穷？无物似情浓。"可谓恨由所生。下一大句"离愁正引千丝乱"中的"引"字一语双关，不仅贴切新颖地"引愁千丝"，而且还"引"出了她对自己情人的亲切的回忆。同时，因为"千丝"其实就是"杨柳"的代称，所以在实际上还暗用"折柳"之典，写出了她与情人离别之后种种的相思与忆念。如其后词人吴文英的"楼前绿暗分携路，一丝柳、一寸柔情"（《风入松》）之句，明显是从此处化用而来。歇拍"何处认郎踪"的追问，则又回应了篇首"伤高怀远"的主题，仍是割不断对往日情人的一片痴情。

如果说上阕属于描写情中远景的话，那么下阕则已转为近景写情了。过片的"双鸳池沼水溶溶"，触景生情，更衬托出她在此情此景中的寂寞与孤独。再以下从环境中的"南陌""小桡""画阁"，又写到时间上的"画阁黄昏""斜月"东升，女主人公一直愁思难遣、情无所托，不禁令人产生"无奈情多累美人"之感。至全词结拍，写女主人公怨恨已极，在"沉恨细思"之后突发奇想："不如桃杏，犹解嫁东风。"唐人李益曾经有诗云："嫁得瞿塘贾，朝朝误妾期。早知潮有信，嫁与弄潮儿。"而本词此处这个否定句，比之李益诗显得尤为落寞与多情。

思远人

晏几道

红叶黄花秋意晚，千里念行客。飞云过尽，归鸿无信，何处寄书得？　　泪弹不尽临窗滴，就砚旋研墨。渐写到别来，此情深处，红笺为无色。

[点评]

从内容来看，本词主人公应该是个很有学养的知识女性。所以才有"归鸿无信""何处寄书""就砚研墨"等一系列的行为特点。尤其是结拍"渐写到别来，此情深处，红笺为无色"一句，可谓出语高妙，慧心感人。全词并未出现"思""忆""想""念"之类的字句，然而对于词牌"思远人"的诠释却已是十分的丰富而深切。

生查子

晏几道

坠雨已辞云,流水难归浦。遗恨几时休? 心抵秋莲苦。　　忍泪不能歌,似托哀弦语。弦语愿相逢,知有相逢否?

[点评]

　　本词以一个女性自述的口吻,表现了她与情郎分手之后的心路历程。上片起句,就将自己与情郎的分手比拟为"坠雨辞云",并且像"流水难归浦"一样再也难以与情郎见面。对于诸多有关"坠雨"如何"辞云"过程的省却,使得本词入手擒题。接句又写自己"遗恨几时休? 心抵秋莲苦",也是极言之笔。下片更写自己"忍泪不能歌",可谓痛苦不堪。而最后对于"弦语愿相逢"的冀望,也具有很大的不确定性:"知有相逢否?"

　　本词通篇用比,多数词句的疑问句式,体现了女性对男子依附地位的时代特征。

减字木兰花[①]

秦 观

　　天涯旧恨,独自凄凉人不问。欲见回肠,断尽金炉小篆香。

　　黛蛾长敛,任是春风吹不展。困倚危楼,过尽飞鸿字字愁。

[注释]

①减字木兰花:又称"减兰",由词牌《木兰花》的第一、三、五、七句各减三字而成。双调共四十四字。

[点评]

　　本词上下阕,各自两句一组,组成一个完整的意象。"天涯旧恨,独自凄凉人不问"两句,言孤独凄凉时间之久;"欲见回肠,断尽金炉小篆香"两句,状炉香袅袅似九曲回肠;"黛蛾长敛,任是春风吹不展"两句,拟闺中人心上愁苦之很;"困倚危楼,过尽飞鸿字字愁"两句,将飞鸿喻为字字愁,准确而生动,贴切而自然。

九绝为亚卿作

（九首选二）

韩　驹

君住江边起画楼，妾居海角送海头。

潮中有妾相思泪，流到楼前更不流。

妾愿为云逐画樯，君言十日看归航。

恐君回首高城隔，直倚江楼过夕阳。

[点评]

　　这两首绝句，均以第一人称写起。第一首："妾"自比融入海角潮水之中的
"相思泪"，为了能够见到心中的"郎君"，不远万里地"流到（君所住的）画楼前
更不流"——可谓"痴妾"对"痴君"。第二首，"妾"又自比为"逐樯之云"，为了
让"郎君"一"回首"就能看到自己，便"直倚江楼过夕阳"——尽管这种举动有些
太幼稚可笑，但对于热恋中的青年男女而言，倒可能是最为有效的表达方式。

捣练子

（五首选四）

贺 铸

收锦字①,下鸳机②。净拂床砧夜捣衣。马上少年今健在,过瓜时见雁南归③。

斜月下,北风前。万杵千砧捣欲穿④。不为捣衣勤不睡,破除今夜夜如年。

砧面莹,杵声齐。捣就征衣泪墨题⑤。寄到玉关应万里,戍人犹在玉关西⑥。

边堠远⑦,置邮稀。附与征衣衬铁衣。连夜不妨频梦见,过年惟望得书归。

[注释]

①锦字:特指妻子寄给丈夫的书信。《晋书·窦滔妻苏氏传》载,前秦时秦州刺史窦滔犯事被流放到边疆,妻子苏氏便用五色丝线织成"回文璇玑图"寄赠给他表示深切的思念。

②鸳机:一种古代家庭专用的织锦机。李商隐《即日》诗云:"几家缘锦字,含泪下鸳机。"

③瓜时:《左传·庄公八年》载,齐侯使连称,管至父戍葵丘。瓜时而往,曰:"及瓜而代。"后来便将任职期满并由人接替称为"瓜时"或"瓜代"。杨万里《斋房戏题》诗云:"醉乡无日不瓜时。"

④捣欲穿:"穿"字双关,既指捣衣之情真,又指捣衣人望眼欲穿。

⑤泪墨题:意指将墨和泪题书。

⑥玉关西:即玉门关以西,表示征人戍边之远。

⑦边堠:堠乃古代用于瞭望敌情的土堡,边堠就是边疆驻军之地的代称。

[点评]

南宋著名词人贺铸,曾经写过一组五首《捣练子》,这里为其中的四首。

按照时间顺序,这四首词正像一组系列性电影镜头,先后分别表现了闺中之妇"瓜时思君""月夜捣衣""泪墨题书"和"邮寄征衣"的连续性活动。词人以其细腻的笔触,形象地刻画了女主人公的心理活动,成功地塑造了一个栩栩如生的"思妇"形象。各阕既能独立成篇,构成了一个个生动的捣衣图;又能相互衔接,前后照应,联成了一系列动人的思君画。至今读之,犹能令人感慨再三。

采桑子

吕本中

恨君不似江楼月,南北东西。南北东西,只有相逢无别离。

恨君却似江楼月,暂满还亏。暂满还亏,待得团圆是几时?

[点评]

"咏月"是我国古典诗词艺术中的一个永恒主题。无论是乐府民歌中的"月出东南隅",王昌龄的"秦时明月汉时关",李白的"举杯邀明月,对影成三人",还是杜甫的"露从今夜白,月是故乡明",白居易的"惟见江心秋月白",杜牧的"烟笼寒水月笼沙",或者李商隐的"月中霜里斗婵娟",柳永的"杨柳岸晓风残月",苏轼的"但愿人长久,千里共婵娟",等等,无不寄予月亮以特殊的情思和向往。

本词作者以一个妻子的口吻,通篇运用白描的方法,吟咏"月亮"这一个事物却又能够表现出截然不同的意象。作者充分进行拟人化处理,通过对于月亮的"怀恨在心"来表现对于丈夫的深切怀念,不能不是词人运用超绝艺术手段的一首得意之作。词人抓住月亮自然盈亏的天文现象,在上阕中"恨君"不像"江楼月"那样,无论在"南北东西"都能让我抬头望见,都能够"只有相逢无别离"。在下阕中,却又"恨君"就像那"江楼月"一样,常常"暂满还亏",让人总是向往着"待得团圆是几时"? 在这里,"月"就是"君","君"就是"月","月"与"君"已经成为一个统一不可分的艺术形象。而所谓的"恨",则正是"爱之深,恨之也深"的最佳注脚。

寄衣曲三首

罗与之

忆郎赴边城,几个秋砧月?
若无鸿雁飞,生死即离别。

愁肠结欲断,边衣犹未成。
寒窗剪刀落,疑是剑环声。

此身倘长在,敢恨归无日。
但愿郎防边,似妾缝衣密。

[点评]

　　就一般意义的思君念夫而言,这一组三首的《寄衣曲》还真是不同一般。其思想境界，似乎已经超出了当时家庭妇女的常规水平。本诗作者不仅仅只是"忆郎""恨郎"——忆念郎君，愁肠百结；恨郎不归，生亦即死。更重要的是还要"祝郎""愿郎"——祝君胜利，刀环铿锵；愿君戍边，似妾缝衣。在这其中，除了一般的思夫、念夫、愿夫等夫妻感情之外，实际上还寄寓着这位妇女朴素的爱国情怀。从艺术的角度而言，孟郊"临行密密缝，意恐迟迟归"的游子情怀，在这里却又悄悄地转化成了妻子对丈夫的思念。

卜算子

程 垓

独自上层楼，楼外青山远。望到斜阳欲尽时，不见西飞雁。

独自下层楼，楼下蛩声怨。待到黄昏月上时，依旧柔肠断。

[点评]

在本词上阕，主人公"独自上层楼"，从早上一直"望到斜阳欲尽时"，也不见一只自西而来的归雁，其失望之心可想而知。在下阕，主人公"独自下层楼"，又从"蛩声"初起一直"待到黄昏月上时"，只落得"依旧柔肠断"，其怨恨之心可以想见。作者运用上下阕在结构上的重叠，而且开篇着意同用一个"独自上（下）层楼"的句式，使重复的咏叹加重了女主人公孤独寂寞凄凉的心境。

望夫山

陈　造

亭亭碧山椒，依约凝黛立。何年荡子妇[①]，登此望行役。君行断音信，妾恨无终极。坚诚不磨灭，化作山上石。烟悲复云惨，仿佛见精魄。野花徒自好，江月为谁白？亦知江南与江北，红楼无处不倾国。妾身为石良不惜[②]，君心为石那可得？

[注释]

①荡子：古代对浪荡不归男子的贬称，后来用作不务正业、游手好闲或败坏家业者的泛称。如《古诗十九首》云："昔为娼家女，今为荡子妇。"
②良不惜：即便不值得怜惜。

[点评]

在古代，由于常年频繁地征战或者其他经商、宦游等原因，便造成了非常普遍的闺中怨妇现象。又因为等待自己的丈夫，不少怨妇便长年累月地守望在自己的家门或村前。于是，更产生了一个又一个"望夫石""望夫山"的故事。

本诗就是对于其中一个"望夫山"故事的一次艺术演绎。诗中写道：在一个高高的山顶上，有一片亭亭的山椒。不知道何年何月，一个浪荡子的妻子就来这里等待她的丈夫。时间长了，她终于也化作一块山上的石头。诗的结尾，妻子凄婉而清醒地说：我也知道，在江南、江北的广大地方，到处都有一些倾城倾国的美色。我自己身化为石并不可惜，而夫君你怎么能如此心硬如石呢？言语之间，令人可惜、可悲、可叹矣！

清平乐

宫 怨

黄 升

珠帘寂寂,愁背银钉泣。记得少年初入选,三十六宫第一。

当年掌上承恩,而今冷落长门①。又是羊车过也②,月明花落黄昏。

[注释]

①汉武帝当年将陈皇后冷落之后废弃在长门宫,汉魏时期曾有相和歌曲专咏陈皇后一事。
②羊车:古代皇帝乘坐的一种宫内小车。

[点评]

宫怨也是古代诗人作品中的常见题材。本词将一个宫女受宠前后的不同遭遇进行对比描写,表达了一种世事无常、无以言说的复杂情绪。

商妇吟

林景熙

良人沧海上,孤帆渺何之? 十年音信隔,安否不得知。长忆相送处,缺月随我归。月缺有圆夜,人去无回期。回期倘终有,白首宁怨迟。寒蛩苦相吊,青灯鉴孤帏。妾身不出帏,妾梦万里驰。

[点评]

本诗反映了古代又一个妇女群体——商妇的哀怨。因为商人需要到各地去经营,所以也是常年不着家。所以,作为一个商人的妻子也是十分可怜的。正如本诗所写的那样:"良人沧海上,孤帆渺何之? 十年音信隔,安否不得知。"作者运用反复、顶真、铺叙等艺术手法,哀痛地表现了妻子"寒蛩苦相吊,青灯鉴孤帏"的凄苦生活。全诗悱恻缠绵,情感真挚,具有十分强烈的艺术感染力。

效孟郊体①
(三首选一)

谢　翱

闺中玻璃盆②,贮水看落月。看月复看日,日月从此出。爱此日与月,倾泻入妾怀。疑此一掬水,中涵济与淮③。泪落水中影,见妾头上钗。

[注释]

①孟郊体：唐代诗人孟郊，写诗讲究结构技巧，擅长白描手法，善于造语奇警、托微寄兴，于古拙中见其深思意远，当时就为韩愈所推重，并被后世称为"韩孟"；又因他写诗以苦吟著名，更有"郊寒岛瘦"之说。
②玻璃盆：当时尚无玻璃器皿，这里当是指比较光亮有釉的陶盆。
③济与淮：特指济水与淮水。

[点评]

从表面上来看，本诗写一个独守空房的女子，在闺中用玻璃盆贮水以观日月升落、以遣思君之愁。在她的眼里，日复一日的日出月落，就是夫君的进出往来——这个十分家常而又形象的比喻是多么的生动！但是，这首诗却是另有寄托。作者曾经是民族英雄文天祥部下的谙事参军，在文天祥被俘遭杀之后日思夜念而不得，便写此诗以表示自己对于英雄的无比崇敬。如"疑此一掬水，中涵济与淮"两句，便是作者遥念文天祥被金人押送渡长江、泛济水、过淮河线路有意无意的"秘密"泄露；至于"疑此"的"疑"字，也是作者"毫不怀疑"信念的反意表达。

九张机①

（九首选七）

无名氏

一张机，织梭光阴去如飞。兰房夜永愁无寐②。呕呕扎扎，织成春恨，留着待郎归。

两张机，月明人静漏声稀。千丝万缕相萦系。织成一段，回纹锦字③，将去寄呈伊。

三张机，中心有朵耍花儿。娇红嫩绿春明媚。君须早折，一枝浓艳，莫待过芳菲④。

四张机，鸳鸯织就欲双飞。可怜未老头先白。春波碧草，晓寒深处，相对浴红衣。

……

七张机，鸳鸯织就又迟疑。只恐被人轻剪裁。分飞两处，一场离恨，何计再相随。

八张机，回纹知是阿谁诗？织成一片凄凉意。行行读遍，恹恹无语，不忍更寻思。

九张机，双花双叶更双枝。薄情自古多离别。从头到底，将心萦系，穿过一条丝。

[注释]

①九张机：最早见于宋代曾慥《乐府雅词》，是由无名氏独创的一种新词牌。这里所选，前边"四张机"和后边"三张机"分属无名氏的两组"九张机"。

②兰房：古代女子爱好以兰椒等香草熏房，故称兰室或兰房。

③回纹锦字：见贺铸《捣练子》注释①。

④"君须早折"三句：化用唐代无名氏《金缕衣》："劝君莫惜金缕衣，劝君惜取少年时。有花堪折直须折，莫待无花空折枝。"

[点评]

这组词按照一、二、三……七、八、九的数学顺序和妇女在织布机上织布时的先后程序，着意就每"一张机"的程序特点，进行各不相同的艺术创造，从而形成了一系列古代妇女栩栩如生的机上织锦图。在集中体现闺中之妇思夫、念夫、盼夫、怨夫情绪的同时，也展现了一幅幅古代妇女生活的生动画面。

鱼游春水

无名氏

秦楼东风里[①]，燕子还来寻旧垒。余寒微透，红日薄衾罗绮。嫩笋才抽碧玉簪，细柳轻窣黄金蕊。莺转上林，鱼游春水。　　屈曲栏杆遍倚。又是一番新桃李。佳人应念归期[②]。梅妆淡洗。凤箫声杳沉孤雁，目断澄波无双鲤[③]。云山万重，寸心千里。

[注释]

①秦楼：秦穆公为仙人萧史和女儿弄玉所筑阁楼。其二人天天在此楼上吹箫，终于引凤来翔并乘之而去。这里指妇女所居的闺楼。
②佳人：这里应该指女主人公的心上人。
③孤雁、双鲤：这里均代指书信。

[点评]

在燕剪东风、乍暖还寒的春日，有一个懒拥罗衾的少妇，像刚刚抽芽的嫩笋一样水灵灵地动人心魄。窗外，只见柳丝荡漾，又听莺转上林，再想到鱼游春水的情景——她终于经不住春的诱惑了。本词上阕对于春天景色的描写自然地引得了女主人公在下阕的出场。但是，面对眼前的如此佳境，无心欣赏的她不由得感叹道："又是一年的桃李花盛开，他应该记得回来啊。"正因为对于心上人的思念，她早已经疏于梳妆、懒于打扮了。时至今日，"佳人"连一点点儿的音信都没有，让人好不伤心啊！

从表面上来看,这首词并没有多少哀怨、感伤的词句,但这并不能掩盖全词那种欲抑更扬的怨情与哀伤——不言怨而怨声盈耳,不言伤而伤情满纸——这也正表现了本诗作者的艺术高明之处。

春　闺

元　淮

杏花零落燕泥香,闲立东风看夕阳。

倒把凤翘搔鬓影,一双蝴蝶过东墙。

[点评]

一位无聊的少妇,在一片"杏花零落"的"燕泥香"中"闲立东风看夕阳"。她真的是无聊了吗? 不,诗的三、四两句还是泄露了这位少妇心灵的秘密:她把一支凤钗倒拿在手中烦闷地搔弄着鬓发,眼睛却直勾勾地盯着"一双蝴蝶过东墙"。其实,她的无聊不正是那个社会大多数闺中少妇怨愤的另一种反映形式吗? 此情此景,与晏殊《浣溪沙》中"无可奈何花落去,似曾相识燕归来"所描写的情景,在实际上是有很多的相似、相通之处的!

目尽青天怀今古

示长安君

王安石

少年离别意非轻,老去相逢亦怆情。

草草杯盘供笑语,昏昏灯火话平生。

自怜湖海三年隔,又作尘沙万里行。

欲问后期何日是?寄书应见雁南征。

[点评]

　　作为一个创作领域,酬唱之作不仅在古今诗词创作中占有很大的比重,而且产生了很多的优秀作品。有人认为酬唱之作不好写、写不好、没意义,我看未必。就艺术创作而言,问题不在诗人写什么而在怎么写。如王维的《送元二使安西》、李白的《闻王昌龄左迁龙标遥有此寄》、杜甫的《江南逢李龟年》、刘禹锡的《酬乐天扬州初逢席上见赠》等,不都是脍炙人口的优秀之作吗?

　　从艺术欣赏的意义来说,作品的酬唱对象一般而言是无足轻重的。但如王昌龄、元二、李龟年、白乐天等人,因为其本人在历史上的特殊地位,则在诗作之外增加了一段值得呵护的珍贵友谊。但本诗中的长安君似乎可以忽略了,因为他对我们欣赏本诗并不会产生什么特别的影响。"少年离别意非轻,老去相逢亦怆情"——本诗首联两句,十四个字交代了作者与长安君从"少年"到"老去"几十年间持续不断的"离别"伤感。"草草杯盘供笑语,昏昏灯火话平生"——颔联所营造的气氛是相当随意和十分亲切的。"自怜湖海三年隔,又作尘沙万里行"——颈联表达了诗人与朋友短暂相逢后却又不得不分手的感慨。"欲问后期何日是?寄书应见雁南征"——尾联是诗人与长安君对于明日再见的共同期待。全诗明白如话,语淡情深,表现了朋友情谊在诗人内心深处的分量。

卜算子

送鲍浩然之浙东

王　观

水是眼波横,山是眉峰聚。欲问行人去那边? 眉峰盈盈处。

才始送春归,又送君归去。若到江南赶上春,千万和春住。

[点评]

把水比为"眼波横",把山比为"眉峰聚",这是一个新巧、奇妙的拟人化比喻,生动而且形象。上阕"欲问"一句,点出"送鲍浩然之浙东"的主题,并把"眉峰盈盈处"作为"浙东"的代指,词人可谓善于"以少胜多"。下阕突出来写一个"送"字:"才始送春归,又送君归去。"在这里,词人将"春"与"君"同样视为自己的朋友来送,不仅使朋友顿生亲切温暖之感,而且继续写出"若到江南赶上春,千万和春住"的词句,送给朋友一腔前程似锦、光明灿烂的祝愿。

赠黄鲁直

徐　积

不见故人弥有情，一见故人心眼明。

忘却问君船住处，夜来清梦绕西城。

［点评］

这首送给朋友的赠别诗，第一、二句几乎属于直白之笔：从"不见故人"到"一见故人"，从"弥有情"到"心眼明"，无须再有任何表述，却已将诗人与故人之间的情感展现得淋漓尽致。第三、四两句，故意从"忘却"的角度引出"清梦"，是诗人"欲擒故纵"的写法，读来尤觉婉曲而亲切。

我们注意到，本诗没有诗人与故人相见的具体情景描写，不像王维的"劝君更进一杯酒，西出阳关无故人"那样当面相赠。而这样的"见后"相赠，却更加显得持久而深沉。

和高子文秋兴

（二首选一）

宇文虚中

摇落山城暮，栖迟客馆幽。

葵衰前日雨，菊老异乡秋。

自信浮沉数，仍怀顾望愁。

蜀江归棹在，浩荡逐春鸥[①]。

[注释]

①隐括杜甫《客至》诗意："舍南舍北皆春水，但见群鸥日日来。"

[点评]

    在我国古代，诗词是必须进行"吟唱"才能充分表现其韵味的。而诗人朋友之间，则经常进行一些相互赠诗答词的"酬唱"活动。第一首领韵之作被称为"首唱"或"原唱"，第二首以后之作被称为"步韵"或"和唱"。而这种"酬唱"之举，便成为他们增进交流、加强友谊和比试技艺高低的一种最佳形式。

    显而易见，宇文虚中的这首五律《和高子文秋兴》，就是一首"和唱"之作。首联"摇落山城暮，栖迟客馆幽"仅十个字，就在生动的描写中交代了"摇船而来""山城已暮""栖息很迟""旅馆静幽"等丰富的内容。其中"摇落""栖迟"两个词组，不仅富有强烈的动感，而且已经具有了"使动"的意义，显示了诗人熟练的文字技巧。颔联"葵衰前日雨，菊老异乡秋"的对仗老到工稳，诗人将形容词"衰""老"动词化使用并分别搭配以"雨""秋"两个名词，使诗句平添许多衰败之感与萧飒之气，而思乡之情也已初露端倪。颈联"自信浮沉数，仍怀顾望愁"，透出诗人"自信"与"顾望"互为交织的心理矛盾,应该还是颔联心绪的深入表达。到了尾联的"蜀江归棹在,浩荡逐春鸥",诗人点明其"顾望"所在为"蜀江"的同时,表现出对于未来的信心与勇气。

寄　内

孔平仲

试说途中景,方知别后心。

行人日暮少,风雪乱山深。

[点评]

　　本诗表面上十分平实,感情却是非常深沉的。俗话说:"在家千日好,出门一时难。""失去了,才更觉得宝贵。"由此看来,诗人平常在家是比较享受的。而只有在深刻体会到外出艰辛之际,才有此"试说途中景,方知别后心"之语——这第一、二句,于平实中表达了诗人心里对于内人(妻子)真诚的感情。而第三、四两句,转折出一个"行人日暮少,风雪乱山深"的特殊场景,平中见虚,虚实巧转,使诗人自己对于内人的思念愈显得含蓄而深沉。

题子瞻枯木

黄庭坚

折冲儒墨阵堂堂，书入颜杨鸿雁行。

胸中元自有丘壑，故作老木蟠风霜。

[点评]

　　诗人作为盛名当时的"苏门四学士"之一，对于老师苏轼苏子瞻当然是崇拜不已的。这首短短的绝句，不仅赞扬了苏轼的文章，而且赞扬了苏轼的人格。首句的"折冲儒墨阵堂堂"，"儒墨"借以代指苏轼在学术上的造诣，"折冲"是写他平衡调停并平息了各种偏激的学术之争——既有"儒墨"又能"折冲"，苏轼在当时的学术地位便不言自明了。次句的"书入颜杨鸿雁行"，称赞苏轼的书法与颜真卿、杨凝式一样是当代一流的。"胸中元自有丘壑，故作老木蟠风霜。"三、四两句相连，将对他的艺术评价自然转为对他人生的评论，不露一点痕迹。

　　本诗原来是这样写的："文章日月与争光，书入颜杨鸿雁行。笔端放浪有江海，临深枯木饱风霜。"前后比照，诗人为什么进行修改的道理读者应该能够自己意会的。

寄贺方回

黄庭坚

少游醉卧古藤下，谁与愁眉唱一杯？

解作江南断肠句，只今惟有贺方回。

[点评]

北宋绍圣元年，因为"元祐党籍"之故，苏轼、秦观、陈师道、范纯仁等被贬到全国各地，多年以后如秋叶般纷纷谢世凋零。作为贺铸（贺方回）的至交，秦观曾经有过一首《好事近·梦中作》词："春路雨添花，花动一山春色。行到小溪深处，有黄鹂千百。　　飞云当面化龙蛇，夭矫挂空碧。醉卧古藤阴下，杳不知南北。"这似乎是一首神秘的谶词，词人自己最终正是在被赦北返至广西藤州时病卒的。而本诗的第一句"少游醉卧古藤下"，就是从这首词中化出的。第二句"谁与愁眉唱一杯"是从晏殊《浣溪沙》词中的名句"一曲新词酒一杯，去年天气旧亭台"中化出，其中的"唱一杯"与上句的"醉卧"相联系。而第三句"解作江南断肠句"，则直接从贺铸《青玉案·横塘路》中的"彩笔新题断肠句"中化出。而第四句"只今惟有贺方回"，在巧妙地写出诗人和秦、贺两位深切友谊的同时，也最终回归到《寄贺方回》这个题目。

从第三者开始写起而后委婉地表现自己与朋友的情谊，从朋友的著名诗（词）句写起而后成就自己的这首作品，可谓是本诗独特的艺术特点。

陈留市隐①

黄庭坚

市井怀珠玉②,往来人未逢。

乘肩娇小女,邂逅此生同。

养性霜刀在,阅人清镜空。

时时能举酒,弹镊送归鸿③。

[注释]

①陈留:地近汴梁,秦时旧县,后曾置郡称国。东汉时的父女文学家蔡邕、蔡琰,汉末"建安七子"之一的阮瑀和西晋"竹林七贤"中的叔侄诗人阮籍、阮咸,都是陈留尉氏的历史人物。

②市井:古代特指做买卖的处所。《管子·小匡》:"处商必就市井。"

③弹镊(niè):镊,指当时的刀镊工,除了理发、美容之外兼做一些杂活。弹镊虽无冯骧"弹铗归来"之怨气,却也表现出一种洒脱的生活态度。

[点评]

古人有语云:"小隐隐于野,大隐隐于市。"那么,这位"市井怀珠玉,往来人未逢"者到底是一位什么样的人物呢? 诗人在诗前小序中写道:"陈留市上有刀镊工,年四十余,无室家子姓。惟一女年七岁矣。日以刀镊所得钱与女子醉,饱则簪花吹长笛,肩女而归。无一朝之忧,而有终身之乐。疑以为有道者也。陈无己(师道)为赋诗,庭坚亦拟作。"

所谓刀镊工,其实就是一位生活在社会底层的理发兼杂工。诗人首联对他给以高度的评价：“市井怀珠玉，往来人未逢。”《道德经》《参同契》中都曾称赞这种“被褐怀玉”者，诗人也认为他们虽然地位低下，但能够“安贫乐道”，具有常人所不具备的人生境界。从颔联两句中，可见这位刀镊工每日工后微醉簪花、肩女而归的洒脱情景。颈联虚实相生，既写理发者的刀快、镜亮，又写他的人生练达、心灵洞彻。尾联的“时时能举酒，弹镊送归鸿”，分别化用曹操“对酒当歌，人生几何”的诗句、冯驩弹铗长歌的故事以及嵇康“目送归鸿，手挥五弦”的诗句，表达了诗人对这位“市隐者”的无比景仰之情。

鹧鸪天

黄庭坚

　　黄菊枝头生晓寒，人生莫放酒杯干。风前横笛斜吹雨，醉里簪花倒着冠。　　身健在，且加餐，舞裙歌板尽清欢。黄花白发相牵挽，付与时人冷眼看。

[点评]

　　本词原来题为《座中有眉山隐客史应之和前韵，即席答之》，也属于词人的酬答之作。起拍的“黄菊枝头生晓寒”是借代，词人首先将“枝头”已“生晓寒”的“黄菊”借代为人生的秋天，便为全词奠定了一个心胸放达、洒脱不羁的情感基调。而“人生莫放酒杯干”之句，就有了李白“人生得意须尽欢，莫使金樽空对月”的意味。当然，我们今天的人，不可能要求古人都有“积极进取”的共产主义思想，但是需要用一种批评的眼光来对待这种消极的人生态度。以下两句，如果说“风前横笛斜吹雨”还能够表现诗人“菊傲寒霜”般的风采的话，那么“醉里簪花倒着冠”则完全属于一种消极人生态度的表露。词到下阕，仍然是上阕情绪的延续。如过片，前后好像存在一种因果关系：“身健在，且加餐”的目的，也不过是"舞裙歌板尽清欢"而已。但这与煞拍的"黄花白发相牵挽,付与时人冷眼看",却又似乎自相矛盾——其实,人生本来就是充满着各种各样矛盾的。所以,对于盛名当时的"苏门四学士"之一的诗人黄庭坚来说,"醉里簪花倒着冠"仅仅是他无奈之中的表面,"风前横笛斜吹雨"才是他真正的内心思想本质。

贺新郎

送胡邦衡待制赴新州①

张元干

梦绕神州路。怅秋风、连营画角,故宫离黍②。底事昆仑倾砥柱,九地黄流乱注? 聚万落千村狐兔。天意从来高难问,况人情老易悲难诉! 更南浦,送君去③。　　凉生岸柳催残暑。耿斜河、疏星淡月,断云微度。万里江山知何处? 回首对床夜语。雁不到、书成谁与? 目尽青天怀今古,肯儿曹恩怨相而汝④? 举大白,听金缕⑤。

[注释]

①胡邦衡即枢密院编修胡铨,字邦衡,因遭受奸相秦桧迫害被贬谪新州(今广东新兴),所以本词又题《送胡邦衡谪新州》。

②离黍,语出《诗经·王风·黍离》:"彼黍离离。"离离:繁茂的样子。后常被用来表示故国之思。

③江淹《别赋》有句云:"送君南浦,伤如之何?"

④韩愈《听颖师弹琴》句云:"昵昵儿女语,恩怨相尔汝。"

⑤"大白"乃一种酒杯,"金缕"即词牌《贺新郎》,又名《金缕曲》。

[点评]

一般来说，词人总是在每首作品的上下阕中先写景、后抒情。而本词却一反常规地先抒情、后写景，并且给读者留下了极其深刻的印象。

"梦绕神州路。"上阕先从大处着笔，起句五字即表现了词人高度关注家国安危的胸襟与情怀，并为全词奠定了刚正不阿、悲愤深沉的精神基调。以下各句，分别展示了北宋当时的历史背景，表现了作者对于故国不国的沉痛情感和中原一带"黄流乱注""千村狐兔"的凄凉景象。"天意从来高难问"两句，脱胎于杜甫的"天意高难问，人情老易悲"，词人将心中的疑问直接指向最高的统治阶层，说明他在当时复杂局面之下仍十分难得地保持着自己清醒的头脑。而歇拍的"更南浦，送君去"六字，则归结到作品"送"的主题之上，是为词人张弛有度、开合自如艺术功力的充分显现。

下阕具体表现词人的眼前景象：在一个初秋之夜，作者选择江边的驿站独自为胡邦衡饯行。两个人面对着"疏星淡月""斜河""断云"，不由得"对床夜语"，感慨万千。当他们"目尽青天怀今古"之时，感情上已经沉郁至极。结拍的"举大白，听金缕"六字，使全词达到感情上的最高潮——来，让我们共同举杯痛饮，让我们共同高歌一曲，让我们的情谊地久天长！曲终之后，人将握别，然而情何以堪？

俗话说："患难见真情。"这首词就写于胡铨获罪遭贬、许多人避之犹恐不及之际，可谓古往今来极为少见的真情流露。知道什么叫"骨气"吗？请读一读本词吧！

水调歌头

追　和^①

张元干

举手钓鳌客^②,削迹种瓜侯^③。重来吴会^④,三伏行见五湖秋。耳畔风波摇荡,身外功名飘忽,何路射旄头^⑤?孤负男儿志,伥望故园秋^⑥。　梦中原,挥老泪,遍南州。元龙湖海豪气,百尺卧高楼^⑦。短发霜沾两鬓,清夜倾盆一雨,喜听瓦鸣沟^⑧。犹有壮心在,付与百川流。

[注释]

①追和:事后追忆唱和。

②钓鳌客:赵令畤《侯鲭录》载:"李白开元中谒宰相,封一板上,题云'海上钓鳌客李白'。"词人在这里是以李白自喻。

③种瓜侯:《史记·萧相国世家》载:秦召平曾为东陵侯,在秦亡之后因家贫于长安城东门外以种瓜为生,因称种瓜侯。

④吴会:秦汉时期的会稽郡郡治在吴县,郡县并称吴会,即现在的江苏苏州市。

⑤旄头:古代习惯在一种旗帜上以牦牛尾作装饰。这里代指旗帜。

⑥孤负:同"辜负"。故园:即家园。

⑦"元龙"两句:许汜与刘备曾在荆州牧刘表处纵论天下。汜曰:"陈元龙湖海之士,豪气不除。"备问:"君言豪,宁有事邪?"汜曰:"昔遭乱过下邳,见元龙。元龙无客主之意,久不相与语,自上大床卧,使客卧下床。"刘备便说许汜只知求田问舍,不关心国家之事,并说自己"欲卧百尺楼上,卧君于地,何但上下床之间邪"?

(《三国志·魏书·陈登传》)

⑧瓦鸣沟:雨水在瓦沟之中汩汩鸣泻。房顶上瓦楞之间的泄水沟为瓦沟。

[点评]

作为一位上承苏轼、下启陆辛的豪放派词人,张元干的作品在靖康事变之后,一改其清新婉丽的特点,渐渐地形成了激昂慷慨的豪迈词风。

"举手钓鳌客,削迹种瓜侯。"词的起首两句,既高度地概括了自己前后截然不同的两种生活景况,又神奇地表现出词人不同凡俗的精神风范,可谓"盛气凌人"。但他的这种"盛气凌人",却不是那种浅薄、庸俗的市侩习气,而是不愿与奸佞为伍的英雄志气。如要读懂作者在本词之中诸如"孤负男儿志,怅望故园秋""犹有壮心在,付与百川流"等词句,尚须了解南宋的时代背景以及张元干本人的身世情况,否则是很有些难以理解的。

水调歌头

送章德茂大卿使虏①

陈 亮

不见南师久,谩说北群空②。当场只手,毕竟还我万夫雄。自笑堂堂汉使,得似洋洋河水,依旧只流东。且复穹庐拜,会向藁街逢③。 尧之都,舜之壤,禹之封④。于中应有,一个半个耻臣戎。万里腥膻如许,千古英灵安在,磅礴几时通? 胡运何须问,赫日自当中。

[注释]

①南宋淳熙十二年(1185 年)十二月,户部尚书章德茂(章森,字德茂)奉旨出使金国,陈亮写下这首词为之送行。

②语出韩愈《送温处士赴河阳军序》:"伯乐一过冀北之野,而群马遂空。"

③穹(qióng)庐:即北国游牧民族所居的圆形帐篷。这里代指金国。藁(gǎo)街:西汉时期国都城内的外国使臣居住区。

④"尧之都"三句:此三句从古到今地说明中原大地都是我们中华民族的疆土。

[点评]

当自己的朋友不愿为而不得不为地前往敌国通好请和之时,朋友该是一种什么心情,自己又是一种什么心情? 当为朋友送行之时,该为朋友说些什么呢? 本词以议论胜,并以一种非常得体的方式,在对祖国悠久历史的自豪之中,将自己的满腔悲愤化为一种堂堂的英雄气概;在对朋友的真正劝慰中,客观地分析了当前国家"一个半个耻臣戎"和"万里腥膻如许"的情况,从而给了朋友一个"胡运何须问,赫日自当中"的鼓励性告白。这样既使朋友的屈辱使命获得了一种精神上的慰藉,也为自己找到了继续生存与奋斗的希望,表现了词人非凡的胆识与高超的艺术功力。

水调歌头

葛长庚

江上春山远,山下暮云长。相留相送,时见双燕语风樯。满目飞花万点,回首故人千里,把酒沃愁肠。回雁峰前路,烟树正苍苍。

漏声残,灯焰短,马蹄香。浮云飞絮,一身桨影向潇湘。多少风前月下,迤逦天涯海角,魂梦亦凄凉。又是春将暮,无语对斜阳。

[点评]

本词只有词牌没有词题,因此我们无法知道词人具体是在与何人"相留相送"。但从词中"双燕语风樯""多少风前月下"的内容来推测,词人可能是在与自己的情人相别。全词语浅情真(如"江上春山远,山下暮云长"),双阕前后呼应(如"江上春山远,山下暮云长"与"又是春将暮,无语对斜阳"),情感跌宕起伏(如"回雁峰前路,烟树正苍苍"与"多少风前月下,逦逦天涯海角,魂梦亦凄凉"),读之令人荡气回肠。

玉楼春

戏林推

刘克庄

年年跃马长安市①,客舍似家家似寄。青钱换酒日无何,红烛呼卢宵不寐②。　　易挑锦妇机中字,难得玉人心下事③。男儿西北有神州,莫滴水西桥畔泪。

[注释]

①长安:这里以汉唐之都长安代指南宋的临安。

②呼卢:当时的一种赌博形式。削木为子五枚,分黑白两面,黑面画犊,白面画雉。如能掷得五子皆黑,称之为"卢",可得头彩。因参赌者皆望掷得全黑,往往口中大声喊"卢",故而称之为"呼卢"。

③"易挑"两句:挑:挑花纹。元稹《织妇词》云:"东家头白双女儿,为解挑纹嫁不得。"玉人:这里暗指妓女。此两句一写妻子对丈夫的忠贞不渝,一写妓女对客人的虚与委蛇,意在劝慰林推要珍惜家中妻子的一片真情。

[点评]

上阕起首的"年年跃马长安市,客舍似家家似寄",写出了一个"官人"终日跃马长安、难得有闲在家的忙碌形象;而"青钱换酒日无何,红烛呼卢宵不寐"两句,则把这种形象表现得有些寄情牌酒、浪荡不羁——这两种截然不同的形象为以下的描写做了情节上的铺垫。过片继续表现"官人"要"得玉人心下事"的一面,将其"浪荡不羁"的程度更推进一层。词到煞尾,作者才笔锋陡转,道出了其中的真情:"男儿西北有神州,莫滴水西桥畔泪。"这里的"西北有神州",就是长江以北的中原疆土。原来,词人以上所写的"官人"林推,实在是因为家园破碎、神州分裂而伤心无奈。所谓"莫滴水西桥畔泪",其实不知已经流了多少的亡国之泪。再细品词题上的一个"戏"字,原来是作者有意的正话反说:"戏"中不仅有苦,"戏"中尤其有泪啊!

摸鱼儿

酒边留同年徐云屋①

刘辰翁

怎知他、春归何处?相逢且近樽酒。少年裛裛天涯恨,长结西湖烟柳。休回首!但细雨断桥,憔悴人归后。东风似旧,问前度桃花,刘郎能记,花复认郎否②?　　君且住!草草留君剪韭,前宵正凭时候。深杯欲共歌声滑,翻湿春衫半袖。空眉皱,看白发樽前,已似人人有。临分把手,叹一笑论文,清狂顾曲,此会几时又?

[注释]

①同年:即同榜题名者之间的互称。

②"问前度"三句:典出唐代诗人刘禹锡。永贞元年,刘禹锡因王叔文政治革新失败而被贬为朗州司马。元和十年,朝廷将其召回准备启用他们。刘禹锡回到长安后写了一首《元和十年自朗州至京,戏赠看花诸君子》:"紫陌红尘拂面来,

无人不道看花回。玄都观里桃千树,尽是刘郎去后栽。"因为此诗刺痛了某些当权者,他们又被贬为远州等地的刺史。又过了十四年,他们才再被召回长安任职。于是,刘禹锡又写了一首《再游玄都观》:"百亩庭中半是苔,桃花净尽菜花开。种桃道士归何处?前度刘郎今又来。"

[点评]

"怎知他、春归何处?"这里的"春",并不是季候意义上的春天,而应该是词人在仕途或者心中的春天。由于国家的衰亡、山河的破碎,个人当然也不可能会有什么好前途。当词人多年之后再与同年相遇之际,杯酒下肚,相互倾诉,怎能不感慨万千?歇拍的"花复认郎否"一句,在意思上再翻进一层,表现了当朝者对抗金志士是否领情、认账的疑虑。而上下阕间的许多景色描写,无不充满了作者自己的伤感情怀。煞拍中的一个"叹"字,又引起词人"一笑论文,清狂顾曲,此会几时又"的疑问,使全词的首句之问更无着落,将当时南宋小朝廷风雨飘摇的未来表现得尤为令人无奈与担忧。

送人之松江

俞 桂

西风萧瑟入船窗,送客离愁酒满缸。

要记此时分袂处①,暮烟微雨过松江。

[注释]

①袂(mèi):衣袖。《晏子春秋·内篇杂下》:"张袂成阴,挥汗成雨。"

本诗所设的送别地点在松江江畔。首句的"西风萧瑟"点出送别之时间,次句的"愁酒满缸"烘托别离之氛围。第三、四两句是对友人的叮嘱,也是自己对自己的提醒:这是一次值得记忆的别离,让我们记在心里吧! 全诗语言平和,语气平缓,读者却能从中获得各自深刻的理解。

临川逢郑遐之之云梦

严 羽

天涯十载无穷恨,老泪灯前语罢垂。

明发又为千里别,相思应尽一生期。

洞庭波浪帆开晚,云梦蒹葭鸟去迟。

世乱音书到何日?关河一望不胜悲。

[点评]

这也是一首送别诗。李商隐曾有句云:"相见时难别亦难,东风无力百花残。"在这里,我们已经无须考证题中的郑遐之到底何人,我们只要知道严羽是在写诗送他即可。作为宋代的诗歌理论家,严羽的《沧浪诗话》很是著名。而这首七律,却使我们领略了他在创作方面的艺术风采。按照时间顺序,全诗依次推出他与老朋友相见而又相别的情与景。首联点出两人已经天各一方达十年之久,相聚灯前却马上又要别离。颔联表达了诗人对于明朝"又为千里别"的无奈:这次分手还不知再到何时才能相见呢,而双方的相思却会伴随着一生之期! 颈联不忍直接表现两人的分手,以情景描写代替了诗人此时此刻酸楚的心理——"洞庭波浪帆开晚,云梦兼葭鸟去迟"。本来,人的感情与事物是没有任何关系的。但在作者看来,洞庭湖中的帆船为之而晚开,云梦泽里的飞鸟因此而迟去——这就是所谓的"无理而妙",是因为赋之以感情使然! 客观而言,尽管尾联似乎有些落入俗套,但仍然无妨本诗颈联以及全诗的艺术成就。

高阳台

和周草窗《寄越中诸友》韵①

王沂孙

　　残雪庭阴,轻寒帘影,霏霏玉管春葭。小帖金泥②,不知春在谁家? 相思一夜窗前梦,奈个人、水隔天遮。但凄然,满树幽香,满地横斜③。　　　　江南自是离愁苦,况游骢古道,归雁平沙。怎得银笺④,殷勤说与年华。如今处处生芳草,纵凭高、不见天涯。更消他,几度东风,几度飞花?

[注释]

①所谓"和……韵"就是只须按照他人诗(或词)原作的形式而不必使用原作所用之韵。周草窗即当时的著名词人周密。
②金泥书帖,原指皇上对进士及第者以金泥书帖向其报喜的特别恩赐,这里代指报春的喜讯。
③"满树"二句:隐括宋初林逋《山园小梅》"疏影横斜水清浅,暗香浮动月黄昏"诗意。
④银笺:即精美的信笺。

[点评]

　　本词所表现的,是一个发生在乍暖还寒季节里思春念远的个人情景故事。

上阕主要描写春天欲来未来之际时的微妙景象(残雪庭阴,轻寒帘影)与感受(相思一夜窗前梦),下阕转向对于江南离愁的倾诉。全词似乎句句写春,但是无处不在写人。在这里,词人对于春天的呼唤实际上已经转化为对于朋友的思念之情了。尤其煞拍的"更消他,几度东风,风度飞花"三句,更使这种思念糅进了一些忧郁的成分,但也给读者留下了更大的想象空间。

绿杨烟外晓寒轻

蓑 衣

杨 朴

软绿柔蓝着胜衣,倚船吟钓正相宜。

兼葭影里和烟卧,菡萏香中带雨披[①]。

狂脱酒家春醉后,乱堆渔舍晚晴时。

直饶紫绶金章贵[②],未肯轻轻博换伊。

[注释]

①兼葭:芦苇;菡萏(hàn dàn):荷花的别称。
②紫绶金章:紫色的绶带和金质的勋章,这里泛指一切高贵的荣誉。

[点评]

所谓"蓑衣",对当代的读者而言,可能有不少人并没有真正意义上的认识。而本诗作者杨朴的这首《蓑衣》诗,也许正是了解和认识"蓑衣"的最佳读本。诗人一生布衣,不慕荣华,经友人举荐,宋太宗召见他了,他却当场赋写本诗之后扬长而去。

诗中主要以"渔人"为形象依托,赋"蓑衣"在种种场合之下以象征意义——如"和烟卧""带雨披",虚中有实,实中有虚;而"狂脱酒家"和"乱堆渔舍",形象而生动,随意而洒脱,可谓一曲名副其实的"蓑衣颂"。正因为如此,在诗人的眼里,一袭蓑衣要比那"紫绶金章"更为珍贵,二者相比还不一定会轻易地交换呢!就当代社会的心态而言,也许本诗还能够引起不少人对于这种"渔人"生活的向往呢!

村 行

王禹偁

马穿山径菊初黄，信马悠悠野兴长。

万壑有声含晚籁，数峰无语立斜阳。

棠梨叶落胭脂色，荞麦花开白雪香。

何事吟馀忽惆怅？村桥远树似吾乡。

[点评]

在一个"白日依山尽"的傍晚，诗人自己信马由缰地行走在山径之上，心中不免萌生一种野兴。"万壑有声含晚籁，数峰无语立斜阳"两句，就像一幅有声有色的水墨图，造景由下而上，从深深的谷壑到高高的山峰——淡淡的，别致而又趣雅无穷。而"棠梨叶落胭脂色，荞麦花开白雪香"两句，又将镜头从远处放大到近处，使全诗的色彩更为鲜明和丰富起来。结联两句，忽然在扬扬得意的飘逸之中引入"惆怅"之感，说"村桥远树似吾乡"，其间包含了诗人对被贬他乡从而有家不得归的身世感叹。

山园小梅

林　逋

众芳摇落独暄妍，占尽风情向小园。

疏影横斜水清浅，暗香浮动月黄昏。

霜禽欲下先偷眼，粉蝶如知合断魂。

幸有微吟可相狎，不须檀板共金樽。

[点评]

　　这是一首脍炙人口的绝唱。颔联"疏影横斜水清浅，暗香浮动月黄昏"两句，极其生动地表现了梅花神韵超绝的气质以及神采丰逸的特点、神清气爽的俊雅和令人神魂颠倒的魅力。而更重要的，是"其诗澄澹高逸，如其为人"（《四库全书·总目》）。在《甲戌年春龙虎山诗会有寄》一诗中，笔者曾这样写道："信乎弄斧到班门，久矣飞鸿印雪痕。今日欣逢龙虎会，何方堪系凤凰魂。真诗当自诗情出，艺品应从品性论。北斗阑干南斗烁，鸡声一唱看朝暾。"人道"诗如其人"，此诗正是又一个有力的佐证。

破阵子

晏 殊

燕子米时新社,梨花落后清明。池上碧苔三四点,叶底黄鹂一两声,日长飞絮轻。　　巧笑东邻女伴,采香径里逢迎。疑怪昨宵春梦好,原是今朝斗草赢,笑从双脸生。

[点评]

春光明媚,喜气洋洋,是这首词的基本情绪格调。上阕着重写景,起首两句分别以"燕子"和"梨花"点出"新社"与"清明"两个特定的节日,洋溢着妇女们无拘无束的青春活力,显示了她们对于美好生活的热爱与向往。下阕主要写人,通过"巧笑""逢迎""疑怪""斗草赢""笑从双脸生"等一连串的动作描写,表现出女性特有但平时难得有闲的欢乐气息。与其他反映妇女承受重重精神压抑和种种礼教约束的作品相比,本词具有一种难得的精神解放意义。

玉楼春

春　景

宋　祁

　　东城渐觉风光好，縠皱波纹迎客棹。绿杨烟外晓寒轻，红杏枝头春意闹。　　浮生常恨欢娱少，肯爱千金轻一笑？为君持酒劝斜阳，且向花间留晚照。

[点评]

　　王国维在《人间词话》中说："红杏枝头春意闹，着一'闹'字而境界全出。"而且，作者生前曾因这一词句得到过"'红杏枝头春意闹'尚书"的雅称，可见这一词句是如何受到读者的欢迎。本词上阕主要描写"风光好"，下阕重点表现"欢娱少"——词人通过他的生花妙笔，将一片春意盎然的风景与及时行乐的思想融会在一起，给我们留下了这首极具审美价值的词作。

画眉鸟

欧阳修

百啭千声随意移，山花红紫树高低。

始知锁向金笼听，不及林间自在啼。

第一句写画眉鸟动听的歌喉和自在的神态,第二句写万山间红紫的色彩与参差的花树——通过写景表现画眉鸟的自得其所、自得其乐。第三、四两句,则反写金笼之中的画眉鸟:它们尽管也唱,但总是不如林中之鸟唱得自在舒畅。这一首咏唱画眉小鸟的绝句,堪为一曲赞美自由的精神颂歌。

蝶恋花

欧阳修

庭院深深深几许?杨柳堆烟,帘幕无重数。玉勒雕鞍游冶处①,楼高不见章台路②。　　雨横风狂三月暮,门掩黄昏,无计留春住。泪眼问花花不语,乱花飞过秋千去。

[注释]

①玉勒雕鞍:指由玉石做成的马衔和装饰有雕绘的马鞍,此处用以形容主人的华贵不凡。
②章台路:为汉代时期长安妓女集中居住的那条街的街名,后多以之代指妓院的所在。

[点评]

本词表面上是写深闺女子的情绪苦闷,实际上是写词人自己的政治失意。上阕的“庭院深深深几许”,既可理解为“侯门一人深似海”的两情相隔,也可理解为“一封朝奏九重天”的宫廷莫测。而煞拍的“泪眼问花花不语,乱花飞过秋千去”两句,既是怨妇对于自由、自主的向往,也是词人对于皇恩不泽的怨怼。

生查子①

元　夕

欧阳修

去年元夜时，花市灯如昼。月上柳梢头，人约黄昏后。

今年元夜时，月与灯依旧。不见去年人，泪满春衫袖。

[注释]

①一作朱淑真词。

[点评]

　　这首词之所以著名，主要是作者通过巧妙的对比手法，质朴而真切地表现了一对情侣在两个元夕之夜的不同景况。而"月上柳梢头，人约黄昏后"和"不见去年人，泪满春衫袖"的情感落差，不禁使人想起唐人崔护的绝句《题都城南庄》："去年今日此门中，人面桃花相映红。人面不知何处去，桃花依旧笑春风。"两个不同的朝代，两种不同的体裁，两个不同的场景，却表现得如此相似，可见人的情感是如此的相通啊！

题春晚

周敦颐

花落柴门掩夕晖，昏鸦数点傍林飞。

吟馀小立栏杆外，遥见樵渔一路归。

[点评]

本诗题为《春晚》，实际描写的也是"晚春"之景。一、二两句的"夕晖"和"昏鸦"，在纯然乡村景色的随意描画中，点明其时正是傍晚；而"花落"二字，却又表明季节已经接近"晚春"。正当此时此刻，一位"吟馀"的诗人"小立"在"栏杆"之外，恰好看见村头一群相伴归来的樵夫渔人渐渐走近：静谧、安详的暮春、春晚景色中，却又有"柴门"在"掩"、"昏鸦"在"飞"、"樵渔"在"归"——好一幅动中寓静、静中又动的田园景象，给人一种非常亲切、故园温馨的感觉！

梅　花

王安石

墙角数枝梅，凌寒独自开。

遥知不是雪，为有暗香来。

[点评]

这首诗就像一幅素描小品。第一、二两句,只是客观而冷静的描写:在一个不起眼的墙角里,有几枝默然自开的梅花。第三、四两句,却突然别开境界:远远地看去,就知道那不是尚未融化的残雪,因为一种特殊的香气已经暗暗沁入你的肺腑,有阵阵的清香从那里暗暗地随风而来——咫尺之间,寥寥数句,已见出梅花的精神与品格。

元 日

王安石

爆竹声中一岁除,春风送暖入屠苏。

千门万户曈曈日,总把新桃换旧符。

[点评]

这是目前所知最早描写"元日"(春节)的诗篇,记录了中国最大节日的最古老的传统风俗与风情。首句先声夺人,在阵阵的爆竹声中开启全篇;次句特写,化虚入实,让春风在屠苏酒的滋润下徐徐而来。三、四两句,写"曈曈"阳光之下的"千门万户"喜气洋洋地换上崭新的桃符和门神,寄寓了万千百姓对新年新气象、新年新感觉、新年新希望的无限向往。

新　晴

刘　攽

青苔满地初晴后,绿树无人昼梦馀。

惟有南风旧相识,偷开门户又翻书。

[点评]

一个雨过天晴的夏日,满地青苔诉说着此处少人的空空落落;郁郁葱葱的树阴之下,诗人正做着自己的白日好梦。这时,只有旧日的相识"南风"悄悄来到,偷偷地把门开开,偷偷地翻看诗人放在桌子上的诗书——拟人化的描写,营造了一幅恬静、淡雅的"诗家昼梦图"！而今来看,真不知何处还有这种世外桃源式的去处? 令人羡煞!

禾　熟

孔平仲

百里西风禾黍香,鸣泉落窦谷登场①。

老牛粗了耕耘债,啮草坡头卧夕阳。

[注释]

①窦,本谓孔、洞,这里指水潭。

[点评]

　　"百里西风禾黍香"——起句从大境入题,放笔让黍香浩荡,这样来写从嗅觉上诱人遐思;"鸣泉落窦谷登场"——次句从小处收束,使潺潺泉溪的入潭之声与热闹的打麦之声相互交织,构成一曲动听的农家麦收之歌。三、四两句,为"坡头卧夕阳"的老牛来了一个特写:它刚刚"粗了耕耘债",此时此刻正释去重负,独享夕阳。这样一幅朴野生动、自然传神的农村麦收图,使人联想起诗人也要舒开郁气、放松心灵的强烈愿望。

清平乐

黄庭坚

　　春归何处?寂寞无行路。若有人知春去处,唤取归来同住。

　　春无踪迹谁知?除非问取黄鹂。百啭无人能解,因风飞过蔷薇。

[点评]

　　对于春天的呼唤,是古今诗人一个共同的话题。本词发出的"春归何处"之问,初感无理,复觉幼稚。仔细品味,才知道问得很妙。词人自己的回答是:"寂寞无行路。"似乎有些太过消极了。"人间四月芳菲尽,山寺桃花始盛开。长恨春归无觅处,不知转入此中来。"唐代大诗人白居易在他的《大林寺桃花》一诗中,曾有过类似的疑问和探询。黄庭坚也许对其答案不甚满意,但是并没有找到更好的答案。所以,也只能在下阕中写道:"春无踪迹谁知?除非问取黄鹂。百啭无人能解，因风飞过蔷薇。"由此可见：春无定踪，也无定所，在一百个人的心里会有一百个各不相同的形象。

春 日
（五首选一）
秦 观

一夕轻雷落万丝，霁光浮瓦碧参差。

有情芍药含春泪，无力蔷薇卧晓枝。

[点评]

　　这是一首很富有人情味的、描写细腻入微的咏物小诗。尤其是三、四两个对句，在"含泪"之前嵌入一"春"字，不仅充分地表达了"芍药"的脉脉"有情"，而且点出了花开的季节；而在"卧枝"之前嵌入一"晓"字，不仅传达出蔷薇"无力"的娇柔之态，而且也点出了具体的时间。我们可以想象到这样一个场景：在一个春天的早上，一阵轻雷、细雨之后，云开初晴，碧瓦参差，霁光闪烁。一位诗人推窗而望，欣喜地发现一丛芍药和一丛蔷薇相伴而开。他轻轻地来到花丛之前，细细地欣赏着，一种怜爱之情不禁油然而生，几缕画意诗情随之涌上心间——于是，这首诗便诞生了并流传至今。

望海潮

洛阳怀古

秦 观

梅英疏淡,冰澌溶泄,东风暗换年华。金谷俊游①,铜驼巷陌②,新晴细履平沙。长记误随车。正絮翻蝶舞,芳思交加。柳下桃蹊,乱分春色到人家。　　西园夜饮鸣笳③。有华灯碍月,飞盖妨花。兰苑未空④,行人渐老,重来是事堪嗟!烟暝酒旗斜。但倚楼极目,时见栖鸦。无奈归心,暗随流水到天涯。

[注释]

①金谷:即金谷园,是西晋名将石崇自己所造的花园,为当时游览胜地。在今洛阳市的西北。俊游:良友,如陆游诗云:"三十年前接俊游,即今身世接沧州。"(《自咏》)

②铜驼:是西晋时期宫前一条十分繁华的著名大道,因宫前立有铜铸的骆驼而得名。

③西园:是建安年间曹丕兄弟和他们的朋友的游玩之地。曹植《公宴》诗云:"清夜游西园,飞盖相追随。"这里泛指名园。

④兰苑:泛指景致美好的花园。

[点评]

　　由感旧而思归,是本词的基本主旨。作品以"东风暗换年华"为标志,既细腻地描写了自然界冬去春来的变化,更不露声色地暗示了词人对昔日繁华的追忆和对眼前物是人非的慨叹。煞拍的"无奈归心,暗随流水到天涯",是点题,也是寄托。

　　本词工于铺叙，长于描写，将个人的感慨之情融于精微细腻的景物描画之中，将心头的不尽乡愁寄托在栖鸦流水之上，并且以昔日之游乐反衬今天之悲伤，可谓少游本色佳作。

春　雨

周邦彦

　　　　耕人扶耒语林丘，花外时时落一鸥。

　　　　欲验春来多少雨？野塘漫水可回舟。

[点评]

　　这首绝句所写，乃一个静谧无声的田耕小景。起首一句写"耕人扶耒语林丘"，但因为距离的关系，却只是远见其人、不闻其声。次句更是动中衬静，趣味盎然，用"花外时时落一鸥"来表现这种"静"界的观赏性与玩味性。三、四两句宕开一笔，于自问自答中不知不觉地扣题：要想知道今春有多少雨，你看那野塘里的积水，已经可以回舟撑船了。小诗小景小情趣，写来何妨笔下游。

兰陵王

柳

周邦彦

柳阴直,烟里丝丝弄碧。隋堤上[①],曾见几番,拂水飘绵送行色?登临望故国。谁识,京华倦客?长亭路,年去岁来,应折柔条过千尺。　　闲寻旧踪迹。又趁酒哀弦[②],灯照离席。梨花榆火催寒食[③]。愁一箭风快,半篙波暖,回头迢递便数驿,望人在天北。凄恻,恨堆积。渐别浦萦回[④],津堠岑寂[⑤]。斜阳冉冉春无极。念月榭携手,露桥闻笛。沉思前事,似梦里,泪暗滴。

[注释]

①隋堤:隋炀帝为疏导汴水进入运河所修的汴河河堤。
②哀弦,指哀伤之弦。
③榆火:在清明节之前的寒食之日,皇帝取柳榆之火以赐百官近臣,是唐代皇宫的一种风俗。
④别浦:大水有小口旁通的地方叫浦,一般也是送别的所在。
⑤津堠:渡口称津,哨所称堠,这里指渡口附近的守望所。

[点评]

折柳送别是古人长期保留的一个文化习惯。本词题目曰"柳",内容却未写"柳",只是借"柳"传情达意,充分表现了他对一位早年情人的无限思念。全词三阕,是为长调,分别为回忆当年隋堤送行的情景、眼前又将分别的伤感和渐行渐远之后对于故地的留恋与相思。词人融情入景,在绮丽的描写中见其缠绵悲壮之情。但无论是景语、情语，都能委婉深挚，曲折感人。

隋代无名氏曾有《送别》诗曰："杨柳青青著地垂，杨花漫漫搅天飞。柳条折尽花飞尽，借问行人归不归？"本词与之相比，很显然是增添了更为深厚和更为丰富的思想内容。

春游湖

徐　俯

双飞燕子几时回？夹岸桃花蘸水开。

春雨断桥人不度，小舟撑出柳阴来。

[点评]

翩翩而来的一双燕子和夹岸而生的水边桃花，都是最有典型意义的春天的象征。诗人开口一问，即使全诗风趣生动，并平添了形象、轻快且喜气洋洋的感觉。次句的"桃花蘸水"，实际上是"桃花倒映"的翻版，如此一来暗示出春潮的汹涌，使第三句的"春雨断桥"有据可依。而第四句的"小舟撑出柳阴来"，"小"中见"大"，一下"撑"出了情景交融、春意盎然的新天地。

鹧鸪天

郑少微

谁折南枝傍小丛？佳人丰色与梅同。有花无叶真潇洒，不向胭脂借淡红。　　应未许，嫁春风。天教雪月伴玲珑。池塘疏影伤幽独，何似横斜酒盏中？

[点评]

这是一首别具风味的咏梅词。上阕以问句开端："谁折南枝傍小丛？"随之引出"佳人丰色与梅同"的赞语，并对梅花进行人格化描写，突出表现了梅花"有花无叶真潇洒，不向胭脂借淡红"的高洁风韵与自然风韵。过片继续表现梅花既不趋炎附势，也不追逐春风的节操。煞拍暗用林逋"疏影横斜水清浅，暗香浮动月黄昏"的咏梅名句，将全词意旨归结到词人的以梅自喻上，并从"何似横斜酒盏中"的自问中得到一种精神上的自我安慰。

其实，本词与陆游《卜算子·咏梅》中的"零落成泥碾作尘，只有香如故"一样，都是南宋文人在国破家亡景况之下一种无奈的精神自守，显得尤其可钦可敬！

长相思

雨

万俟咏

一声声，一更更，窗外芭蕉窗外灯。此时无限情。　　梦难成，恨难平，不道愁人不喜听。空阶滴到明。

[点评]

这是一首很能引起读者共鸣的小词。在这里，词人并没有直接表现"雨"的性状或特点，而是通过巧妙的借"声"传情，营造出一种凄清婉伤的氛围："一声声，一更更，窗外芭蕉窗内灯。"而"此时无限情"一句，则水到渠成地表达出词人真正的心灵之声。言外之意，还有词人心中难耐的叹息之声也随着雨声、更声在不断地传来。果然，下阕紧接"情"字写词人"梦难成，恨难平"。"不道愁人不喜听"是表现这种更声、雨声的残酷：你爱听也好，不爱听也好，反正它们的连续不断正在对词人进行着无情的情感折磨。煞拍的"空阶滴到明"尤其残忍，在为"长相思"点题的同时，也使人感到一种几近窒息的气氛。

长相思

山　驿

万俟咏

短长亭。古今情。楼外凉蝉一晕生。雨馀秋更清。　　暮云平。暮山横。几叶秋声和雁声。行人不要听。

[点评]

本词所要表现的,并不是某个人在某个时间的某件事或者某种感情,而是写出了所有人但凡在"短长亭"中送别友人、亲人之时必不可少的"古今之情"。如果这种送别是在"楼外凉蝉一晕生"的秋天,是一种"雨馀秋更清"的特殊景况,那就更为令人不堪了。词的下阕,正是对这种"不堪"之情的重点描写:正当"暮云平,暮山横"之际,远处却又传来"几叶秋声和雁声",别说当时"行人不要听"了,即便在今天,此情此景也要令人流下无声之泪了。

忆王孙四首

李重元

萋萋芳草忆王孙①。柳外楼高空断魂。杜宇声声不忍闻②。欲黄昏。雨打梨花深闭门。

风蒲猎猎小池塘,过雨荷花满院香。沉李浮瓜冰雪凉③。竹方床,针线慵拈午梦长。

飕飕风冷荻花秋,明月斜侵独倚楼。十二珠帘不上钩。黯凝眸,一点渔灯古渡头。

彤云风扫雪初晴,天外孤鸿三两声。独拥寒衾不忍听。月笼明,窗外梅花瘦影横。

[注释]

①忆王孙:西汉刘安《招隐士赋》:"王孙游兮不归,春草生兮萋萋。"
②杜宇:传说中古代蜀国国王之名,号望帝。传说他归隐后,让位于其相开明。当时,正值二月子鹃鸟鸣的季节。人们怀念杜宇,就亲切地称呼子鹃为杜鹃。
③沉李浮瓜:古时富贵人家消夏的一种方法,即用冷水将瓜果进行浸泡。

[点评]

李重元的这四首组词,分别名为《春词》《夏词》《秋词》《冬词》,一脉连贯而形象生动地组成了一个有机的整体。词人撷取春、夏、秋、冬四季的一段特色小景,从不同的角度表现了女主人公独守空闺、凄清无限的寂寞与哀愁。《春词》中"黄昏"之际的"雨打梨花深闭门",简直欲把所有的春天景色都要关闭在"心门"之外;《夏词》中的"针线慵拈午梦长",也是一种独享"沉李浮瓜"之后的寂寞与无奈;《秋词》中"十二珠帘不上钩"和"一点渔灯古渡头"所表现的,自然是她镇日珠帘不卷的愁思和对于亲人归来的期盼;《冬词》中的"梅花瘦影",则映衬出了这位女主人公孤身独处景况下的高洁品格。

如梦令

曹　组

门外绿荫千顷,两两黄鹂相应。睡起不胜情,行到碧梧金井。人静,人静,风动一枝花影。

[点评]

这首词就像一个风景小品,表现了一个夏日午后一段不为人知的故事。词人纯粹的素描技法和以静衬动的表现手法,使整个小品在浓荫恬静的画面之外,流露出一种淡淡的凄清与伤感情绪。实际上,"两两黄鹂相应"和"风动一枝花影"两处不动声色的描写,已经将女主人公那种孤寂落寞的心理暴露无遗。

病　牛

李　纲

耕犁千亩实千箱,力尽筋疲谁复伤?
但愿众生皆得饱,不辞羸病卧残阳①。

[注释]

①羸(léi)病:瘦弱老病。

[点评]

　　李纲的这首绝句之所以很有名,是因为诗中成功地描写了一个非常特别的艺术形象——病牛。这头一生为他人拉犁耕耘、使他人五谷丰登的老牛(耕犁千亩实千箱),在自己筋疲力尽、年华老去之时,却无人前来给它以心灵上的安慰(力尽筋疲谁复伤)。更令人感慨不已的是:即便是这样,它依然是"但愿众生皆得饱,不辞羸病卧残阳"。而这种几乎完全忘我的境界,却是许多人难以真正达到的。李纲的这首诗的意义,正在于为千古读者树立了一个襟抱宽阔的精神典范。

　　本诗运用拟人化的艺术方法,在短短的四句二十八个字中,婉曲而生动地表现了"病牛"从无私奉献到力衰哀怜、从慷慨昂扬到先忧后乐的心路历程。诗人原本的一首咏物之作,最后已成为一首激情高亢的言志之作,活画出诗人自己超凡的精神境界。不过,从另外的角度来说:这种可贵的"老黄牛",其精神可嘉却往往生活可怜。究其原因,多数是"只会低头拉车,不会抬头看路"者。奉劝这些"牛":当你学会"既低头拉车,又抬头看路"之时,你的生活状况或许就会有所改善了。

如梦令

李清照

　　常记溪亭日暮,沉醉不知归路。兴尽晚回舟,误入藕花深处。争渡,争渡,惊起一滩鸥鹭。

[点评]

　　李清照的这首小令,是她一种人生感受的生动写照。

作品忆写的时间是春夏之交。全词以"常记"二字领起,热烈、欢快地表现了一次乘舟游玩之时"沉醉不知归路"的有趣经历:那也许是在新婚不久的一天,她和同伴沉醉于旖旎的水上景色,以至于"日暮"之际找不到回家之路了。当"兴尽晚回舟,误入藕花深处"之时,由于慌乱地"争渡,争渡",却又引出一段"惊起一滩鸥鹭"的喜出望外。暮春时节那"接天莲叶无穷碧,映日荷花别样红"(杨万里)的旖旎风光,与湛蓝的湖水、白色的鸥鹭一起,组成一幅色彩鲜明的图画,使全词充溢着一种生动活泼的青春气息。

如梦令

李清照

昨夜雨疏风骤,浓睡不消残酒。试问卷帘人,却道海棠依旧。知否?知否?应是绿肥红瘦。

[点评]

本词虽为小令却是绝唱:"短幅中藏无数曲折,自是圣于词者。"(《蓼园词选》)唐人孟浩然曾在他的名诗《春晓》中写道:"春眠不觉晓,处处闻啼鸟。夜来风雨声,花落知多少?"李清照在这首词中,主要运用对话的艺术手法,对比性地表现了海棠花在"昨夜雨疏风骤"之后"应是绿肥红瘦"的特殊感觉。"知否?知否"的重叠,既是与侍女的对话,也是词人带有肯定意义的自我解答,更使作品在情感上极尽波澜曲折之趣、委婉缠绵之情。孟诗与李词二者所表现的皆为暮春景象,但是词中所包蕴的内容、情绪却显得要细腻丰富得多。

观书有感二首

朱　熹

半亩方塘一鉴开，天光云影共徘徊。

问渠那得清如许？为有源头活水来。

昨夜江边春水生，蒙冲巨舰一毛轻。

向来枉费推移力，此日中流自在行。

[点评]

　　这是宋代诗人比较典型的一首"理趣"之作，第一首通过"为有源头活水来"的结论，解开了许多人"问渠那得清如许"的疑问，使"半亩方塘一鉴开，天光云影共徘徊"的生动形象有了可信、可靠、可贵的基础，并使之有了永不枯竭的源泉。第二首也是通过水来船移的现象，揭示出一个认识自然规律、顺应自然规律、运用自然规律的道理。否则，即便做出再大的努力，也不能达到一定的目的。

　　朱熹这两首著名的绝句，表面看来似乎有些"文不对题"——题目名曰"观书"，内容却与"书"无关。其实，这是诗人通过"观书"而想象到的情景，又通过这些"情景"写出了这两首杰作，而不是真正在看到"半亩方塘"或"蒙冲巨舰"之后才写出诗来。

春　日

朱　熹

胜日寻芳泗水滨，无边光景一时新。

等闲识得东风面，万紫千红总是春。

[点评]

　　这也是朱熹的一首"理趣"诗，但丝毫没有说教、论理的痕迹。全诗所带给读者的，不仅是通晓流畅的语言、春意盎然的景象，而且是哲理寓于生动之中的形象。尤其"等闲识得东风面，万紫千红总是春"两句，更是为读者所欣赏、所传扬，可见其无比巨大的艺术魅力。

咏　柳

王十朋

东君于此最钟情，装点村村入画屏。

向我无言眉自展，与人非故眼犹青。

萦牵别恨丝千尺，断送春光絮一亭。

叶底黄鹂音更好，隔溪烟雨醉时听。

　　首联总写春天来临,杨柳多情,处处泛绿,村村户户都被装点到画屏之中。额联从描写对象写起,用拟人化手法,说杨柳好像一个默默无言的朋友,不分亲疏远近,与大家一同分享这美丽的春光。颈联转写人的主观感受,突出用"折柳送别"这个情感化细节来表现人与杨柳"萦牵丝千尺""断送絮一亭"的遗憾。尾联把想象的笔触延伸到杨柳成荫之后,反用杜甫"叶底黄鹂空好音"的句意,想象人们于烟雨之中坐在溪畔杨柳之下醉酒听莺,那是何等的妙事!

观 雨

陈与义

山客龙钟不解耕,开轩危坐看阴晴。

前江后岭通云气,万壑千林送雨声。

海压竹枝低复举,风吹山角晦还明。

不嫌屋漏无干处,正要群龙洗甲兵。

　　本诗视角主要突出在一个"观"字上。首联从容道来,直接入题:一个老态龙钟的山客,因无法下田耕种而正襟危坐在窗前关注天气的情况。额联放开笔墨,从"前江后岭通云气"写到"万壑千林送雨声",未见雨来,先得其势。颈联继续渲染,"低复举"的动态恍在眼前,"晦还明"的变化如真如幻。末联收笔,上句化用杜甫《茅屋为秋风所破歌》诗句:"床头屋漏无干处,雨脚如麻未断绝。"下句化用杜甫《洗兵马》诗句:"安得壮士挽天河,尽洗甲兵长不用。"全诗虽云观雨却未见滴雨的描写,诗人通过"观雨"的过程来表达对于"正要群龙洗甲兵"的愿望——这里的甲兵,却并不是天下所有的兵马,而仅仅是特指金人南来的入侵非正义之兵。

苍悟谣

蔡　伸

天,休使圆蟾照客眠。人何在? 桂影自婵娟。

[点评]

　　本词作者首先以对"天"祈告的口气,希望月亮不要成为"圆蟾"。"休使"二字带有强烈的使动性,给人留下一个很大的悬念:月之圆缺本是自然现象,可作者为什么不想让月亮由缺变圆呢? "人何在"三字侧面回答了这个问题:我所思念的人还不知道在哪里呢,你这月亮还圆什么圆? 那月中的"桂影"无人欣赏还有什么值得"婵娟"呢? 词人的这种"霸气",却正应了"无理而妙"的艺术规律,才使得本词具有了万口流传的基础。

秋 夜

朱淑真

夜久无眠秋气清，烛花频剪欲三更。

铺床凉满梧桐月，月在梧桐缺处明。

[点评]

　　第一、二两句平平地叙写诗人的"夜久无眠""夜半剪烛"，第三、四两句的写景比拟则显得十分新巧。"铺床凉满梧桐月"一句，充满了很生活化的亲切感；而"月在梧桐缺处明"一句，则使用顶真、重叠、回环等手法，用梧桐的浓荫把月色衬托得更加明亮，使月色显得摇曳多姿，也使诗人"今夜无眠"的思念之情更加凸显出来。

谒金门
春 半

朱淑真

春已半，触目此情无限。十二栏杆闲倚遍，愁来天不管。

好是风和日暖，输与莺莺燕燕。满院落花帘不卷，断肠芳草远。

本词的《春半》之题很巧,首先就省却了许多景色的描写:此时此刻的仲春,当然正是花红柳绿、草木多情的季节。不过词人却写道:"十二栏杆闲倚遍,愁来天不管。"言外之意是多彩的春天并没有给她带来愉悦的心情。过片在赞叹(好是风和日暖)之中充满了抱怨之情(输与莺莺燕燕),直接表现心中对"莺莺燕燕"的嫉妒。煞拍点题:原来,"满院落花帘不卷"的真正原因,是"断肠芳草远"啊!

新　柳

杨万里

柳条百尺拂银塘,且莫深青只浅黄。

未必柳条能蘸水,水中柳影引他长。

[点评]

这首很有情趣的绝句,正是诗人善于观察、长于状物的艺术表现。第一、二写柳条之长和对"浅黄"柳条的喜爱,以至于希望柳条千万不要变为"深青"——因为"深青"意味着柳条的"老化"。第三、四两句的描写妙趣横生,把柳条在水面上的"蘸水"归结为"水中柳影引他长"——也许只有杨诚斋才能有此妙想吧?

闲居初夏午睡起二首

杨万里

梅子留酸软齿牙，芭蕉分绿与窗纱。

日长睡起无情思，闲看儿童捉柳花。

松阴一架半弓苔，偶欲看书又懒开。

戏掬清泉洒蕉叶，儿童误认雨声来。

[点评]

　　此二首绝句，是诗人在闲居苦闷之中自我寻找的一些瞬间趣事，不失为一种调节心态的技巧，趣味盎然中又显得真朴生动，别有韵味。

　　第一首尾句"闲看儿童捉柳花"极具情调，写出了诗人此时此刻百无聊赖的慵懒之态和超然散淡的生活情调。第二首尾句"儿童误认雨声来"极富稚气，使诗人童心未泯的顽皮形象跃然纸上。

晚 风

（二首选一）

杨万里

晚风不许鉴清漪，却许重帘到地垂。

平野无山遮落日，西窗红到月来时。

[点评]

　　在杨万里的笔下，一切事物都被赋予了人的生命、人的情趣、人的思维。如本诗中"晚风不许鉴清漪"和"却许重帘到地垂"两句，正是诗人观察仔细、体察入微的结果。在"许"与"不许"之间，表现了"晚风"的喜好、轻重、大小和分寸。尤其三、四两句，应该是平原景色描写中的绝唱。一个"红"字，给西窗增加了些许的温情与色彩。有道是"文似看山喜不平"，而杨诚斋却能从"平野无山遮落日"中得出"西窗红到月来时"的妙句，真高手矣！

小 池

杨万里

泉眼无声惜细流，树阴照水爱晴柔。

小荷才露尖尖角，早有蜻蜓立上头。

[点评]

本诗题曰《小池》，便为全诗奠定了一个"小"的基础。诗人不仅称"泉"为"眼"，惜"流"为"细"，不仅写"小荷"刚刚露出"尖尖角"，而且更将一只"蜻蜓""立"在这"尖尖角"之上——小巧之中，表现出一种精致而温情的境界，表现出一种无与伦比的诗情画意。题"小"而诗却不小，诗人从小情趣中写出了大道理。至于"小荷才露尖尖角，早有蜻蜓立上头"两句，则常常被人用来比喻幼年人才的才华初露，形象而逼真，通俗而生动。

鹊桥仙

待 月

完颜亮

停杯不举，停歌不发，等候银蟾出海。不知何处片云来，做许大、通天障碍。　　虬髯捻断，星眸睁裂，惟恨剑锋不快。一挥截断紫云腰，仔细看、嫦娥体态。

[点评]

古今咏月，多咏新月、圆月、云月、残月，而本词却写"待月"，正所谓别具一格。发调的"停杯"与"停歌"，是为"银蟾出海"而蓄势。以下的"不知何处片云来"，凭空将东方的欲出之月遮住，正好像无端掠人之美一般，形成了读者的一个情感波澜。过片承接上阕语气，写词人捻断虬髯，睁裂星眸，力争一睹圆月的风采！但是，那一片云太大了，以至于做成了一个"通天障碍"。于是，词人一时兴起，直欲凭借手中之剑，"一挥截断紫云腰，仔细看、嫦娥体态。"然而，词写到最终也未见月亮出来，这就给读者留下了极大的想象空间。

溪　上

游九言

烟开晓日照溪头,溪上人家岸下舟。

啼鸟不知春已老,数声啼破碧岩幽。

[点评]

　　某一天早上,刚刚破晓的红日冲雾升起,照耀着这里烟云缭绕的景色。一条小溪潺潺地流去,溪上的人家还在睡梦之中,岸下的小舟也呈现出一片静谧与安详。这时,只听叽叽喳喳几声鸟叫,一下将这难得的暮春之晨啼破,而同时啼破的还有山间那碧岩上的清幽。"啼破"二字的使用,直如地下猛然喷涌的泉水一样,突兀而嘹亮。全诗纯粹写景,并没有人物出现,却能使每位读到本诗的人心向往之。

暗　香①

姜　夔

旧时月色,算几番照我,梅边吹笛?唤起玉人,不管清寒与攀摘。何逊而今渐老②,都忘却春风词笔③。但怪得竹外疏花,香冷入瑶席。 　　江国，正寂寂。叹寄与路遥④，夜雪初积。翠樽易泣⑤，红萼无言耿相忆。长记曾携手处，千树压西湖寒碧。又片片吹尽也，几时见得？

[注释]

①暗香：林逋《山园小梅》诗云："疏影横斜水清浅，暗香浮动月黄昏。"这里是词人为自度新声所取的词牌名，同时写的还有《疏影》一词。

②何逊：南朝梁人，曾在扬州写过《早梅》一诗，是古代有名的咏梅代表作。词人在这里是以何逊自比。

③春风词笔：隐括杜牧《赠别》诗意："春风十里扬州路，卷上珠帘总不如。"

④寄与路遥：隐括陆凯《寄范晔》诗意："折梅逢驿使，寄于陇头人。江南无所有，聊赠一枝春。"

⑤翠樽：指盛满绿酒的酒杯。

[点评]

　　本词原有小序云："辛亥之年，予载雪诣西湖。止既月，授简索句。且征新声，作此两曲。石湖把玩不已，使工妓隶习之。音节谐婉，乃名之《暗香》《疏影》。"从这个小序可知，姜夔当时身在苏州石湖，应友人范成大（又称范石湖）之邀写了这首词。

　　"旧时月色，算几番照我，梅边吹笛？"全词起篇便进入情景回忆，而这种回忆却又是词人心中一种出神入化的境界。随即设置的"唤起玉人，不管清寒与攀摘"情节，更是具有情感上的诗情画意。以下从"何逊而今渐老"开始，词人再将思绪梳理到眼前，感慨自己已随着岁月的流逝而年华渐老。正因为如此，他才会面对几枝"竹外疏花"而产生令人难解的"怪"意——"香冷入瑶席"的描写，实是词人怜惜之情、嗔怪之意、感慨之叹等复杂思想的自然流露。过片承上启下，再把思绪引向整个时下正"寂"无生机的江南水国。想起来陆凯寄给范晔"江南无所有，聊赠一枝春"那首诗，词人更是欲语无言，欲哭无泪，不由得再次陷入那种刻骨铭心的回忆之中，不由得想到"曾携手处"的"西湖寒碧"。煞拍再次回应开篇："又片片吹尽也，几时见得？"原来的"梅边吹笛"之"吹"，此时却又将梅花片片"吹尽",可见这"笛声"在词人心中的分量是如何的位置。"几时见得"四字,其实也就是"未曾见得",更使词人的沉痛情绪达到一种至极的程度。

这首词从回忆入笔再到回忆结束,时空在词人的笔触之下大开大合,驰骋自如,收放自如。全词除了自己之外没有第二个人物出现,但是"玉人"的形象却给读者留下了极其鲜明的印象。"香冷"二字,既紧扣着梅花本身的特性,又突出了本词的基本特色,更是读者心中最为主要和最为深刻的艺术感觉。

齐天乐

姜　夔

庾郎先自吟愁赋①,凄凄更闻私语。露湿铜铺②,苔侵石井,都是曾听伊处。哀音似诉。正思妇无眠,起寻机杼。曲曲屏山,夜凉独自甚情绪。　　西窗又吹暗雨。为谁频断续,相和砧杵?候馆迎秋,离宫吊月③,别有伤心无数。豳诗漫与④。笑篱落呼灯,世间儿女。写入琴丝,一声声更苦!

[注释]

①庾郎:即南北朝著名诗人庾信。当时,他在以南朝特使身份出使西魏期间南朝覆灭,便只能羁留北国。

②铜铺:指铜质的门环底座。为露所湿,表示久闲无人。

③离宫:又称行宫,是古代帝王在京城以外的临时居所,但与京都皇宫同样奢华。

④豳(bīn)诗:即《诗经》中的"豳风"。漫与:杜甫《江上值水如海势聊补述》:"老去文章浑漫与。"

根据本词原序可知：作者在与好友张功父一起饮酒之时，因听到蟋蟀鸣叫而相约以蟋蟀为题而各自赋词一首。张词《满庭芳·促织儿》先成，被作者称赞"辞甚美"。于是，作者"徘徊茉莉花间，仰见秋月，顿起幽思，寻亦得此。"（见本词《小序》）

蟋蟀原本无所谓感情，无所谓忧愁或快乐，但它在这首词中却被赋予了种种情思。如"凄凄私语""哀音似诉""夜凉独自甚情绪""为谁频断续""别有伤心无数""一声声更苦"等。其实，这正是词人自己正当南宋国破家亡境遇而产生的种种家国之感、身世之慨。上阕对蟋蟀在种种不同环境之下的不同描写，细腻而形象。下阕特别表现"西窗暗雨"之中的深闺鸣叫，并使人联想起大量怨妇所思念的戍将征夫。"笑篱落呼灯，世间儿女"一句，似乎有悖于全词的哀怨格调，其实这是"以乐景写悲情"的精彩之笔，是以"少年不知愁滋味"来反衬作者的"别有伤心无数"。煞拍的"写入琴丝，一声声更苦"，与开篇的"庾郎先自吟愁赋"遥相呼应，使整篇作品神完而气足，意境深邃而高远。

绮罗香

咏春雨

史达祖

做冷欺花，将烟困柳，千里偷催春暮。尽日冥迷，愁里欲飞还住。惊粉重、蝶宿西园，喜泥润、燕归南浦。最妨它、佳约风流，钿车不到杜陵路①。　　沉沉江上望极，还被春潮晚急，难寻官渡②。隐约遥峰，和泪谢娘眉妩③。临断岸、新绿生时，是落红、带愁流处。记当日、门掩梨花④，剪灯深夜语。

[注释]

①钿车:指用螺钿装饰的马车,通常由妇女乘坐。杜陵路:本为京城长安南郊的一个风景去处,这里用以代指杭州郊区。

②官渡:即由官方设置的江边渡口。

③谢娘:原指东晋谢安的侄女、王凝之的妻子谢道韫,这里代指词人的夫人。

④此处隐括两个著名诗人的诗句。"门掩梨花"语出宋人李重元《忆王孙》:"雨打梨花深闭门。""剪灯深夜语"语出唐人李商隐《夜雨寄北》:"何当共剪西窗烛,却话巴山夜雨时。"

[点评]

　　"做冷欺花,将烟困柳"的发篇,使史达祖笔下的"春雨"不仅被拟人化地赋予"做冷""将烟"的功能,而且具有着"欺花""困柳"的神通,历来被认为是咏雨的名句。以下对于雨中粉蝶、泥燕的描写,则寄托了词人步履滞重、不能归去的思绪。过片有更进一层的作用,表现词人因为"春潮晚急"而"难寻官渡"的焦躁。无奈之下,只好通过"隐约遥峰"来传递自己"不如归去"的强烈情感。

　　本词最主要的特点,是借咏"春雨"而抒发对于心系之人的思念。不过,从整个作品来看,作者在词中两处写到的女性。思"前(阕)"想"后(阕)",一个应是当下不能赶赴"风流佳约"的情人,一个则是曾经共同"夜雨剪烛"的夫人。如果仅仅拘泥于"情人"或者"夫人"的二者选一,有些情节则未必能够说得过去。

双双燕

咏　燕

史达祖

过春社了①，度帘幕中间②，去年尘冷。差池欲住③，试入旧巢相并。还相雕梁藻井④，又软语商量不定。　　飘然快拂花梢，翠羽分开红影。　　芳径，芹泥雨润。爱贴地争飞，竟夸轻俊。红楼归晚，看足柳昏花暝。应自栖香正稳，便忘了天涯芳信。愁损翠黛双蛾，日日画栏独凭。

[注释]

①春社：古代有春社、秋社之节。"立春后第五个戊日为春社，立秋后第五个戊日为秋社。"（《岁时广记·二社日》）如王驾《社日》诗云："桑拓影斜春社散，家家扶得醉人归。"

②度：揣度、料想之意。

③差池：参差不齐。如"萧骚浪白云差池"（李贺《江楼曲》）。

④雕梁藻井：我国古代房屋建筑中的特殊艺术。雕梁是在主要的栋梁和立柱上进行花纹雕刻和彩绘，藻井是在主要建筑天花板上的一种凹面处理，或者方形或者圆形，并进行各种花纹的雕刻或彩画。

[点评]

本词是一首难得的纯粹咏物之作。"过春社了"——作者发篇四字，就让一种惊喜的欢快气息透空而来。"度帘幕中间"以下，更是描写了一对春燕"归去来兮"之际种种的拟人化微妙动作。既可亲可爱，又生动传神。自过片开始，转入描写春燕安家之后"贴地争飞,竞夸轻俊"倜傥风流的不俗表现。只是"便忘了天涯芳信"一句,使全词陡生波澜,写春燕于自由自在的潇洒中忘记了传情带信的使命,并略略表现了一定的谴责之意。于是便苦了那个托燕传情之人,她只好因为收不到远方的回信而"愁损翠黛双蛾,日日画栏独凭"。

如此煞拍,在不知不觉中由写燕转向写人,给读者留下了更大的想象空间。

四时田园杂兴
(六十首选六)

范成大

高田二麦接山青①,傍水低田绿未耕。

桃杏满村春似锦,踏歌椎鼓过清明。

蝴蝶双双入菜花,日长无客到田家。

鸡飞过篱犬吠窦,知有行商来买茶。

雨后山家起较迟,天窗晓色半熹微。

老翁倚枕听莺啭,童子开门放燕飞。

梅子金黄杏子肥,麦花雪白菜花稀。

日长篱落无人过,惟有蜻蜓蛱蝶飞。

新筑场泥镜面平，家家打稻趁霜晴。

笑歌声里轻雷动，一夜连枷响到明。

昼出耘田夜绩麻，村庄儿女各当家。

童孙未解供耕织，也傍桑阴学种瓜。

[注释]

①二麦：即大麦、小麦。

[点评]

这六十首《四时田园杂兴》，乃诗人退隐石湖之后在家闲居时的一组杰作。也正是这些大型组诗，真正地贴近社会底层，贴近农民生活，使范成大获得了"田园诗人"的称号。在这组诗中，诗人从田间稼穑到家庭生活，从童妪老翁到打麦织麻，从村社踏歌到蛱舞蝶飞，几乎囊括了农村生活的方方面面。而且，这些作品通俗流畅，情趣盎然，至今读来仍然具有强烈的生活气息和家常化的亲切感。

第五首"昼出耘田夜绩麻"尤其著名。这首描写农村日常生活的绝句，首句的"昼出耘田"是表现男人的劳动，"夜绩麻"是表现妇女的劳动，而次句则恰似对于首句的注释——按部就班的农家生活，自古以来正是这样由男耕女织所组成的。三、四句转写那些童蒙未开的儿孙们，从小就开始在桑树阴下学习做种瓜的游戏——天真、有趣的农家儿童，在诗人真实、淳朴的笔下，被描写得生动异常，甚至成为一种艺术的经典形象。

田家谣

陈　造

　　麦上场，蚕出筐，此时只有田家忙。半月天晴一夜雨，前日麦地皆青秧。阴晴随意古难得，妇后夫先各努力。倏凉骤暖茧易蛾，大妇络丝中妇织。中妇辍闲事铅华，不比大妇能忧家。饭熟何曾趁时吃？辛苦仅得蚕事毕。小妇初嫁当少宽，令伴阿姑顽过日。明年愿得如今年，剩贮二麦饶丝绵。小妇莫辞担上肩，却放大妇当姑前。

[点评]

　　这是一首具有叙事性质的古诗。诗人从"麦上场，蚕出筐"的大忙之时开始写起，通过三个媳妇的不同特点生动地反映全家的长幼有序和互敬互爱，描写了他们忙中有乐的质朴劳动，可谓一幅表现农家生活的风俗画，富有浓郁的情趣色彩。

游园不值

叶绍翁

应怜屐齿印苍苔，小扣柴扉久不开。

春色满园关不住，一枝红杏出墙来。

[点评]

　　有关描写杏花的诗歌历来很多，仅宋诗中就有许多脍炙人口的名句。如王雱《绝句》诗中的"开遍杏花人不到，满庭春雨绿如烟"，魏夫人《菩萨蛮》词中的"隔岸两三家，出墙红杏花"，谢逸《江城子·黄州杏花村馆》词中的"杏花村馆酒旗风"，陈与义的"杏花疏影里，吹笛到天明"（《临江仙》）、"客子光阴诗卷里，杏花消息雨声中"（《怀天经智老因访之》）等。

　　本诗是一首非常著名的绝句，作品并没有直接写人。"应怜屐齿印苍苔，小扣柴扉久不开。"诗人从"印苍苔"的"屐齿"踪迹中判断园中有人，但是又在"久不开"的"小扣"等待中产生了种种的疑惑：怎么回事儿？明明有人却为什么不开门？当诗人对小园进行详细的观察之后，便有了"春色满园关不住，一枝红杏出墙来"的答案，并将小园表象上的画面立刻上升到一个非常意外的精神境界——这位小园的主人，生活在这样一个幽静雅致的环境之中，久不开门一定是不愿别人有所打扰；但是，久不开门也未能掩饰得住他自身对于别人充满诱惑的声望。于是，这便更增加了诗人对小园主人进行拜访的愿望。

　　元淮曾在绝句《春闺》中写道："杏花零落燕泥香，闲立东风看夕阳。倒把凤翘搔鬓影，一双蝴蝶过东墙。"把一位无聊的闺中少妇与杏花进行相互映衬，以反映春天多姿多彩表象之下的复杂与哀愁。著名诗人陆游也曾有绝句《马上作》云："平桥小陌雨初收，淡日穿云翠霭浮。杨柳不遮春色断，一枝红杏出墙头。"很明显,叶绍翁的这首《游园不值》是从陆游的《马上作》演化而来。不过,叶绍翁的成功之处,不仅仅是将场景从"马上"下移到了"小园",将行走中的浏览变换为固定中的欣赏,主要还是在纯粹的景象描写之外增加了丰富的精神内涵,进而取得了更为精彩的艺术效果。

我们比较这三首绝句可以发现,三位作者都在诗的第四句把"墙"的意象引入到了诗中。也许,这就是后来"红杏出墙"特殊含义的原始义根吧?

莺　梭

刘克庄

掷柳迁乔太有情,交交时作弄机声。

洛阳三月春如锦,多少工夫织得成?

[点评]

拟人化手法的运用是本诗最主要的艺术特点。形象的语言,生动的比喻,穿插以恰切的声响效果,使本诗的画面具有强烈的动感。三、四两句的境外之象和言外之意十分明白,读者自能从中各有感悟。

当代诗人方伟有一首绝句《赠友人》:"记否沙河结伴行,也曾寒夜共挑灯。别来织女调梭手,又织春风几丈绫?"既借用了本诗"莺梭"织得"春如锦"的意象,更使"春风"增加了友谊、学识等内涵,也可谓其对于后世诗词创作的持续影响吧!

落　梅

刘克庄

一片能教一断肠，可堪平砌更堆墙。

飘如迁客来过岭，坠似骚人去赴湘。

乱点梅苔多莫数，偶沾衣袖久犹香。

东风谬掌花权柄，却忌孤高不主张。

[点评]

　　本诗确是一首经典的写梅之作。作品首联入题，从一片一片的落梅开始写起，已为全诗烘托出一个凄凉哀伤的情感氛围。颔联直接将"落梅"比拟为南来北往的迁客骚人，具有高度的历史概括性，可使读者产生丰富的社会联想。颈联分写形体上的委顿和精神上的高洁，使"落梅"反差极大的外在境遇和内在气质均能得以恰当的表现。尾联点题，将梅花之所以获得这种落寞、飘零、凄切、悲惨景况的原因，一语中的地归结为"东风谬掌花权柄，却忌孤高不主张"，寄寓了诗人太多的思想感慨。

　　宋代描写梅花的作品很多。如"何须更探春消息？自有幽香梦里通"（张道《咏梅》），"多情也恨无人赏，故遣低枝拂面来"（杨万里《明发房溪》），"月又渐低霜又下，更阑，折得梅花独自看"（潘牥《南乡子》），"雪似梅花，梅花似雪，似和不似都奇绝"（吕本中《踏莎行》）等。而最为著名的，还是林逋的七律《山园小梅》："众芳摇落独暄妍，占尽风情向小园。疏影横斜水清浅，暗香浮动月黄昏。霜禽欲下先偷眼，粉蝶如知合断魂。幸有微吟可相狎，不须檀板共金樽。"但是，像本诗这样通过描写"落梅"而酿成"梅花诗案"并获罪十年的作者却只有刘克庄一人。仔细看来,标题"落梅"二字不落俗套,不同寻常,回避了他人从正面描写的大量重复。其中通过对落梅"如迁客来过岭""似骚人去赴湘"遭遇的描写,表现了诗人深厚的艺术功力和深刻的精神思考。至今读来,犹觉精彩异常!

过　湖

俞　桂

舟移别岸水纹开,日暖风香正落梅。

山色蒙蒙横画轴,白鸥飞处带诗来。

[点评]

　　"山色蒙蒙横画轴,白鸥飞处带诗来"两句诗,动中寓静,静中有动,动静相生,互为映衬,表现了一种令人心醉的诗情画意。

咏　梅

张　道

才有梅花便不同,一年清致雪霜中。

疏疏篱落娟娟月,寂寂轩窗澹澹风。

生长元从琼玉圃①,安排合在水晶宫。

何须更探春消息？自有幽香梦里通。

[注释]

①元：原本。琼玉圃：栽种琼玉的园地。

[点评]

　　这首诗写出了一种清幽雅致、小巧玲珑的情调，使读者有如"天上仙境作人间"之感。尾联的"何须更探春消息，自有幽香梦里通"两句尤妙，不唯点题，而且点睛！

农　谣

（五首选三）

方　岳

　　问舍求田计未成①，一蓑锄月每含情。
　　春山树暖莺相觅，晓垄雨晴人独耕。

　　小麦青青大麦黄，护田沙径绕羊肠。
　　秧畦岸岸水初饱，尘甑家家饭已香②。

　　漠漠馀香着草花，森森柔绿长桑麻③。
　　池塘水满蛙成市，门巷春深燕作家。

[注释]

①问舍求田：典出《三国志·魏志·陈登传》载：许汜抱怨陈登慢怠自己，刘备

说："君有国士之名。今天下大乱，帝王失所，望君忧国忘家，有救世之意。而君求田问舍，言无可采……"批评他只顾自己置房买地，而不关心国家大事。这里是诗人方岳的自嘲。

②尘甑(zèng)：东汉时期，范冉家贫而有气节，虽时有绝食之虞却"穷且益坚，不坠青云之志"。村中曾有儿歌唱道："甑中生尘范史云(范冉字史云)。"因此，尘甑在这里指代贫苦人家。

③森森：比喻高大庄稼郁郁葱葱的样子。杜甫《蜀相》："丞相祠堂何处寻，锦官城外柏森森。"柔绿：比喻低矮的庄稼。

[点评]

准确地说，方岳的这组诗应该是"拟农谣"。因为他并非将原有的农村歌谣进行艺术加工，而是自己对农村的特有风光进行艺术描写。

唐人柳宗元有诗云："千山鸟飞绝，万径人踪灭。孤舟蓑笠翁，独钓寒江雪。"(《江雪》)表现了诗人一种凛然高标、超凡脱俗的精神。而方岳的"问舍求田"一首诗，与柳宗元的《江雪》应该具有异曲同工之妙——只是柳诗独自"钓雪"于江上，方诗独耕"雨晴"于垄上，而"求田问舍"更含有自嘲、嘲世的意味。

"小麦青青"一诗，是对麦收季节田间景象的客观素描和对农家生活的真实表现。"秧畦岸岸水初饱，尘甑家家饭已香"两句，是诗人自己通过"小麦青青"一句顺理成章地预知丰收之后的景象，表现出一种无比的欣喜之情。

"漠漠馀香"是这组诗的第五首，既表现了一场春雨之后的桑麻森森、池塘水满、燕来春深，同时也是对组诗五首所做的一个小结。"池塘水满蛙成市"一句，使人想起辛弃疾"稻花香里说丰年，听取蛙声一片"(《西江月》)的词句，也使人想起了农民丰收之后那情不自抑的喜悦。通过这组诗可知，诗人当时是确实热爱农村生活和农村风光的。

庆全庵桃花

谢枋得

寻得桃源好避秦①,桃红又见一年春。

花飞莫遣随流水,怕有渔郎来问津②。

[注释]

①桃源:即陶渊明笔下的"桃花源"。《桃花源记》云:"村中闻有此人,咸来问讯。自云先世避秦时乱,率妻子邑人来此绝境,不复出焉,遂与外人间隔。"

②"花飞"两句:从《桃花源记》中可知,桃花源为外人所发现,缘自源中桃花落英随溪水流出,由武陵渔人溯流而至得之。诗人但愿桃花不要随流水而出,是惧怕为人发现的心理表现。

[点评]

　　陶渊明的《桃花源记》,是基于对现实生活不满而虚构的一处"世外桃源";谢枋得的《庆全庵桃花》,则是基于对现实生活的惧怕而表露的心灵之声。

　　起句直入主题:"寻得桃源好避秦。"其实这"避秦"二字的真正含义在诗人来说就是"避元"。南宋覆灭以后,诗人仍然以江东提刑、江西招谕使知信州的身份在浙赣边界率军抗元。信州失守,他不得不更名换姓地隐居武夷山地区十多年。在此期间,元军一直在到处进行搜捕,他岂能不设法逃避呢?次句的"桃红又见一年春",便表现了诗人既侥幸得脱、又度日如年的复杂心理。正是因为这样,三、四两句才更显得尤为小心翼翼:"花飞莫遣随流水,怕有渔郎来问津。"

　　其实,诗人何尝不想从这样的"桃源"之中出来透透气呢?他无时无刻不在想着回到自己的家乡,回到自己的故国:"杜鹃日日劝人归,一片归心谁得知?

望帝有神如可问,谓予何日是归期。"(《春日闻杜鹃》)不过,严酷的现实岂能容许他轻易出山:"十年无梦得还家,独立青峰野水涯。天地寂寥山雨歇,几生修得到梅花?"(《武夷山中》)十年之间连"还家之梦"都不敢做,可见他在这"桃源"之中的无奈与寂寞是如何之多、之大。

十余年之后,诗人最终还是被捕并押往大都,坚贞不屈的诗人于是便绝食而逝——"渔郎"的"问津"终究还是带来了诗人的杀身之祸,可见这"渔郎"比那"桃花源"中的"渔郎"险恶得多。

摸鱼儿^①

元好问

问世间、情为何物?直教生死相许^②。天南地北双飞客,老翅几回寒暑?欢乐趣。离别苦。是中更有痴儿女,君应有语。渺万里层云,千山暮雪,只影为谁去?　　横汾路,寂寞当年箫鼓^③。荒烟依旧平楚^④,招魂楚些何嗟及^⑤,山鬼自啼风雨^⑥。天也妒,未信与、莺儿燕子俱黄土。千秋万古。为留待骚人,狂歌痛饮,来访雁丘处。

[注释]

①摸鱼儿:词牌名,又名"迈陂塘"。
②直教:竟然能。相许:郑重许诺。
③"横汾路"两句:汉武帝《秋风辞》云:"泛楼船兮济汾河,横中流兮扬素波,箫鼓鸣兮发棹歌。"这里是以往昔汾河一带的繁华反衬如今河边的荒凉败落。箫鼓:即箫与鼓两种乐器。
④平楚:这里指平林远树。

⑤招魂:楚辞篇名,这里指招回魂魄的行为。楚些(suò):楚地方言的语末助词。"今夔、峡、湘及南北江僚人,凡禁咒句尾皆称'些',乃楚人旧俗。"(沈括《梦溪笔谈》)

⑥山鬼:楚辞篇名,这里指山野之鬼。

[点评]

　　本词原有小序云:"乙丑岁,赴试并州,道逢捕雁者云:'今日获一雁,杀之矣。其脱网者悲鸣不能去,竟自投于地而死。'予因买得之,葬之汾水之上,累石为识,号曰雁丘。时同行者多为赋诗,予亦有雁丘词。旧所作无宫商,今改定之。"

　　全词以小序所述故事为对象,对一个"情"字进行了充分的阐发。

　　"问世间、情为何物?直教生死相许。"全词开篇一问,如点出一道古往今来的疑难考题,也许能把很多人给"考糊"了。可是,本词上阕首先将双雁进行拟人化处理,把它们想象为"天南地北双飞客",不仅曾经共享"欢乐趣"、同担"离别苦",而且更是缠绵多情的"痴儿女"。以下对突然殉伤伴侣的孤雁寄予了深深的同情:"渺万里层云,千山暮雪,只影为谁去?"关心怜爱之情溢于言表。下阕为投地自死的殇情之雁进行招魂,却又感叹平楚荒烟、嗟之不及。词人不相信这殇情之雁也会像那些平凡的"莺儿燕子"一样同为黄土,并真诚地希望"千秋万古。为留待骚人,来访雁丘处"——作者伤情、美情、赞情、悲情、悼情、颂情,终于谱就了一曲至真至纯的情殇之歌。

风雨停舟图

元好问

老木高风作意狂,青山和雨入微茫。

画图唤起扁舟梦,一夜江声撼客床。

[点评]

　　本诗乃诗人为一幅《风雨停舟图》所题绝句,情感真切而深刻,今日读来犹觉风声大作、雨意逼人。尤其"画图唤起扁舟梦,一夜江声撼客床"两句,说诗人为画上的"老木高风"所感染,不禁也唤起自己"人生在世不称意,明朝散发弄扁舟"(李白《宣州谢朓楼饯别校书叔云》)的遁世之情,以至于在客地听了一夜的"江声"——其情其景,能不令人油然而生慨然之情?

风入松

吴文英

　　听风听雨过清明,愁草瘗花铭①。楼前绿暗分携路,一丝柳、一寸柔情。料峭春寒中酒②,交加晓梦啼莺。　　　西园日日扫林亭,依旧赏新晴。黄蜂频扑秋千索,有当时、纤手香凝。惆怅双鸳不到,幽阶一夜苔生③。

[注释]

①愁草：愁闷地起草。瘗(yì)：埋葬。《瘗花铭》：梁朝庾信所写一篇伤悼落红的铭文。

②中(zhòng)酒：醉酒之意。

③"惆怅"两句：双鸳，即美人之鞋。张先《减字木兰花》云："文鸳绣履，去似杨花不扬尘。""幽阶"句隐括庾肩吾"全由履迹少，并欲上阶生"（《咏长信宫草》）诗意。

[点评]

这是一首著名的伤春悼红之作。杜牧诗曰："清明时节雨纷纷，路上行人欲断魂。"（《清明》）本词起拍就用两个"听"字制造出风雨交加的气氛，比杜牧笔下的清明尤为凄切。正是在这样的景况之下，作者带着一种伤愁的情绪起草了自己这篇并未命名的词稿——《瘗花铭》。而"料峭春寒中酒，交加晓梦啼莺"两句，与杜牧诗中的"借问酒家何处有，牧童遥指杏花村"相比，"醉酒"情节的设置也具有某些境界上的相通之处。下阕通过情节忆写天晴之后的清明景色："黄蜂频扑秋千索，有当时、纤手香凝。"但是，由于煞拍"惆怅双鸳不到，幽阶一夜苔生"的出现，则使本词从"悼自然之红"过渡到"伤伊人之春"。

虽说这是一篇吴版的《瘗花铭》，全词并未直接描写清明之草的状貌或者"瘗花"的过程，但是词中却处处透露着"绿暗""柔情""料峭""惆怅"等草的身影与信息。细腻的笔触、淡雅的语言、婉丽的情调、生动的描写，使本词成为一首至情至纯的经典之作。

野 步

周 密

麦垄风来翠浪斜,草根肥水噪新蛙。

羡他无事双蝴蝶,烂醉东风野草花。

[点评]

本诗撷取一个纯粹的乡野小景进行描写,如"翠浪斜""噪新蛙"的描写更使小诗显得有声有色、动感十足,真是好一派风姿摇曳、生动活泼的田园风光。三、四两句犹如一个特写,让一双"蝴蝶""烂醉"在"东风野草花"之中,使诗人自己对于农村景色的依恋之情跃然纸上。

声声慢

秋 声

蒋 捷

黄花深巷,红叶低窗,凄凉一片秋声。豆雨声来,中间夹带风声。疏疏二十五点①,丽谯门、不锁更声②。故人远,问谁摇玉佩?檐底铃声。 彩角声吹月堕,渐连营马动,四起笳声。闪烁邻灯,灯前尚有砧声。知他诉愁到晚,碎哝哝、多少蛩声!诉未了,把一半、分与雁声。

[注释]

①二十五点：古代打更的点数。丽谯（qiáo）：即华丽的更鼓楼。
②哝哝（nóng）：唧唧哝哝，比喻说话声音很小。

[点评]

　　"悲哉秋之为气也，草木摇落而变衰。"自从宋玉在《风赋》中为秋天定下这个萧瑟悲戚的基调以来，北宋欧阳修也在其一篇《秋声赋》中，将秋天之声写得肃飒惊心、寒气逼人，给读者留下了极为深刻的印象。本词紧扣"秋声"之题，通篇每韵同用"声"字，更演绎出一个"蒋捷版"的词体《秋声赋》，可谓奇哉。

　　上阕开篇描写词人当时所处的环境："黄花深巷，红叶低窗，凄凉一片秋声。"色彩虽然鲜艳，却因为巷深、窗低而一片凄凉。以下的"雨声""风声""更声"，也似乎全都带上了"凄凉"的情感。词人为什么如此叹惋呢？"故人远"三字给出了一个相当合理的答案：原来是故人不在，以至于思念中的词人将"檐底铃声"误解为她给自己摇响的"玉佩"之声呢。下阕继续采集"角声""笛声""砧声""蛩声"等，就好像一曲旋律生动、内容丰富的交响乐，也可谓"凄凄惨惨戚戚"矣。煞拍的"诉未了，把一半、分与雁声"，更是把嘹唳的"雁声"引入曲中，使全词又加深了愁苦、凄凉、悲切、思念的色彩。

第四桥

萧立之

自把孤樽擘蟹斟①，荻花洲渚月平林。

一江秋色无人管，柔橹风前语夜深。

[注释]

①擘(bó):剖分。斟(zhēn):执壶往容器里注酒或倒茶。

[点评]

　　首句写一个人自斟自饮自剥蟹,好一种逍遥、潇洒、自在的情调。次句是一幅月色之下的荻花飘荡、平林萧瑟图,幽静、阔远的境界再给诗人罩上一层有些神秘的色彩。最精彩的是三、四两句:"一江秋色无人管,柔橹风前语夜深。"此时此刻的诗人,似乎在说些"醉话"了——本属自由、自然的"洲渚"风光,怎么成了"无人管"呢? 其实不然,诗人的意思并非要谁来"管理"而是要"管领",并非要"管领"而是要"解赏"! 而能够"解赏""一江秋色"者,岂不可谓真正的诗人?

　　实际上,本诗并非在写桥,而是在写桥畔之夜。唐人柳宗元在其《渔翁》诗中写道:"渔翁夜傍西岩宿,晓汲清湘燃楚竹。烟消日出不见人,欸乃一声山水绿……回看天际下中流,岩上无心云相逐。"两相比较,二诗不仅在景色上而且在境界上,都有着一种内在的相同与相通。由此看来,两诗作者的内心境界可谓真正已经诗情画意了。

春日田园杂兴

连文凤

老我无心出市朝,东风林壑自逍遥。

一犁好雨秧初种,几道寒泉药旋浇。

放犊晓登云外垒,听莺时立柳边桥。

池塘见说生新草,已许吟魂入梦招。

[点评]

　　本诗以飘逸超然的笔触,描写于"春日田园"间的点滴杂感,表现出诗人代表的一种时代情怀。首联以"老我"起篇,直抒"无心出(市)仕",并以"东风""林壑""逍遥"分别对应"春日""田园""杂兴"破题。颔联描写一派早春趁雨初耕的景象,由于"一犁好雨""泉药旋浇"等词汇的妙用,把一种普通的乡间农务劳动,渲染得诗情洋溢而且惬意自得。颈联寄托作者隐逸生活的惬意情怀。尾联巧借谢灵运诗意,在此情此景中显得恰切适当,并将全诗推向一个魂也摇摇、梦也招招的艺术境界。

朝中措

张　炎

　　清明时节雨声哗,潮拥渡头沙。翻被梨花冷看,人生苦恋天涯。

　　燕帘莺户,云窗雾阁,酒醒啼鸦。折得一枝杨柳,归来插向谁家?

[点评]

　　词人笔下的"清明",既有"清明时节雨纷纷,路上行人欲断魂"的大众化忧伤情绪,也有"遥知兄弟登高处,遍插茱萸少一人"的个性化情怀。最让人赞赏的,是"翻被梨花冷看,人生苦恋天涯"和"折得一枝杨柳,归来插向谁家"两句——前者属于因果关系:因"梨花冷"更觉出"人生苦",虽出人意料却又艺术地真实;后者属于转折关系:尽管已"折得一枝杨柳",却不知"插向谁家"——人生之苦,情何以堪?

解连环

孤　雁

张　炎

楚江空晚。怅离群万里,怳然惊散①。自顾影欲下寒塘,正沙净草枯,水平天远。写不成书②,只寄得相思一点。料因循误了,残毡拥雪③,故人心眼。　　谁怜旅愁荏苒④。漫长门夜悄⑤,锦筝弹怨。想伴侣犹宿芦花,也曾念春前,去程应转。暮雨相呼,怕蓦地玉关重见⑥。未羞它、双雁归来,画帘半卷。

[注释]

①怳(huǎng)然:同恍然,忽然醒悟的样子。
②“写不成书”两句:雁群飞行之时,常以“人”字形状排列。由于此处所咏乃“孤雁”,所以无法排成“人”字阵形。同时又反用汉代苏武在北国雁足传书的故事。
③残毡拥雪:匈奴将苏武“置大窖中,绝不饮食。天雨雪,武卧啮雪与毡毛并咽之,数日不死”(《汉书·苏武传》)。
④荏苒(rěn rǎn):指光阴渐渐地逝去。
⑤长门:即长门宫,也就是汉武帝弃置陈皇后的冷宫。如杜牧《早雁》:“仙掌月明孤影过,长门灯暗数声来。”
⑥玉关:即玉门关,这里泛指边远之地。

[点评]

本词使用拟人化的艺术手法,紧扣“孤雁”二字进行充分阐发,使之成为一首表现离群“孤雁”的著名词作。整篇作品描写了这只“孤雁”从“怳然惊散”、

"旅愁荏苒"到"暮雨相呼"的全部坎坷旅途与心路历程。

从表象上看,这是一首咏物之作,其实不然。本词既形象生动而又不粘不滞,句句惟妙惟肖而又处处别有寄托。其间化用苏武、长门等典故了无痕迹,表现了词人熟练、高超的艺术技巧。尤其是煞拍的"未羞它、双燕归来,画帘半卷"等句,以"画帘半卷"的"双燕"比喻屈节仕元而获得高官厚禄之辈,并为这些再筑新巢的权贵感到无比的耻辱,也曲折地表现了词人对抗元胜利无望而又不愿依附新贵的复杂心情。

落 花

郝 经

彩云红雨暗长门,翡翠枝馀蕚绿痕。

桃李东风蝴蝶梦,关山明月杜鹃魂。

玉栏烟冷空千树,金谷香消漫一樽。

狼藉满庭君莫扫,且留春色到黄昏。

[点评]

本诗所写之花,是皇室宫廷之花而不是乡村野外之花或者一般庭院之花。首联暗示这种"落花"的华贵不再:上句的"暗"字分量很重,黯然地表达了诗人对于"无可奈何花落去"的哀惋与叹息。颔联忆写"落花"曾经有过的辉煌,分别将"桃李东风"与"关山明月"、"蝴蝶梦"与"杜鹃魂"两两相对,更反衬出今日"翡翠枝馀蕚绿痕"的落寞和凄凉。颈联再将这种感觉扩展为"玉栏烟冷空千树",表明"落花"已去的不可挽回之势。尾联显得尤其悲壮,简直令人不堪卒读:且任这满庭满院的落花一片狼藉,且让这曾经灿烂的春色暂留到黄昏的到来吧！诗人对于"落花"的惋惜之情、留恋之意充溢纸外。

假如我们且把诗人这种对于"落花"的惋惜，当作很多遗民对于最终覆灭的南宋王朝的留恋，也许是不无道理的！南宋的终结，从一定的意义而言是历史发展的趋势，但同时也代表着宋词这座艺术高峰的没落。不过，宋词所遗留给我们的艺术遗产却不会随之终结，而且永远也不会终结，并将会随着时光的流逝而越来越折射出不朽的艺术光彩。

宋代精彩诗词名句选录

雁来音信无凭,路遥归梦难成。离恨恰如春草,更行更远还生。

————李　煜《清平乐》

不管烟波与风雨,载将离恨过江南。

————郑文宝《柳枝词》

回首故山千里外,别离心绪向谁言?

————杨徽之《寒食寄郑起侍郎》

树头百啭莺莺语,梁上新来燕燕飞。

————李　昉《禁林春直》

风飘北院花千片,月上东楼酒一樽。

————王禹偁《日长简仲咸》

何事春风容不得?和莺吹折数枝花。

————王禹偁《春居杂兴》

不随夭艳争春色,独守孤贞待岁寒。

————王禹偁《官舍竹》

鹤闲临水久,蜂懒采花疏。

————林　逋《小隐自题》

人间幸有蓑兼笠,且上渔舟作钓师。

————林　逋《西湖春日》

萧萧远树疏林外,一半秋山带夕阳。

————寇　准《书河上亭壁四首》

野水无人渡,孤舟尽日横。荒村生断霭,古寺语流莺。

————寇　准《春日登楼怀归》

中庭月色正清明,无数杨花过无影。

——张　先《木兰花·乙卯吴兴寒食》

昨日乱山昏,来时衣上云。

——张　先《醉垂鞭》

那堪更被明月,隔墙送过秋千影。

——张　先《青门引·春思》

天不老,情难绝。心似双丝网,中有千千结。

——张　先《千秋岁》

梨花院落溶溶月,柳絮池塘淡淡风。

——晏　殊《寓意》

春风不解禁杨花,濛濛乱扑行人面。

——晏　殊《踏莎行》

天涯地角有穷时,只有相思无尽处。

——晏　殊《玉楼春》

云际客帆高挂,烟外酒旗低亚。多少六朝兴废事,尽入渔樵闲话。

——张　升《离亭燕》

一寸相思千万端,人间没个安排处。

——李　冠《蝶恋花·春暮》

将飞更作回风舞,已落犹成半面妆。

——宋　祁《落花》

三分春色二分愁,更一分风雨。

——叶清臣《贺圣朝》

五更千里梦,残月一城鸡。

——梅尧臣《梦后寄欧阳永叔》

不惟人间惜此月,天亦有意于中秋。

——梅尧臣《中秋夜吴江亭上对月》

晚泊孤舟古祠下,满川风雨看潮生。

——梅尧臣《淮中晚泊犊头》

寒鸡得食自呼伴,老叟无衣犹抱孙。

——梅尧臣《小村》

野凫眠岸有闲意,老树着花无丑枝。

——梅尧臣《东溪》

云愁万木老,渔罢一蓑还。

——文彦博《雪中枢密蔡谏议借示范宽雪景图》

夜闻归雁生乡思,病入新年感物华。

——欧阳修《戏答元珍》

游人不管春将老,来往亭前踏落花。

——欧阳修《丰乐亭游春》

我亦且如常日醉,莫教管弦作离声。

——欧阳修《别滁》

雪消门外千山绿,花发江边二月晴。

——欧阳修《春日西湖寄谢法曹歌》

霜林落后山争出,野菊开时酒正浓。

——欧阳修《怀嵩楼新开南轩与郡僚小饮》

河攀青芜堤上柳,为问新愁,何事年年有?

——欧阳修《蝶恋花》

撩乱春愁如柳絮,悠悠梦里无寻处。

——欧阳修《鹊踏枝》

满城风雨近重阳,独上吴山看大江。

——韩 淲《风雨中诵潘邠老诗》

别院深深夏席清,石榴开遍透帘明。树阴满地日当午,梦觉流莺时一声。

——苏舜钦《夏意》

晚泊孤舟古祠下,满川风雨看潮生。

——苏舜钦《淮中晚泊犊头》

秋色入林红暗淡,日光穿竹翠玲珑。

——苏舜钦《沧浪亭怀贯之》

谁人感议清风价?无乐能过百日闲。

——韩 琦《北塘避暑》

花外轩窗排远岫,竹间门巷带长流。

——韩 琦《安阳好》

茅屋一间遗像在,有谁于世是知音?

——赵　抃《题杜子美书室》

数分红色上黄叶,一瞬曙光成夕阳。

——李　觏《秋晚悲怀》

天放旧光还日月,地将浓秀与山川。

——李　觏《苦雨初霁》

雨过横塘水满堤,乱山高下路东西。一番桃李花开尽,惟有青青草色齐。

——曾　巩《城南》

一樽风月身无事,千里耕桑岁有秋。

——曾　巩《凝香楼》

云乱水光浮紫翠,天含山气入青红。

——曾　巩《甘露寺多景楼》

佳节久从愁里过,壮心偶傍醉中来。

——苏　洵《九日和韩魏公》

四月清和雨乍晴,南山当户转分明。更无柳絮因风起,惟有葵花向日倾。

——司马光《客中初夏》

白鸥不信忘机久,见我犹穿柳岸飞。

——司马光《过尧夫天津居》

春色恼人眠不得,月移花影上栏杆。

——王安石《夜直》

何物最关情? 黄鹂一两声。

——王安石《菩萨蛮》

细数落花因坐久,缓寻芳草得归迟。

——王安石《北山》

可怜初上琵琶,晓来思绕天涯。不肯画堂朱户,春风自在梨花。

——王安国《清平乐·春晚》

如何农亩三时望? 只得官蛙一晌鸣。

——王　令《和束熙之雨后》

一雨池塘水面平,淡磨明镜照檐楹。东风忽起垂杨舞,更作荷心万点声。

——刘　攽《雨后池上》

富贵不淫贫贱乐，男儿到此是豪雄。

——程　颢《秋日偶成》

觉后不知新月上，满身花影倩人扶。

——李之仪《书扇》

困卧北窗呼不起，风吹松竹雨凄凄。

——苏　辙《逍遥堂会宿》

归去无言掩屏卧，古人时向梦中来。

——苏　辙《游西湖》

细随绿水侵离馆，远带斜阳过别州。

——俞紫芝《咏草》

相寻梦里路，飞雨落花中。

——晏几道《临江仙》

渡头杨柳青青，枝枝叶叶离情。此后锦书休寄，画楼云雨无凭。

——晏几道《清平乐》

欲把相思说与谁？情浅人不知。

——晏几道《长相思》

初将明月比佳期，长向月圆时候望人归。

——晏几道《虞美人》

采莲时节定来无？醉后满身花影倩人扶。

——晏几道《虞美人》

夕阳牛背无人卧，带得寒鸦两两归。

——张舜民《村居》

雨暗苍江晚未平，井梧翻叶动秋声。楼头夜半风吹断，月在浮云浅处明。

——道　潜《江上秋夜》

隔林仿佛闻机杼，知有人家在水西。

——道　潜《东园》

数声柔橹苍茫外，何处江村人夜归？

——道　潜《秋江》

已断离肠能几许？水村山馆，夜阑无寐，听尽空阶雨。

——黄大临《青玉案》

空船独宿无与语，月满长江归路迷。

——苏辙《竹枝词》（九首选一）

开遍杏花人不到，满庭春雨绿如烟。

——王　雱《绝句》

我自只知常日醉，满川风雨替人愁。

——黄庭坚《夜发分宁寄杜涧叟》

桃李春风一杯酒，江湖夜雨十年灯。

——黄庭坚《寄黄几复》

春风春雨花经眼，江北江南水拍天。

——黄庭坚《次元明韵寄子由》

忽忆僧床同野饭，梦随秋雁到东湖。

——黄庭坚《戏呈孔毅父》

戏马台前追两谢，驰射，风流犹拍古人肩。

——黄庭坚《定风波》

未到江南先一笑，岳阳楼上对君山。

——黄庭坚《雨中登岳阳楼望君山》

世上岂无千里马，人中难得九方皋。

——黄庭坚《过平舆怀李子先，时在并州》

翁从旁舍来收网，我适临渊不羡鱼。

——黄庭坚《池口风雨留三日》

白发齐生如有种，青山好去坐无钱。

——黄庭坚《次韵裴仲谋同年》

坐对真诚被花恼，出门一笑大江横。

——黄庭坚《王充道送水仙花五十枝，欣然会心，为之作咏》

睡觉莞然成独笑，数声渔笛在沧浪。

——蔡　确《夏日登车盖亭》

鸟飞云水里，人语橹声中。

——陈师道《泛淮》

鹅鸭不知春去尽，争随流水趁桃花。

——晁冲之《春日二首》

烟水茫茫,千里斜阳暮。山无数,乱红如雨,不计来时路。

——秦 观《点绛唇·桃源》

风定小轩无落叶,青虫相对吐秋丝。

——秦 观《秋意题邢敦夫扇》

月明船笛参差起,风定池莲自在香。

——秦 观《纳凉》

为君沉醉又何妨? 只怕酒醒时候、断人肠。

——秦 观《虞美人》

旧约鸥能记,新诗雁不传。功名画地饼,岁月下江船。

——周 孚《元日怀陈道人并忆焦山旧游》

蝶衣晒粉花枝舞,蛛网添丝屋角晴。

——张 耒《夏日》

莫为无情即无语,春风传意水传愁。

——张 耒《偶题》

请君试采中塘藕,若道心空却有丝。

——张 耒《偶题》

新月已生飞鸟外,落霞更在夕阳西。

——张 耒《和周廉彦》

芳草有情,夕阳无语,雁横南浦,人依西楼。

——张 耒《风流子》

隔水飞来鸿阵阔,趁潮归去橹声忙。

——张 耒《秋日登海州乘槎亭》

溪山掩映斜阳里,楼台影动鸳鸯起。隔岸两三家,出墙红杏花。

——魏夫人《菩萨蛮》

野田春水碧于镜,人影渡旁鸥不惊。

——汪 藻《春日》

烟村南北黄鹂语,麦垄高低紫燕飞。谁似田家知此乐? 呼儿吹笛跨牛归。

——王庭珪《二月二日出郊》

彤云风扫雪初晴,天外孤鸿三两声。

——李重元《忆王孙·冬词》

窗前月冷松阴碎，一枕溪声半夜风。

——杨　时《含云寺书事》

莺边日暖如人语，草际风来作药香。

——唐　庚《春日郊外》

云深不见千岩秀，水涨初闻万壑流。

——吕本中《柳州开元寺夏雨》

不是渭城西去客，休唱阳关……回首夕阳红尽处，应是长安。

——张舜民《卖花声·题岳阳楼》

绿荫不减来时路，添得黄鹂四五声。

——曾　幾《三衢道中》

画桥依约垂杨外，映带残霞一抹红。

——沈与求《石壁寺山房即事》

斩除顽恶还车驾，不问登坛万户侯。

——岳　飞《题青泥市寺壁》

芳草碧色，凄凄遍南陌。暖絮乱红，也知人、春愁无力。

——李　甲《帝台春》

拼则而今已拼了，忘则怎生便忘得？又还问鳞鸿，试重寻消息。

——李　甲《帝台春》

红杏枝头花几许？啼痕止恨清明雨。

——赵令畤《蝶恋花》

年年春事关心事，肠断欲栖鸦……重门不锁相思梦，随意绕天涯。

——赵令畤《乌夜啼·春思》

好风如扇雨如帘，时见岸花汀草涨痕添。

——李　膺《虞美人》

记得绿罗裙，处处怜芳草。

——贺　铸《绿罗裙》

漫凝伫。莫怨无情流水，明月扁舟何处？

——贺　铸《下水船》

对梦雨帘纤。愁随芳草，绿遍江南。

——贺　铸《怨三三》

断无蜂蝶慕幽香,红衣脱尽芳心苦……当年不肯嫁春风,无端却被秋风误。

——贺　铸《芳心苦》

烟柳有情开不尽,东风约定年年信。……翠雾萦纡销篆印,筝声恰度秋鸿阵。

——王安中《蝶恋花》

月解重圆星解聚,如何不见人归? 今春还听杜鹃啼。年年看塞雁,一十四番回。

——朱敦儒《临江仙》

险韵诗成,扶头酒醒,别是闲滋味。征鸿过尽,万千心事难寄。

——李清照《念奴娇》

犹自风前飘柳絮,随春且看归何处……把酒送春春不语,黄昏却下潇潇雨。

——朱淑真《蝶恋花·送春》

蚕事正忙农事急,不知春色为谁妍?

——朱淑真《马塍》

溪下水声长,一枝和月香。

——朱淑真《菩萨蛮》

眼前叠嶂青如画,借问南山共几峰?

——吴　激《长安怀古》

我来不暇论兴废,一点西山入眼明。

——刘子翚《过邺中》

山路婷婷小树梅,为谁零落为谁开? 多情也恨无人赏,故遣低枝拂面来。

——杨万里《明发房溪》

风月不供诗酒债,江山长管古今愁。

——杨万里《宿池州齐山寺,即杜牧之九日登高处》

一夜空江烟水冷,石头明月雁声中。

——刘　翰《石头城》

吟得诗成无笔写,蘸他春水画船头。

——陈　起《夜过西湖》

家住石湖人不到,藕花多处别开门。

——姜夔《次石湖书扇韵》

冰姿琼骨净无瑕,竹外溪边处士家。若使牡丹开得早,有谁风雪看梅花?

——赵希櫩《次萧冰崖梅花韵》

烟中列岫青无数,雁背夕阳红欲暮。

——周邦彦《玉楼春》

叶上初阳干宿雨,水面清圆,一一风荷举。

——周邦彦《苏幕遮》

归骑晚,纤纤池塘飞雨。断肠院落,一帘飞絮。

——周邦彦《瑞龙吟》

依依宫柳拂宫墙。楼殿无人春昼长。燕子归来依旧忙。忆君王,月破黄昏人断肠。

——谢克家《忆君王》

惟有知情一片月,曾窥飞燕入昭阳。

——萧观音《怀古诗》

润入笙箫腻,春馀笑语温。

——毛 滂《南歌子》

天上流霞凝碧袖,起舞与君为寿。

——毛 滂《清平乐》

酒浓春入梦,窗破月寻人。

——毛 滂《临江仙》

望断云行无去处,梦回明月生春浦。

——司马槱《黄金缕》

相逢未暇论奇字,先向水边看白云。

——姚 镛《访中洲》

相思休问定何如。情知春去后,管得落花无?

——晁冲之《临江仙》

谁似东山老?谈笑净胡沙!

——叶梦得《水调歌头》

梦怕愁断时,春从醉里回。凄凉怀抱向谁开?

——田 为《南柯子》

怜琴为弦直,爱棋因局方。未用较得失,那能记宫商?

——刘一止《小斋即事》

金碧上晴空,花晴帘影红。

——陈　克《菩萨蛮》

别愁深夜雨,孤影小窗灯。

——陈　克《临江仙》

一寸柔肠情几许? 薄衾孤枕,梦回人静,彻晓潇潇雨。

——惠　洪《青玉案》

一枝折得,天上人间,没个人堪寄。

——李清照《孤雁儿》

海燕未来人斗草,江梅已过柳生绵。黄昏疏雨湿秋千。

——李清照《浣溪沙》

不如随分樽前醉,莫负东篱菊蕊香。

——李清照《鹧鸪天》

何须浅碧深红色,自是花中第一流。

——李清照《鹧鸪天》

征鸿过尽,万千心事难寄。

——李清照《念奴娇》

为报今年春色好,花光月影宜相照。

——李清照《蝶恋花》

寂寞深闺,柔肠一寸愁千缕。

——李清照《点绛唇》

卧看满天云不动,不知云与我俱东。

——陈与义《襄邑道中》

海棠不惜胭脂色,独立蒙蒙细雨中。

——陈与义《春寒》

燕子经年别,梧桐昨夜非。

——陈与义《秋雨》

有诗酬岁月,无梦到功名。

——陈与义《道中寒食》

雨馀山欲尽,春半水争流。

——陈与义《晚步》

晴窗画出横斜影,绝胜前村夜雪时。

——陈与义《和张规臣水墨梅》

欲挽天河,一洗中原膏血。

——张元干《石州慢》

碧天如水,一洗秋容净。何处飞来大明镜?

——向子諲《洞仙歌》

一天秋色冷晴湾,无数峰峦远近间。闲上山来看野水,忽于水底见青山。

——翁　卷《野望》

春潮不管天涯恨,更卷西风暮雨来。

——范成大《浙江小矶春日》

底事今年春涨小?去年曾与画桥平。

——范成大《晚潮》

一杯且买明朝事,送了斜阳月又生。

——范成大《鹧鸪天》

云山藏客路,烟树记人家。小渡一声橹,断霞千点鸦。

——蔡　珪《雪川道中》

酒添客泪愁仍溅,浪卷归心暗自惊。

——周　莘《野泊对月有感》

樵归野烧孤烟尽,牛卧春梨小麦低。

——李弥逊《云门道中晚步》

日过窗间腾野马,雨馀墙角篆蜗牛。

——邓　肃《偶成二首》

丝丝细雨晚烟合,阁阁鸣蛙蔓草深。

——邓　肃《偶成二首》

山鸟似嫌游客到,一声啼破小亭幽。

——李　晏《高丽平州中和馆后草亭》

过了春江偶回首,隔江一片好人家。

——杨万里《二月一日晚渡太和江三首》

万物皆春人独老,一年过社燕方回。

——杨万里《春晴怀故园海棠二首》

携瓶自汲江心水,要试煎茶第一功。

——杨万里《过扬子江二首》

晴明风日雨干时,草满花堤水满溪。童子柳阴眠正着,一牛吃过柳阴西。

——杨万里《桑茶坑道中》

却愁说到无言处,不信人间有古今。

——朱　熹《鹅湖寺和陆子寿》

一夜相思,水边清浅横枝瘦。小窗如昼,情共香俱透。清入梦魂,千里人长久。

——陈　亮《点绛唇》

开帘放入窥窗月,且尽新凉谁美休。

——党怀英《鹧鸪天》

欲买桂花同载酒,终不似,少年游。

——刘　过《唐多令》

平生最识江湖味,听得秋声忆故乡。

——姜　夔《湖上寓居杂咏》

午凉松影乱,白羽对禅衣。

——姜　夔《同朴翁登卧龙山》

鸳鸯独宿何曾惯? 化作西楼一缕云。

——姜　夔《鹧鸪天》

燕燕飞来,问春何在? 惟有池塘自碧。

——姜　夔《淡黄柳》

烟波渐远桥东去,犹见栏杆一点愁。

——姜　夔《过德清二首》

经过此处无相识,塔下秋云为我生。

——姜　夔《过德清二首》

梅花竹里无人见,一夜吹香过石桥。

——姜　夔《除夜自石湖归苕溪十首》

吟罢拂衣去,钟声云外残。

——严　羽《访益上人兰若》

碧云望断空回首,一半栏杆无斜阳。

——陈允平《登西楼怀汤损之》

白鸟一双临水立,见人惊起入芦花。

——戴复古《江村晚眺》

楼影沉沉,中有伤春一片心。

——朱 藻《采桑子》

伤心何啻辽东鹤,不但人非物亦非。

——王若虚《再至故园述怀》

春来底事堪行处,门外流莺枉唤人。

——王若虚《再至故园述怀》

湛湛长空黑。更那堪、斜风细雨,乱愁如织。

——刘克庄《贺新郎》

春风多可太忙生,长共花边柳外行。与燕作泥蜂酿蜜,才吹小雨又须晴。

——方 岳《春思》

人行秋色里,雁落客愁边。

——方 岳《泊歙浦》

天地寂寥山雨歇,几生修得到梅花?

——谢枋得《武夷山中》

遗表不随诸葛死,离骚长伴屈原清。

——王 奕《送谢叠山先生北行》

世事悠悠浑未了,年光冉冉今如许。试举头、一笑问青天,天无语。

——吴 潜《满江红》

问古今、宇宙竟如何?无人省。

——吴 潜《满江红》

这次第,算人间没个并刀,剪断心上愁痕。

——黄孝迈《湘春夜月》

春事忽三月,风光又一年。

——黄 庚《春日即事》

潮声寒带雨,山色淡生烟。

——黄 庚《书山阴驿》

高原水出山河改,战地风来草木腥。

——元好问《壬辰十二月车驾东狩后即事》

向沙头、更续斜阳一醉,双玉杯和流花洗。

——吴文英《西河》

可怜千点吴霜,寒销不尽,又相对、落梅如雨。

——吴文英《祝英台近》

露柳霜莲,十分点缀成秋。新弯画眉未稳,似含羞、低护墙头。

——吴文英《声声慢》

溪雨急,岸花狂。趁残鸦、飞过苍茫。故人楼上,凭谁指与,芳草斜阳。

——吴文英《夜合花》

隔江人在雨声中,晚风菰叶生秋怨。

——吴文英《踏莎行》

月又渐低霜又下,更阑,折得梅花独自看。

——潘　牥《南乡子》

梧桐叶上三更雨,叶叶声声是别离……如今风雨西楼夜,不听清歌也泪垂。

——周紫芝《鹧鸪天》

风流不在谈锋胜,袖手无言味最长。

——黄　升《鹧鸪天》

横竹吹商,疏砧点月,好梦又随云远。闲愁丝线,甚系损柔肠,不堪裁剪。

——王月山《齐天乐》

一人灯着梦,双燕月当楼。

——史达祖《临江仙》

叹人间、今古真儿戏。东风岁岁还来,吹入钟山,几重苍翠?

——汪元量《莺啼序》

对渔灯一点,羁愁一搦,谱琴中语。

——汪元量《水龙吟》

村店月浑泥径滑,竹窗斜漏补衣灯。

——周　密《夜归》

堤杨脆尽黄金线,城里人家未觉愁。

——周　密《西塍秋日即事》

问东风,先到垂杨,后到梅花?

——周　密《高阳台》

幽梦觉，涓涓清露，一枝灯影里。

——周　密《花犯》

记少年、一梦扬州，二十四桥明月。

——周　密《瑶花》

最关情，折尽梅花，难寄相思。

——周　密《高阳台》

雁过江天云漠漠，龙游沧海水茫茫。

——彭秋宇《秋兴》

花落一杯酒，月明千里心。

——郑思肖《送友人归》

眼中最恨友朋少，尘外频闻山水宽。

——方　凤《北山道中》

落日江山宜唤酒，西风天地正愁人。

——梁　栋《金陵三迁有感》

孤洲尽日少人来，小舟系在垂杨岸。

——梁　栋《野水孤舟》

青松秦世事，黄菊晋人心。

——王　镃《山中》

高树月初白，微风酒半醒。

——林景熙《溪事》

深夜无风莲叶响，水寒更有未眠鸥。

——林景熙《梦回》

素娥谁起，驾冰轮碾破，一天秋绿。

——姚孝宁《念奴娇》

何日还寻后约，为余先寄梅枝。

——卢祖皋《木兰花慢》

万里风涛接瀛海，千年豪杰壮山丘。

——元好问《横波亭为青口帅赋》

燕子不来花又落，一庭风雨自黄昏。

——赵孟頫《绝句》

夜卧千峰月，朝餐五色霞。

——萨都剌《游梅仙山和唐人韵》

风雨孤舟夜，关河两鬓秋。

——萨都剌《送人之浙东》

故人情怨知多少？扬子江头月满船。

——萨都剌《赠弹筝者》

修竹万竿松影乱，山风吹作满窗云。

——萨都剌《道过赞善庵》

卖鱼买酒归来晚，风飐芦花雪满溪。

——周　权《渔翁》

芳岁背人成荏苒，好诗和梦落苍茫。

——黄　溍《夏日漫书》

金屋昼长随蝶化，雕梁春尽怕莺啼。

——谢宗可《睡燕》

绿暗红稀春已暮。燕子衔泥，飞入垂杨处。柳絮欲停风不住。杜鹃声里山无数。

——无名氏《凤栖梧》

破我一床蝴蝶梦，输他双枕鸳鸯睡。

——无名氏《满江红》

宋代主要诗人词家简介

徐　铉（916—991）　字鼎臣，扬州广陵（今江苏扬州）人。能诗，精通文字学。原为南唐翰林学士，归宋后官至散骑常侍。有《徐公文集》。

李　煜（937—978）　字重光，号钟隐，徐州（今属江苏）人。南唐主李璟第六子，史称南唐李后主。他熟谙音律，精于书画，尤工于词，是一个颇有成就的文学家。但他在政治上却无所作为，终日纵情声色歌舞，最后肉袒出降大宋。以此为界，其词的创作表现出迥然不同的两种风格：前期与"花间词派"一脉相承，并且在内容上局限于描写奢侈糜烂的宫廷生活，后期主要是称臣北宋时期，以抒发怀旧伤今之感和哀叹亡国之痛为主。其作品语言明净，形象生动，艺术成就极高，对后世词人影响很大。现存词三十余首，与其父李璟有《南唐二主词》。

王禹偁（954—1001）　字元之，济州巨野（今属山东）人。出身清寒，世代务农，九岁能文。历任右拾遗、翰林学士、知制诰，因敢于直谏而屡受贬谪。其诗文平易清新，注重反映现实生活，为北宋诗文革新运动先驱。有《小畜集》。

种　放（955—1015）　字明逸，号云溪醉侯，洛阳（今属河南）人。早岁颖悟，无心举业。隐居终南山豹林谷东明峰，以讲习为业。诏赠工部尚书。有《端居赋》。

杨　朴（生卒年不详）　字契元，郑州（今属河南）人。终身不举不仕。因同学毕士安之荐，以布衣之身为太宗召见，当场赋《蓑衣》诗而归。

潘　阆（？—1009）　字逍遥，又号逍遥子，河北大名人。他为人狂放不羁，广交当时名士。先因之被太宗赐进士第，也因之而得罪亡命。其诗与唐人"贾（岛）孟（郊）"风格近似，词具浪漫色彩。有《逍遥集》和《逍遥词》。

魏　野（960—1019）　字仲先，号草堂居士，陕州（今河南陕县）人。诗格清苦，不求仕进。有《草堂集》。

寇　准（961—1023）　字平仲，华州下邽（今陕西渭南）人。太宗太平兴国五年进士，曾任官枢密副使、参政知事，两次为相，封莱国公。后遭谗被贬雷州，卒谥忠愍。其诗风格淡雅，语言晓畅。有《巴东集》和后人辑《寇忠愍公诗集》。

蒨　桃（生卒年不详，事迹不详）　寇准之妾。

钱惟演（962—1034）　字希圣，临安（今浙江杭州）人。为吴越王钱俶之子，随父降宋。历官知制诰、翰林学士、枢密副使、工部尚书等。诗为西昆体领袖之一，与杨亿、刘筠等相互酬唱，结为《西昆酬唱集》传世。

林　逋（967—1028）　字君复，钱塘（今浙江杭州）人。早岁不趋荣利，浪游江淮间。后结庐归隐孤山二十年，种梅养鹤，终身未娶，人称"梅妻鹤子"。卒谥和靖先生。其诗多描写隐居生活，尤长于咏梅。有《林和靖诗集》。

司马池（980—1041）　字和中，陕州夏县（今山西闻喜）人，乃司马光之父。宋真宗景德二年进士，官历侍御史知杂事、更三司副使、天章阁侍制等。今存诗一首。

范仲淹（989—1052）　字希文，祖籍陕西，后移居吴县（今江苏苏州）。少时贫困，真宗大中祥符八年考中进士，后成为北宋中期著名的政治家、军事家，并以龙图阁直学士身份与韩琦并任陕西经略安抚使率军守卫边塞多年。在文学方面工于诗词、散文创作，乃北宋诗文革新运动先行者之一。尤其他在《岳阳楼记》中"先天下之忧而忧，后天下之乐而乐"的名言，文化襟抱之大和思想境界之高，对后世产生了重大的积极影响。

张　先（990—1078）　字子野，湖州乌程（今浙江湖州市）人。宋仁宗天圣八年进士，后官至都官郎中。其为人疏放不羁，善于谐谑，能诗善词。小令隽永，尤其对慢词发展有一定影响。与柳永齐名，曾因"云破月来花弄影"等名句被人戏称"张三影"。有《张子野词》。

晏　殊（991—1055）　字同叔，抚州临川（今江西抚州）人。早慧，七岁能诗，十五岁以神童应试被赐同进士出身。官历翰林学士、集贤殿学士、同中书门下平章事兼枢密使，为一代名相。卒谥元献。工于诗词，尤长小令，范仲淹、欧阳修等皆出其门下。仅存《珠玉词》。

张　升（992—1077）　字杲卿，韩城（今属陕西）人。大中祥符八年进士，官至参知政事、枢密使。以太子太师致仕，赠司徒兼侍中。卒谥康节。

宋　祁（998—1061）　字子京，安陆（今属湖北）人。仁宗天圣二年，与其兄宋庠同举进士,名著当时,被呼为"大宋、小宋"。官历龙图阁学士、史馆修撰、知制诰、翰林学士承旨。与欧阳修同修《新唐书》后,再进工部尚书。因《玉楼春》词中"红杏枝头春意闹"之句,朝野送之有"红杏尚书"美称。

曾公亮(999—1078) 字明仲,晋江(今福建泉州)人。宋仁宗天圣二年进士,官历知制诰、史官修撰、翰林学士、集贤殿大学士,封鲁国公。

梅尧臣(1002—1060) 字圣俞,宣城(今属安徽)人。少时以父荫补桐城、河南主簿,后赐进士出身,官至都官员外郎。也曾参与《新唐书》的修撰工作。其诗风格平淡委婉,质朴自然,多反映现实生活,在当时诗坛有很大影响。因家乡宣城古称宛陵,所以又自称"梅宛陵""宛陵先生"。身后有《宛陵先生文集》传世。

叶清臣(1003—1049) 字道卿,湖州(今浙江吴兴)人。天圣二年进士。官历翰林学士、权三司使,后罢为侍读学士。知河阳,赠左谏议大夫。

欧阳修(1007—1072) 字永叔,号醉翁,晚年又号六一居士。吉州庐陵(今江西吉安)人。幼贫丧父,由其寡母抚养成人。天圣中进士后,历任知制诰、翰林学士、枢密副使、参知政事等职,为北宋著名的政治家。政治上与王安石政见不合,也曾屡遭贬黜。文学上当时就被推为文坛领袖,苏轼、曾巩、王安石等均出其门下,是唐宋八大家的主要成员。他诗词文赋俱佳,艺术成就卓越。卒赠太子太师,谥文忠。有《欧阳文忠公文集》《六一词》《醉翁琴趣外篇》等。

张 俞(生卒年不详) 字少愚,号白云先生,益州(今属四川)人有《白云集》。

苏舜钦(1008—1048) 字子美,祖籍四川梓州铜山,后徙居河南开封。仁宗景祐元年进士,曾任大理平事。后被革职为民,退居苏州,筑沧浪亭并自号沧浪翁。在诗歌上与梅尧臣并称"苏梅"。有《苏学士文集》传世。

韩 琦(1008—1075) 字稚圭,相州(今河南安阳)人。仁宗时进士。官历右司谏、陕西安抚使、枢密副使、知州、宰相等。有《安阳集》。

李 觏(1009—1059) 字泰伯,建昌军南城(今属江西)人。庆历二年举"茂才异等"不第,倡立盱江书院,极力排斥佛、道二教,世称"盱江先生"。有《盱江文集》。

苏 洵(1009—1066) 字明允,号老泉,眉山(今属四川)人。长于古文,笔力雄健,为唐宋八大家之一,与其子苏轼、苏辙并称"三苏"。有《嘉祐集》。

周敦颐（1017—1073）　字茂叔，号濂溪，道州（今属湖南）人。官历南安军司理参军、虔州通判等，曾知郴州、南康军，精于《易》学，程颢、程颐从之受业。

司马光（1019—1086）　字君实，陕州夏县（今属山西）涑水乡人。少年聪悟，其砸缸救人的故事世代流传。宝元初中进士后，历任天章阁待制兼侍讲、龙图阁知学士、翰林学士等职。他先在神宗时反对王安石变法出知永兴军，后在哲宗时拜相废除新法。居相八月卒，赠太师、温国公，谥文正。不仅诗文有成，而且于我国史学有卓越贡献。著有《司马文正公文集》《资治通鉴》等。

王安石（1021—1086）　字介甫，号半山，抚州临川（今属江西）人。庆历二年进士，官历鄞县知县、常州知州、江西提点刑狱。以参政知事拜相后，倡行新法，力革旧弊，为我国历史上著名的思想家、政治家。其文学成就很高，影响颇大，诗文能够反映社会矛盾，体现了自己的政治抱负与主张，为唐宋八大家之一。有《临川集》传世。

刘　攽（1023—1089）　字贡父，号公非，临江新喻（今江西新余）人。庆历六年进士，官至中书舍人。有《公非集》。

王安国（1028—1074）　字平甫，抚州临川（今属江西）人，乃王安石之弟。熙宁元年赐进士及第。除西京国子监教授，授崇文院校书，改著作郎、秘阁校理。有《王校理集》。

徐　积（1028—1103）　字仲车，山阳（今江苏淮安）人。治平四年进士。历任司户参军、推官、宣德郎等。有《节孝集》。

杜安世（生卒年不详）　字寿域，京兆（今西安市）人，曾任郎中之职。慢词作家，也能自度新曲。有《寿域词》一卷。

晏几道（约1030—约1106）　字叔原，号小山，抚州临川（今江西抚州）人。晏殊幼子。虽生长富贵之家，仕途却较坎坷，晚年家道中落。能文善词，与其父在当时就并称"二晏"。其词语言秾丽，精于雕饰，含情绵邈，是婉约词派的代表人物。有《小山词》。

石象之（生卒年不详）　字简夫，新昌（今属浙江）人。庆历二年进士。官太常丞。

王　令（1032—1059）　字逢原，广陵（今江苏扬州）人。其诗风格奇崛豪放，甚为王安石所推重。有《广陵先生文集》。

程　颢（1032—1085）　字伯淳，世居中山，其后又徙居开封、洛阳。仁宗嘉祐二年进士,曾为太子中允、监察御史里行等。与其弟程颐同受学于周敦颐,并称"二程",为宋代理学之洛学派的代表人物。有《明道集》四卷。

王　观(生卒年不详)　字通叟,如皋(今属江苏)人。仁宗嘉祐二年进士,试开封府第一。官历大理寺丞、江都知县、翰林学士等。其词风趣而近于俚俗,有《冠柳集》。

张舜民(1034—1100)　字芸叟,自号浮休居士,今陕西彬县人。其诗主学白居易,语言通俗,多为讥刺时事之作。

魏夫人(生卒年不详)　襄阳(今属湖北)人。文学家魏泰之姊,宰相曾布之妻。封鲁国夫人,时称其为魏夫人。

苏　辙(1039—1112)　字子由,眉山(今属四川)人,乃苏洵之子、苏轼之弟。仁宗嘉祐二年与苏轼同登进士科。官历河南推官、秘书省校书郎、御史中丞、尚书右丞、门下侍郎等。与其父苏洵、其兄苏轼并称"三苏",为唐宋八大家之一。卒谥文定。有《栾城集》。

王　雱(1044—1076)　字元泽,抚州临川(今属江西)人,王安石之子。二十四岁举进士,是王安石新法改革的坚决支持者。早卒。

郭祥正(生卒年不详)　字功父,自号漳南浪士,太平当涂(今属安徽)人。宋神宗熙宁年间进士。少有诗名,先后为梅尧臣、王安石所赏识。有《青山集》。

黄庭坚(1045—1105)　字鲁直,号山谷道人,洪州分宁(今江西修水)人。英宗治平四年进士,熙宁初任国子监教授。与秦观、张耒、晁补之并称"苏门四学士"。其诗力矫当时轻俗之弊,开一代风气并为江西派主宗;其词早年近似柳永,晚年近于苏轼,虽与秦观齐名但成就却不如秦观。其书法尤其精妙,与苏轼、米芾、蔡襄并称宋代书法"四大家"。有《山谷集》。

李之仪(1048—?)　字端叔,号姑溪居士,沧州无棣(今属山东)人。神宗元丰年间进士,曾入苏轼定州幕,元祐初为枢密院编修官,后因文获罪。有《姑溪居士文集》。

秦　观(1049—1100)　字少游,一字太虚。号淮海居士,扬州高邮(今属江苏)。神宗元丰八年进士。与黄庭坚、张耒、晁补之并称"苏门四学士"。能诗文,长于词。其词笔法致密,蕴藉含蓄,音律和美,语言清丽自然,为婉约派正宗。有《淮海集》。

李　唐(1049—1130)　字晞古,河阳三城(今河南孟县)人。徽宗朝补入画院,以善画山水人物和画牛著称。有《万壑松风图》、《采薇图》等。

米 芾(1051—1107) 字元章,号鹿门居士、襄阳漫士、海岳外史,人称米南宫。世居太原(今山西太原市),后迁襄阳(今属湖北),再迁润州(今江苏镇江)。精于鉴别,妙于书画。其书法得王献之精髓,为宋代四大书家之一。其山水人物画独步前人。其诗歌气象雄浑,构思精奇,名盛当时。有《宝晋英光集》《书史》等。

谢 逸(?—1113) 字无逸,自号溪堂,抚州临川(今属江西)人。屡试不第。曾作蝴蝶诗三百首,人称"谢蝴蝶"。有《溪堂集》《溪堂词》。

赵令時(1051—1134) 字德麟,太祖次子燕王德昭之玄孙。绍兴初袭封安定郡王。卒赠开府仪同三司。有《侯鲭录》。

贺 铸(1052—1125) 字方回,自号庆湖遗老。山阴(今浙江绍兴)人,居卫州(今河南汲县)。孝惠皇后族孙,授右班殿直。能诗文,长于词,善于锤炼。其词风格多样,内容多为爱国忧时、慷慨悲壮之作。卒于常州僧舍。有《庆湖遗老集》。

陈师道(1053—1101) 字履常,一字无己,别号后山居士。彭城(今江苏徐州)人。曾受业曾巩,又从黄庭坚学诗。元祐初因苏轼力荐而为徐州教授,后为秘书正字。工诗,以苦吟著称,为江西派中坚。

晁补之(1053—1110) 字无咎,号归来子,济州巨野(今属山东)人。神宗元丰二年进士第一及第,哲宗朝累迁著作佐郎。工书画,能诗词,善属文,与黄庭坚、张耒、秦观并称"苏门四学士"。有《晁氏琴趣外篇》。

杨 时(1053—1135) 字中立,南剑将乐(今属福建)人。宋神宗熙宁九年进士,就学于程颢、程颐门下十年,至高宗朝以龙图阁学士提举洞霄宫。致仕后以读书讲学为事,优游林泉。朱熹等人从学于他,并尊之为"程学正宗"。有《龟山集》《二程粹言》。

张 耒(1054—1114) 字文潜,号柯山,楚州淮阴(今江苏清江)人。神宗熙宁年间进士,官历临淮主簿、著作郎、史观检讨等。与黄庭坚、晁补之、秦观并称"苏门四学士"。有《柯山集》。

毛 滂(1055—1120) 字泽民,衢州江山(今属浙江)人。一生仕途失意。其词自然深挚,秀雅飘逸,别树清圆明润一格。有《东堂集》。

周邦彦(1056—1121) 字美成,号清真居士,钱塘(今浙江杭州)人。少有才学,元丰初入都为太学生。因献《汴都赋》歌颂汴京形胜和朝廷新法,被擢为太学正。其作品浑厚和雅,音律严整,语言工丽,是北宋继柳永、苏轼之后而崛起词坛的艺术大家。因其曾主持大晟府,积极收存古曲,创制新调,被认为是婉约派的集大成者和格律派的主要创始人。有《片玉词》传世。

郑少微(生卒年不详) 字明举,晚号木雁居士。成都(今属四川)人。元祐三年进士。《全宋词》存其词二首。

仲 殊(生卒年不详) 僧人。俗姓张名挥;法名仲殊,字师利。安州(今属河北)人。曾举进士,游荡不羁。几为其妻毒毙,乃出家为僧。崇宁间自缢,有《宝月集》。

晁冲之(生卒年不详) 字叔用,一字川道。济州巨野(今属山东)人,乃晁补之从弟。擅音律,工诗文。有《晁叔用词》。

宗 泽(1060—1128) 字汝霖,婺州义乌(今属浙江)人。元祐六年进士。靖康元年知磁州,募集义勇,抗击金兵。岳飞乃由其擢拔为帅,屡获战胜。后因朝廷阻拦,忧愤成疾,临终时犹连呼过河者三。有《宗忠简公集》。

韩 驹(?—1135) 字子苍,蜀仙井监(今四川仁寿)人。政和初,以献颂补假将仕郎。召试,赐进士出身。有《陵阳集》。

徐 俯(1075—1141) 字师川,洪州分宁(今江西修水)人,黄庭坚之甥。以父荫授职通直郎,绍兴二年赐进士出身。有《东湖集》。

叶梦得(1077—1148) 字少蕴,苏州吴县(今江苏苏州)人。哲宗绍圣四年进士,累官中书舍人、翰林学士、吏部尚书、龙图阁直学士等。晚年自号石林居士。能诗文,长于词。作品多感怀国事,成为豪放派的后继者之一。有《石林诗话》等。

宇文虚中(1179—1146) 字叔通,别号龙溪居士,成都(今属四川)人。初名黄中,宋徽宗亲为更名宇文虚中。徽宗大观三年登进士第。靖康元年,以资政殿大学士自请使金。次年春,金遣返宋使,虚中以“(徽钦)二帝未还,虚中不可归”为由留在金国。金国尊其文名,加以官爵,奉为国师,历任翰林学士承旨,封河内郡开国公。

汪 藻(1079—1154) 字彦章,饶州德兴(今属江西)人。幼时聪颖过人,入太学。其诗格调清新、语言明快,以描写自然景物见长。有《浮溪集》。

曹 组(生卒年不详) 字元宠,颍昌(今许昌)人。徽宗宣和三年进士。有

《元宠集》。

万俟咏（生卒年不详） 字雅言。徽宗崇宁年间召试补官。其词构思新颖，注重音律，风格淡婉工雅。有《大声集》。

朱敦儒（1081—1159） 字希真，洛阳人。早年隐居山林，清望颇高。至高宗绍兴二年才应召入朝，出为秘书省正字，赐进士出身。其后期词格调悲凉，多忧愤、感怀之作。有《岩壑老人诗文》。

孙　觌（1081—1169） 字仲益，常州晋陵（今江苏常州）人。大观三年进士。汴京为金人所破后，曾为钦宗草降表。诋李纲，毁岳飞。有《鸿庆居士集》。

赵　佶（1082—1035） 即宋徽宗，神宗之子，1100年—1126年在位。诗词、书画、声乐等，无所不精。靖康二年（1127年）被金兵所俘后掳往北国，死于五国城。有《宋徽宗集》。

周紫芝（1082—1155） 字少隐，号竹坡居士，宣城（今属安徽）人。少从张耒、李之仪游，绍兴十二年进士。工诗文，有《竹坡词》。

李　纲（1083—1140） 字伯记，邵武（今属福建）人。徽宗政和二年进士。先后历官太常少卿、兵部侍郎、尚书右丞。靖康元年金兵南侵时，任汴京都城四壁守御使，为宋代著名抗金英雄。有《梁溪先生文集》。

吴　激（？—1142） 字彦高，自号东山，建州（今属福建）人。著名书画家米芾之婿。工诗能文，字画俊逸，尤精乐府。奉命使金后，金人因慕其名而不予放归，命为翰林侍制。诗文与蔡松年齐名，时称为"吴蔡体"。有《东山集》。

吕本中（1084—1145） 原名大中，字居仁，世称东莱先生。寿州（今安徽寿县）人。高宗六年召赐进士出身，官历中书舍人、权直学士院，为江西诗派著名诗人。有《东莱诗集》。

李清照（1084—1155） 字易安居士，济南（今属山东）人。著名学者李格非之女，金石家赵明诚之妻。其词以南渡为界分为两个阶段：前期之作妍丽明快，多以闺情为题材，大胆表现对于爱情的热烈追求；后期之作沉哀入骨，多以自己的流离生活为对象，表达国破家亡之后的深切感慨。作为婉约词派的主要代表人物，她很善于提炼和使用清新雅洁并富有生活气息的语言，创造了为人称道的"易安体"，以至成为宋代以来十分著名的女词人。有《易安居士文集》《漱玉词》传世。

曾　幾（1084—1166） 字吉甫，号茶山居士，今河南洛阳人。南宋初，提刑江西、浙西。因积极主张抗金,深受秦桧迫害。有《茶山集》。

朱　弁(1085—1044)　字少章,号观如居士,徽州婺源(今属江西)人。青年时期在太学,以诗见重于晁说之。建炎初擢任通问副使赴金被拘,不屈,留十七年得归。为秦桧所忌,终奉议郎。有《曲洧旧闻》《风月堂诗话》。

董　颖(生卒年不详)　字仲达,德兴(今属江西)人。

向子諲(1085—1152)　字伯恭,临江(今江西清江)人。其词以南渡为界,分江北旧词和江南新词两部分,艺术风格截然不同:前者多写艳情或者咏写景物,后者多为伤时忧国之作。有《酒边词》。

李重元(生卒年不详)　身世不详。仅《唐宋诸贤绝妙词选》存其《忆王孙》(春、夏、秋、冬)词四首。

蔡　伸(1088—1165)　字伸道,号友古居士,莆田(今属福建)人。徽宗政和五年进士。有《友古词》。

孔平仲(生卒年不详)　字义甫,新淦(今江西省新干)人。宋英宗治平二年进士。长于史学,又工文辞。与其兄文仲、武仲"皆以文声起江西",当时有"江西三孔"之称。

陈与义(1090—1138)　字去非,号简斋,洛阳(今属河南)人。原属江西诗派,南渡之后发生明显变化,作品由描写个人的生活情趣转为抒发家国情思,诗风由清新明净趋向沉郁悲壮。有《简斋集》。

张元干(1091—1170)　字仲宗,号芦川居士、真隐山人,长乐(今属福建)。其词早期以清新婉丽为主,在靖康之变之后多以抗金救国为主题,风格豪迈,慷慨激昂,对豪放词在南宋的发展产生了很大的作用。有《芦川归来集》。

刘子翚(1101—1147)　字彦冲,号屏山,一号病翁,建州崇安(今属福建)人。以荫补承务郎,曾任兴华军通判。朱熹曾从其问学。有《屏山集》。

胡　铨(1102—1180)　字邦衡,号淡庵,吉州庐陵(今江西吉安)人。高宗建炎二年进士,授抚州事军判官。其作品多为反对议和的愤世之作,意气慷慨,笔墨酣畅。有《淡庵词》。

岳　飞(1103—1142)　字鹏举,相州(今河南汤阴)人,我国著名的民族英雄。世代务农,少时以"敢战士"应募入伍,因英勇善战而屡建奇功,为抗金名将。历任少保、河南诸路招讨使、枢密副使,封武昌郡开国公。其诗词虽存世较少,但风格雄壮悲切,意气豪迈深沉,内容皆以作者表达抗金抱负以及壮志难酬的慨叹为主。有《岳武穆集》。

王十朋（1112—1171）　字龟龄，号梅溪，温州乐清（今属浙江）人。绍兴二十七年进士第一，官历国史院编修、起居舍人、侍御史，改吏部侍郎。以龙图阁学士致仕。卒谥忠文。有《梅溪集》。

康与之（生卒年不详）　字伯可，号退轩，滑州（今属河南）人。有《顺庵乐府》。

鲁逸仲（生卒年不详）　字方平，号真名孔夷。元祐中隐士。

韩元吉（1118—1187）　字无咎，号南涧，许昌（今属河南）人。孝宗朝累官至吏部尚书、龙图阁学士，主张统一祖国、收复失地，与陆游、辛弃疾等词家交往甚密。有《南涧诗馀》。

朱淑真（生卒年不详）　自号幽栖居士，杭州钱塘（今浙江杭州）人。出身仕宦之家，尝追随其商人之夫遍游吴、越、荆、楚之间。但因为婚姻坎坷，致使一生落落寡欢，抑郁而终。其人通音律，能诗词，兼绘画，多才多艺。有《断肠集》《断肠词》。

唐　琬（生卒年不详）　陆游母亲甥女、陆游之妻。两人婚姻原本感情深厚，但却因陆母之故，三年后被逼离异。早逝。

完颜亮（1122—1161）　字元功，金太祖庶长孙。皇统九年，杀熙宗自立，并杀金宗室七十余人，多用汉人、渤海人、契丹人掌权，迁都燕京（今北京）。相传他雅好诗词，闻柳永《望海潮》词，"欣然有慕于'三秋桂子，十里荷花'，遂起投鞭渡江之志。"

冯去非（生卒年不详）　字可迁，号深居，南康都昌（今属江西）人，淳祐年进士。

范成大（1126—1193）　字致能，平江吴郡（今江苏苏州）人。高宗绍兴二十四年进士。为政轻徭减税，兴修水利，颇有政绩。在孝宗乾道六年，以资政殿大学士身份使金，慷慨不屈，几乎被杀。晚年自号石湖居士，隐居在石湖故乡。与陆游、杨万里、尤袤并称南宋诗坛四大家。其诗以表现爱国情怀、田园风光和民间疾苦为主。有《石湖居士诗集》《揽辔录》。

杨万里（1127—1206）　字廷秀，号诚斋，吉州吉水（今属江西）人。高宗绍兴二十四年进士。正直敢言，主张抗金。曾任太常博士、广东提点刑狱、尚书左司郎中兼太子侍读。宁宗时因奸相专权而辞官在家并忧愤而终。与陆游、范成大、尤袤并称南宋诗坛四大家。其诗构思新巧,通俗明畅,风格清新,自成一家,为时人称为"诚斋体"。有《诚斋集》。

　　罗与之(生卒年不详)　字与甫,一字北涯,螺川人。累试不第。有《雪坡小稿》。

　　聂胜琼(生卒年不详)　长安(今陕西西安)人,原为妓女,后嫁李之问为妻。

　　程　垓(生卒年不详)　字正伯,眉州眉山(今属四川)人。其词风格近柳永,多写男女恋情。有《书周集》。

　　王　质(1127—1189)　字景文,号雪山,郓州(今属山东)人。寓居兴国(今湖北阳新)。绍兴三十年进士。有《雪山集》。

　　严　蕊(生卒年不详)　字幼芳,天台(今属浙江)营妓。"善琴弈、歌舞、丝竹、书画,色艺并冠一时。间作诗词,有新语。"(周密《癸未杂识》)朱熹担任地方官时期,曾以有伤风化罪将其关押并鞭打。不屈。岳霖继任后获释。

　　武　衍(生卒年不详)　字朝宗,号适安,汴(今河南开封)人。工诗,有《适安藏馀稿》。

　　刘　翰(生卒年不详)　字武之,长沙(今属湖南)人。有《小山集》。

　　朱　熹(1130—1200)　字元晦、仲晦,号晦翁,别号紫阳。徽州婺源(今属江西)人。高宗绍兴十八年进士,我国著名大哲学家。其论学主居敬穷理,集北宋以来理学之大成,阐发以仁为核心的儒家思想和大学中庸的哲学观点,继承和发展了二程(程颐、程颢)的理气关系学说,世称"程朱学派",不仅使理学学说在明、清两代被提升到儒学正宗的地位,而且对经学、史学、文学、乐律以至自然科学都有一定贡献。有《四书章句集注》《诗集传》。

　　张孝祥(1132—1169)　字安国,号于湖居士,简州(今属四川)人。卜居历阳乌江(今安徽和县)。高宗绍兴二十四年进士,廷试第一。累官中书舍人、领建康留守及广南西路、荆南湖北路安抚使,是一位政声卓著的官员和力主抗金的爱国词人。其词作早期多清丽婉约之风,南渡后转为悲凉慷慨、激昂奔放。有《于湖集》《于湖词》。

　　陈　造(1133—1203)　字唐卿,晚号江湖长翁,高邮(今属江苏)。淳熙二年进士,官至淮浙安抚使参议。有《江湖长翁集》。

　　黄　升(生卒年不详)　字叔旸,因所居有玉林且近散花庵,故号玉林,又号花庵词客。有《散花庵词》。

王　炎（1138—1218）　字晦叔，自号双溪，徽州婺源（今属江西）人。乾道五年进士。累官至军器监、中奉大夫，赐金紫，封婺源县男。有《双溪集》。

游九言（1142—1206）　字诚之，号默斋先生，建阳（今属福建）人。有《默斋遗稿》。

陈　亮（1143—1194）　字同甫，号龙川，世称龙川先生，婺州永康（今属浙江）人。孝宗时数次以布衣之身上书朝廷，力陈抗金方略。因此，曾三次被诬入狱。光宗绍熙四年擢进士第一，授签书建康府官厅公事，未及到任病卒。他将政治议论入词，以自然雄辩表达其经世情怀，豪气纵横，独具特色。有《龙川词》《龙川文集》。

赵师秀（？—1219）　字紫芝，号灵秀，温州永嘉（今浙江温州）人。绍熙元年进士。诗风以清苦为主，与徐照、翁卷、徐玑并称"永嘉四灵"。曾选集唐人诗歌成《众妙集》一卷。有《清苑斋集》。

翁　卷（生卒年不详）　字续古，一字灵舒，温州乐清（今浙江温州），淳祐十年登乡荐，终于布衣。有《苇碧轩诗集》。

宋　江（生卒年不详）　政和年间农民起义领袖。《水浒传》称其为山东郓城人，结寨于山东水泊梁山。《全宋词》存其作品二首。

叶　适（1150—1223）　字正则，世称水心先生，温州永嘉（今浙江温州）人。淳熙五年进士第二。为永嘉学派巨擘。有《水心先生文集》。

林　升（生卒年不详）　淳熙年间士人。字梦屏，温州平阳（今浙江平阳）人。善诗文。

张　镃（1153—1211）　字功甫，号约斋，西秦（今甘肃西南部）人，居临安。因承其先祖之富贵，生活豪奢，诗词颇有造诣。有《南湖集》《玉照堂词》。

刘　过（1154—1206）　字改之，号龙洲道人，吉州太和（今江西泰和）人。四次应举不中，流落于江湖之间，词作为陆游、辛弃疾所赏识。有《龙洲集》。

姜　夔（1155—1221）　字尧章，饶州（今属江西）人，后寓居武康（今浙江德清）。因与白石洞天为邻，故自号白石道人。早有文名，转徙江湖。屡试不第，布衣终生。与时贤杨万里、范成大、辛弃疾多有交往。其词音律谐婉，格调高旷，琢句精工，以清刚挺拔之笔开创了体制高雅的风雅词派，对后世词的发展影响很大。能自度曲，有《白石道人歌曲》。

赵秉文（1159—1232）　字周臣，磁州（今河北磁县）人。金世宗大定二十五年进士,先后官至应奉翰林文字、同知制诰,拜翰林侍讲学士、礼部尚书兼侍读学士。晚年自号闲闲堂。有《闲闲老人滏水文集》。

史达祖(1163—1220)　字邦卿,号梅溪,汴京(今河南开封)人,寓居杭州。科考不第,先事张镃,后事韩侂胄,曾经颇有权势。北伐兵败后,韩侂胄被诛,遂被牵连处以黥刑。穷困而死。有《梅溪词》。

戴复古(1167—1247)　字式之,号石屏,天台黄岩(今属浙江)人。少从陆游问学,一生浪迹江湖。诗以俊爽见称,为江湖派中坚,兼具江西诗派风格。其词风格豪放,接近苏辛。卒年八十一岁。有《石屏诗集》《石屏词》。

叶绍翁(生卒年不详)　字嗣宗,号靖逸,祖籍浦城(今属福建),寓居处州龙泉(今属浙江),约活动于南宋宁宗、理宗时代。其学出于叶适,与理学家真德秀友善。属于"江湖派",长于七言绝句。有《靖逸小集》。

刘克庄(1187—1269)　字潜夫,号后村居士,莆田(今属福建)人。以父荫入仕,但因作《落梅》诗被废置十年。理宗赏识他"文名久著,史学尤精",特赐同进士出身。官至工部尚书、龙图阁直学士。其诗属"江湖派"重镇,其词风悲壮豪放,深受辛弃疾影响。有《后村长短句》《彊村丛书》。

华　岳(生卒年不详)　字子西,别号翠微,贵池(今属安徽)人。武学生,开禧元年曾请诛韩侂胄、苏师被囚狱中。后又因韩侂胄、苏师被诛放还,登嘉定武科第一。其诗豪纵,有《翠微南征录》。

元好问(1190—1257)　字裕之,号遗山,太原秀容(今山西忻县)人。金宣宗兴定五年进士,历任内乡、南阳令,除左司都事,转行尚书省员外郎。金亡不仕,筑亭于家,以著述自任,名曰"野史"。有《遗山集》《中州集》。

戴　昺(生卒年不详)　字景明,号东野泰州黄岩(今属浙江)人。戴复古从孙,嘉定十二年进士。有《东野农歌集》。

方　岳(1198—1262)　字巨山,号秋崖,歙州祁门(今属安徽)人。绍定五年进士,官历秘书郎、知州、吏部左郎等。其诗与刘克庄齐名。有《秋崖集》。

吴文英(1212—1274)　字君特,号梦窗,晚号觉翁,四明(今属浙江宁波)人。一生未仕,以布衣清客之身往来于公卿权贵之间。词作着重格律,构思绵密,能别创出密丽典雅之境界,影响甚大。有《梦窗词》。

俞　桂(生卒年不详)　字晞郤,仁和(治今浙江杭州)人。绍定五年进士。有《渔溪诗稿》。

严　羽（生卒年不详）　字仪卿，号沧浪逋客，邵武（今属福建）人。精于诗论，首倡"妙悟"与"兴趣"说。有《沧浪集》、《沧浪诗话》。

真山民（生卒年不详，真名不详）　自呼山民，括苍（今属浙江丽水）。宋亡隐逸，不知去向。有《山民集》。

周　弼（生卒年不详）　字伯弼，阳翟（今山东阳谷）人。嘉定进士，曾为江夏令。以善于画竹闻名。有《端平集》。

陈人杰（1218—1243）　一名经国，号龟峰，长乐（今属福建）人。少时因应考寓居临安，终年二十余岁。有《龟峰词》。

葛长庚（生卒年不详）　或曰福建人，或曰琼州（今海南琼山）人。早年能诗，曾因罪亡命海上。后为道士，居武夷山，自号白叟、白玉蟾。陈廷焯称之为"风流凄楚，一片热肠，无方外习气"。有《海（鹢）集》。

谢枋得（1226—1289）　字君直，号叠山，信州弋阳（今属江西）。理宗宝祐四年与文天祥同登进士。宋亡后，迫于金人逼其出仕，乃绝食而死。有《叠山集》。

张道洽（生卒年不详）　字泽民，号实斋，衢州开化（今属浙江）人。端平二年进士。

刘辰翁（1232—1297）　字会孟，号须溪，吉州庐陵（今江西吉安）人。理宗景定三年廷试对策，因耿直敢言忤逆权贵被置于丙等。曾任濂溪书院山长，讲学授徒。宋亡不仕，隐居而终。一生著作甚丰，有《须溪词》。

文及翁（生卒年不详）　字时学，号本心，绵州（今四川绵阳）人。理宗宝祐元年进士，官至签书枢密院事。宋亡不仕，抱遗民之节以终。有"文集"二十卷，已不存。

周　密（1232—1298）　字公瑾，号草窗，又号萧斋。祖籍济南（今属山东），南渡后寓居吴兴（今属浙江）。宋亡不仕，与张炎、王沂孙等共结词社。其词与吴文英（梦窗）并称"二窗"。有《草窗词》。

文天祥（1236—1283）　字宋瑞，一字履善，号文山，吉州庐陵（今江西吉安）人。理宗宝祐四年进士第一，历官江西提刑、知赣州。恭帝德祐元年，于家乡起兵抗元，入卫临安，次年任右丞相。出使元军议和被拘。后得脱。后又在五坡岭（今广东海丰北）被俘。不屈，被送往大都（今北京）囚禁三年，终于被害。有《文山先生全集》。

汪元量（生卒年不详）　字大有，号云水，临安钱塘（今浙江杭州）人。咸淳进士，南宋末以善琴供奉内廷。元灭宋后，随三宫被虏燕京。常往狱中探视被囚的文天祥并屡有唱和，遂成为莫逆之交。后为道士南归，往来于匡庐、彭蠡之间。诗词多述亡国之痛。有《水云集》。

郑思肖（1241—1318）　字亿翁，号所南，自称三外野人，连江（今属福建）人。初为太学生，曾应博学宏辞试。宋亡隐居，坐卧不北向，后浪游四方以终。善画墨兰，兼工墨竹，风格幽淡。有《所南翁一百二十图诗集》。

林景熙（1242—1310）　字德阳，号霁山，温州平阳（今属浙江）人。咸淳七年自太学生授泉州教官。有《林霁山集》。

王沂孙（？—1290）　字圣于，号碧山，又号中山。会稽（今浙江绍兴）人。入元曾任庆元路学正，后归隐，与周密、张炎等共结词社。有《碧山乐府》。

蒋　捷（生卒年不详）　字胜欲，号竹仙，常州宜兴（今属江苏）人。度宗咸淳十年进士。入元不仕，隐居于太湖竹山。其词与周密、张炎、王沂孙并称"宋末四大家"。有《竹山词》。

张　炎（1248—1320）　字叔夏，号玉田，晚号乐笑翁。南宋初大将张俊后人，祖籍甘肃天水，南宋徙迁临安（今浙江杭州）。宋亡以后，家道中落，贫难自养。晚年依人为生，占卜糊口，落魄而终。有《山中白云词》。

何应龙（生卒年不详）　字子翔，杭州（今浙江杭州）钱塘人。嘉泰进士，曾知汉州。有《桔潭诗稿》。

谢　翱（1249—1295）　字皋羽，又号晞发子，福安（今属福建）人。元军南下后，自率乡兵投文天祥部队，任咨议参军。兵败后，与方凤、吴思齐等自结诗社。文天祥被害后，作《西台恸哭记》。有《晞发集》。

萧立之（生卒年不详）　字斯立，号冰崖，宁都（今属江西）人。淳祐十年进士。诗为谢枋得所赏。

连文凤（生卒年不详）　字百正，号应山，三山（今江苏南京西南）人，在宋为官，宋亡不仕。

河南文艺出版社部分诗词类图书

臧克家　主编

毛泽东诗词鉴赏·增订二版　大 32 开(精)　30.00 元(已出)

季世昌　徐四海　主编

毛泽东诗词唱和　16 开(精)　30.00 元(已出)

陈祖美　主编

唐宋诗词名家精品类编(全套十种)

黄河之水天上来·李　白集　大 16 开(平)　46.00 元(已出)

每依北斗望京华·杜　甫集　大 16 开(平)　42.00 元(已出)

相见时难别亦难·李商隐集　大 16 开(平)　46.00 元(已出)

烟笼寒水月笼沙·杜　牧集　大 16 开(平)　32.00 元(已出)

万里归心对月明·唐代合集　大 16 开(平)　49.00 元(已出)

一蓑烟雨任平生·苏　轼集　大 16 开(平)　46.00 元(已出)

杨柳岸晓风残月·柳　永集　大 16 开(平)　39.00 元(已出)

但悲不见九州同·陆　游集　大 16 开(平)　45.00 元(已出)

壮岁旌旗拥万夫·辛弃疾集　大 16 开(平)　40.00 元(已出)

云中谁寄锦书来·宋代合集　大 16 开(平)　46.00 元(已出)

贺新辉　主编

元曲名家精品鉴赏(全套五种)

错勘贤愚枉作天·关汉卿集　(已出)

天边残照水边霞·白　朴集　(已出)

困煞中原一布衣·马致远集　(已出)

愿有情人都成眷属·王实甫集　(已出)

重冈已隔红尘断·元代合集　(已出)

广东中华诗词学会　编

中华新韵府·韵字袖珍版　128 开(精)　6.00 元(已出)

李中原　编

历代倡廉养操诗选　大 32 开(平)　18.00 元(已出)

邓国光　曲奉先　编

中国历代咏月诗词全集　大 32 开(精)　50.00 元(已出)

史焕先　主编

江水北上——"南水北调邓州情"诗歌作品选　16 开(精)　38.00 元(已出)

本社图书邮购地址:(450011)郑州市鑫苑路 18 号 11 号楼

河南文艺出版社　图书发行